法藏知津

五編：佛教思想・文化・語言研究專輯

杜潔祥 主編

第 **16** 冊

明清目連戲初探（下）

廖藤葉 著

花木蘭文化出版社

國家圖書館出版品預行編目資料

明清目連戲初探（下）／廖藤葉 著—初版—新北市：花木
蘭文化出版社，2017〔民 106〕
目 4+156 面：19×26 公分
（法藏知津五編：佛教思想・文化・語言研究專輯　第 16 冊）
ISBN 978-986-404-131-2（精裝）
1. 明清戲曲　2. 戲曲評論
820.8　　　　　　　　　　　　　　　　　　103027557

ISBN-978-986-404-131-2

9 789864 041312

法藏知津五編：佛教思想・文化・語言研究專輯
五　編　第十六冊　　　　　　　ISBN：978-986-404-131-2

明清目連戲初探（下）

作　　者　廖藤葉
主　　編　杜潔祥
副總編輯　楊嘉樂
編　　輯　許郁翎
出　　版　花木蘭文化出版社
社　　長　高小娟
聯絡地址　235 新北市中和區中安街七二號十三樓
　　　　　電話：02-2923-1455 ／傳真：02-2923-1452
網　　址　http://www.huamulan.tw 信箱 hml810518@gmail.com
印　　刷　普羅文化出版廣告事業
初　　版　2017 年 3 月
定　　價　五編 25 冊（精裝）新台幣 48,000 元

明清目連戲初探（下）

廖藤葉　著

目

次

第四章　目連戲的民俗性與祭祀性

　　民俗二字，張紫晨依中國具體狀況指「民間風俗」最為明確，〔註1〕韓敏指稱在民間廣為流傳的信仰、風俗或習慣。〔註2〕高丙中以「民俗是具有普遍模式的生活文化」加以定義。〔註3〕河野真「民俗學」定義：「系統地研究和揭示民眾之生活文化的傳統形態的一門學問。」〔註4〕依定義，民俗是民眾生活文化的傳統形態。

　　民俗學研究領域，有簡單分為信仰、慣習、故事歌謠及成語三類。〔註5〕稍繁複以經濟、社會、信仰、游藝進行討論。〔註6〕若區分巫術、信仰、服飾、飲食、居住、建築、制度、生產、歲時節令、人生儀禮、商業貿易、文藝遊藝等項，無疑更為精細；〔註7〕鍾敬文分為物質生產、物質生活、社會組織、歲時節日、人生儀禮、信仰、科學技術、口頭文學、語言、藝術、遊戲娛樂，〔註8〕項目最多。民俗內容寬廣，幾乎無所不包，在「民」領域內一切事物、現象都是。

〔註1〕　張紫晨《中國民俗與民俗學》第一章〈民俗概說〉（臺北：南天書局，1995），
　　　　頁39。
〔註2〕　韓敏〈人類學田野調查中的「衣食」民俗〉《民俗學的歷史、理論與方法》（北
　　　　京：商務印書館，2006），頁169。
〔註3〕　高丙中《民俗文化與民俗生活》（北京：中國社會科學出版社，1994），頁144。
〔註4〕　河野真（日）〈現代社會與民俗學〉《民俗學的歷史、理論與方法》，頁403。
〔註5〕　林惠祥《民俗學》（臺北：商務印書館，民國75）。
〔註6〕　烏丙安《中國民俗學》（新版）四大項裡面又細分許多小項，以「經濟民俗」
　　　　大項而言，又分分自然生態、物質生產、交易和運輸、消費生活等項。（瀋陽：
　　　　遼寧大學出版社，1999）。
〔註7〕　張紫晨《中國民俗與民俗學》。
〔註8〕　鍾敬文分類見王文寶《中國民俗研究史》（哈爾濱：黑龍江人民出版社，2003），
　　　　頁337～339。

討論目連戲民俗性，參照各項類別，一、由目連戲演出動機的民俗性類型，二、探討民俗認知下的目連戲演出前後相關祭祀活動，三、論述目連戲齣中插演的民間祭祀活動，反映民俗部分。四、討論目連戲儺化現象，也是為了合乎民俗驅邪納吉的心理。五、討論目連戲其它相關民俗。至於目連戲文學、語言部分以及演出的藝術性，另立專章討論。

第一節　目連戲演出動機的民俗性類型

目連戲演出最為人所熟知時間點為中元節，顯見民間將目連戲和歲時節慶結合在一起，成為民俗一部分。若非中元演出，由戲曲志、地方志以及對目連戲班的考察，各地通常有固定季節時間演出，或隔五年、十年、閏年盛演情事，就小地區而言是演期各異，對整體民俗研究來看，某地固定演出，已然成為當地特定民俗。至於不定期、臨時決定演出情形通常是遇兵燹、災年多凶死、瘟疫、或修族譜，或為香主還願演出，[註9] 選擇演目連戲，還是民間信仰支配下的抉擇，屬民俗心理認知層面。茲以演出動機目的分為以下數項說明，一為平安戲類型，二為年規戲性質，三為神誕賽會類型，四為還願戲。

一、平安戲類型

平安戲指在祀鬼或禳災活動中，演出帶有祓除性質的戲劇形式。萬物有靈的原始宗教時代，面對現實不如意事和天災、人禍等生存上的危機與困境，民間俗信常歸之於鬼魅為祟。為解決鬼魅邪祟問題，達到保護自身的目的，通常採用安撫和鎮壓兩種方式，前者向鬼靈敬獻祭禮，後者利用神靈或巫術行為加以壓制、驅逐。演目連戲主要動機是祀鬼、驅鬼以求得平安。

（一）祀鬼超度戲

帶有祭祀、超度鬼靈意義的目連戲，七月十五鬼節演出為盛，由祭拜祖先亡靈擴及於祭祀孤魂野鬼。

《東京夢華錄》載宋代中元以素食祭祀祖先和拜掃新墳，前後數日民間

〔註9〕僅舉兩本戲曲志而言：《中國戲曲志・江蘇卷》，頁 11、156；《中國戲曲志・四川卷》，頁 12、13。

圍繞於祭祖活動上，市街販賣冥器靴鞋、五綵衣服等，印賣《尊勝目連經》，設盂蘭盆，掛搭衣服冥錢焚燒，自七夕過後即搬演目連救母雜劇直至中元節止。官府並設大會，焚錢山，祭軍陣亡歿人士，設孤魂道場。〔註10〕

　　記載顯示，祭祖祀先和超度亡魂爲中元主要活動。節日延續至明、清，乃至現今，明代廣東省瓊地中元活動接連數天：

　　七月乞巧，用彩色紙糊作冠履衣裙，剪製金銀紙爲首飾、帶錠之類，備牲醴祀祖先。畢，焚之，曰：「燒冥衣」。富室齋醮焚紙衣以賑孤魂，謂之「施設」。十五日村落廟堂作盂蘭會薦亡。〔註11〕

四川洪雅縣載七月祭賽與中元過節方式：

　　七月十四薦素羞薦先，俗相傳謂中元。日冥中有盂蘭盆會，祖考享腥羶則不能赴矣。是月民間迎土主神於家，爲賽費甚鉅。〔註12〕

解答中元以素食祭享祖先的民間傳說緣由，其它方志著墨於盂蘭盆會介紹：明代江西《建昌府志》卷三：「中元俗爲鬼節，多設齋僧會薦亡，曰盂蘭會。」〔註13〕中元祭祖普及於民間和士大夫之家，《衡州府志》卷一於喪禮之後接言祭禮，「祭：古禮，士夫家間行通俗，用僧人於七月望前後化楮錢。」〔註14〕萬曆《杭州府志》記載較詳：

　　十五日道家謂之中元節，前後五日依釋氏盂蘭盆法，用素饌、餛飩祀先，或召僧道施食、焚楮衣、點放荷燈，以資冥福。（自註：有喪之家於十三日五鼓設茶餅祗迎先靈，晝則具奠。至十七日又具奠送之。亦有雖無喪而循俗舉行者。）〔註15〕

「循俗舉行」四字指出不論有喪、無喪皆於中元舉行祭奠先祖儀俗。清朝中元活動圍繞於祭祖與超薦傷亡兩項，重纂《福建通志》卷五十六〈風俗〉載泉州府：

〔註10〕《東京夢華錄》卷八「中元節」，頁49～50。
〔註11〕唐冑（明）《瓊臺志》（臺北：新文豐《天一閣藏明代方志選刊》十八據明正德殘本景印，民國74），頁318。
〔註12〕張可述（明）《洪雅縣志》（臺北：新文豐出版社《天一閣藏明代方志選刊》二十據明嘉靖刻本影印，民國74）卷一「風俗」，頁239。
〔註13〕夏良勝（明）《建昌府志》（臺北：新文豐出版社《天一閣藏明代方志選刊》十一）卷三。
〔註14〕楊珮（明）《衡州府志》（臺北：新文豐出版社《天一閣藏明代方志選刊》十八）卷一。
〔註15〕徐栻、喬因阜（明）《杭州府志》卷十九〈風俗〉（臺北：學生書局《明代方志選》據明萬曆七年刊刻，民國54），頁350。

中元祀先，寺觀作盂蘭會，夜各具齋供羅門外或坰衢祀傷亡野死。
〔註16〕

乾隆勅修《浙江通志》卷九十九引列《西安縣志》：

中元俗稱鬼節，設齋素以祀其先，里民集浮屠爲盂蘭盆會，亦有夜放河燈者。〔註17〕

廣東一地，《新寧縣志》卷八〈輿地略〉下載：

中元日，浮屠氏爲盂蘭會以食鬼之不祀者。人皆預期以楮衣、酒食祭其先祠，十六日仍以茶果供焉。〔註18〕

超度亡魂，俗稱盂蘭勝會，除請僧、道做法事、放焰口外，還邀戲班演戲，名爲「焰口戲」，目連戲爲應節應景的戲目，安徽南昌：「中元焚紙錢，祭鬼。僧家作盂蘭佛事，鄉村演目連劇。」〔註19〕清同治《祁門縣志》：「七月中元節，祀祖設盂蘭會。閏歲則於是月演劇，名目連戲。」〔註20〕兩族相爭打死人命，婦女被公婆虐待而自戕身亡，通常需演目連戲用以超度亡魂，屬臨時加演性質。皖南高腔目連卷〈建盂蘭會〉宣稱：

上來道場圓滿，謹謹焚香，拜請天曹、地府、水國、陽元四部諸神，降臨壇所。法水一灑，穢污清淨；仙樂一奏，天地清寧。……伏此中元佳節，地府赦罪之辰，大設道場，普叼佛力。拔亡於幽冥之府，超生於快樂之宮……。（頁392）

清代《福建通志》載當地：「其俗信鬼尚祀，重浮屠之教，與江南二浙略同。」〔註21〕「拔亡」、「超生」是目連戲演出動機目的，用以被除鬼靈爲祟。七月演目連戲，與僧、道法事相結合，宗教味道濃厚，幾乎遍及中國南部各省。〔註22〕清宮於中元節並未演目連戲，但是演出《佛旨度魔》、《魔王答佛》、《迓福迎祥》等承應戲，大目犍連上場自報家門：

〔註16〕陳壽祺（清）等《重纂福建通志》（臺北：華文書局據清同治十年刊本影印）。

〔註17〕沈翼機（清）等《浙江通志》（臺北：華文書局據清乾隆元年重修本影印）卷九十九。

〔註18〕何福海、林廣國（清）《新寧縣志》（臺北：學生書局據清光緒十九年刊本景印，民國57），頁338。

〔註19〕徐午（清）等修，萬廷蘭等纂《南昌縣志》卷三〈土產、風俗〉，頁217。

〔註20〕周溶修、汪韻珊（清）纂《祁門縣志》卷五〈風俗〉（臺北：成文出版社《中國方志叢書》據同治十二年刊本影印），頁241。

〔註21〕陳壽祺（清）等《重纂福建通志》卷五十五，頁1117。

〔註22〕此由《中國戲曲志》對目連戲演出介紹即知，《海南卷》頁11，《江西卷》頁7、13，《浙江卷》頁127～132，《安徽卷》頁13，《湖南卷》頁517。

自家大目犍連，叨爲如來大弟子。蒙吾佛神通，以十方眾僧、威神之力，於七月十五日各爲七代父母厄難中者，具百味五果，以著盆中，供養十方大德。佛勅眾僧，皆爲祝願七代父母，行禪定意，然後受食。我母因德上昇。彼時我白佛言：「當未來世佛，弟子行孝順者，亦應奉盂蘭供養。」佛言：「甚善。」因此閻浮提界到了這日，果設盂蘭大會，至今不絕。〔註23〕

說明以昔日救母之法，以及救母之後，盂蘭盆會供養十方大德，以行孝順之意。劇演佛弟調達墮地獄五千餘年，此次盂蘭會專爲調達懺除惡業而設，佛旨令大目犍連入地獄放出調達，演至《魔王答佛》調達不願出離地獄作結。與目連救母毫無相關，卻也算是祀鬼應景劇作。

（二）平安大戲

南方廣大地區爲除邪祟而演出目連戲，端賴專演目連戲的班子無法應付眾多祀鬼需求演出，於是一般戲班亦演祀鬼戲，名爲「平安大戲」或「大戲」，和目連戲有所區隔。

平安大戲是戲班在平時所演正戲裡，稍微變動劇中情節，以插入目連戲〈起殤〉、〈施食〉、〈男吊〉、〈女吊〉、〈無常〉等齣，因應祀鬼戲的熱烈需求，如紹興亂彈班演平安大戲《兩重恩》、《倭袍》、《雙合桃》、《龍鳳鎖》等劇。穿插方式以《倭袍》爲例：開場〈起殤〉，在荒郊野外召集孤魂野鬼至臺下接受超度，又怕它們作祟，於是出靈官鎮臺。當戲演到王文與刁劉氏私通，王妻的戲即臨時改爲上吊自盡，以插入〈男吊〉、〈女吊〉。刁南樓吃了摻砒霜饅頭而毒發身死，演開喪超度，插入〈施食〉。刁劉氏、王文因藥殺案發，即將典刑時，勾魂使者無常出場，插入〈跳無常〉。全劇演完，要燒大牌。〔註24〕民間風俗認爲這種平安大戲和目連戲一樣具保佑地方平安的功能，演完後，可保一年太平。

紹興以五、六月爲凶月，兩月之中必演平安戲，〔註25〕由於目連戲演出是兩頭紅，從黃昏演到翌日清晨日出，日出則鬼邪避遁，也有消災祈祥寓意，不枉目連戲爲「平安神戲」稱呼。

〔註23〕《昇平署月令承應戲‧中元承應》（北京：學苑出版社《民國京崑史料叢書》第四輯據國立北平故宮博物院 1936 年版影印，2009），頁 277。

〔註24〕羅萍《紹劇發展史》（北京：中國戲劇出版社，1996），頁 119～120。

〔註25〕胡樸安《中華全國風俗志》〈紹縣做平安戲之風俗〉，頁 48。

（三）禳災戲

地方如遇重大水災、火災、戰亂傷亡、蝗災、農作物蟲害、自縊身亡眾多時，也演目連戲用來禳災。

清人章楹《諤崖脞說・詫異》條述皖東南的郎溪縣禳除蝗災之法是「惟設臺倩優伶搬演《目連救母傳奇》，列紙馬齋供賽之」，〔註26〕涇縣遇地方不靖，多自縊身死者，常於定例之外，臨時加演目連戲。目連戲被視爲「神戲」，以保地方人口平安。〔註27〕鵲江夏初必唱目連戲全卷以祈福。〔註28〕徐珂《清稗類鈔・戲劇類》載四川依賴透過搬演《目連救母》以祓除不祥，〔註29〕江西遇自然災害如水、旱災，舉行祈晴求雨儀式，或重大瘟疫、戰死之後，因人員死亡過多而舉行重大超度活動，也演目連戲。〔註30〕

遇疫病流傳而演戲禳災，許多地方均是如此，只是未說明所演劇目，福建地區：

> 俗稱鬼曰大帝，設像五謂之五帝，其貌猙獰可畏，過其前者，屏息
> 不敢諦視。又傳五月五爲神生日，前後月餘演劇，各廟無虛日。或
> 疫氣流染，則社民爭出金錢延巫祈禱。〔註31〕

前言神誕酬神演劇，後者瘟疫流行請巫祈禱，歸結爲道佛法事儀式以禳除災害。安徽祁門環砂村曾爲村風落薄，壯丁損死，人口減少而許演目連戲一台以保全村平安，是納吉求豐舉動。〔註32〕

紹興六月天熱，瘟疫和農作物蟲害易於流行，所以目連戲、平安大戲流行於各鄉村：目連戲爲追悼、超度橫死的人而演，大戲爲了求太平。〔註33〕民國之後演目連戲禳災、超度事例有：二十三年（1934）安徽繁昌潘村嚴爲

〔註26〕章楹（清）《諤崖脞說》卷三，（上海：上海古籍出版社《續四庫全書》1137冊據乾隆三十六年浣雪堂刻本影印。），頁302。

〔註27〕胡樸安《中華全國風俗志》下編卷五〈涇縣東鄉佞神記・目蓮戲〉（臺北：東方文化書局複刊北京大學、中國民俗學會婁子匡編校《民俗叢書》第八輯本，1933年著），頁24～25。

〔註28〕胡樸安《中華全國風俗志》下編卷五〈鵲江風俗志〉，頁28。

〔註29〕徐珂（清）《清稗類鈔》（臺北：商務印書館，民國72），頁20～21。

〔註30〕《中國戲曲志・江西卷》，頁692。

〔註31〕陳壽祺（清）《福建通志》卷五十五，頁1119。

〔註32〕陳琪〈祁門縣環砂村最後一次目連戲演出過程概述〉《民俗曲藝》132期，民國90年7月，頁75～88。

〔註33〕謝德耀〈紹興的戲劇〉《浙江省目連戲資料匯編》，頁237。

瘟疫流行唱一本目連戲；三十四年（1945）爲超度陣亡將士，祁門縣集合栗
木、清溪、樵溪班社演出目連戲。〔註34〕

二、年規戲類型

　　年規戲指一年中某些比較固定的歲時節令演出具有祈報性質的戲，是屬
於具原始意義的社戲演出形式。〔註35〕

　　祭祀酬神，江南地區方志記載大致以信巫鬼、重淫祀說明當地風俗。四
川一地，明代《虁州府志》言當地「其俗信鬼……俗重田神，踏蹟而遊。」〔註
36〕馬湖於祭祀更是傾其所有的熱烈：

> 夷俗尚巫信鬼，故於府祀典之外，四司有行祠，無禁焉。閩南中夷
> 歲暮罄所儲祭賽，其域內淫祀之神，相引百十爲群，擊銅鼓，歌舞
> 飲酒，窮晝夜以爲樂，儲弗盡弗已也。〔註37〕

萬曆弋陽縣：「至于迎神賽會，喪祭多用浮屠，有爭則訟，習使之然也。」〔註
38〕清康熙間《永豐縣志》卷一：「信巫鬼而重淫祀。」〔註39〕湖北地區情況
是：應山縣「歲時伏臘，報賽祈年，亦醵錢爲會，而隻雞斗酒，集眾成筵，
無費也。」〔註40〕廣東《新寧縣志》二月中祭社祈穀，多演戲爲樂，八月社
日有祭社報賽活動，〔註41〕海南目連戲由早期佛、道只著道袍僧衣誦道佛經
做祀神動作，而後發展成連臺戲，於中元節與土戲唱對台，被稱爲「道壇戲」
或「外場戲」。〔註42〕《徽州府志》：

〔註34〕　《安徽目連戲資料集》，頁84、51、57。
〔註35〕　蔡豐明《江南民間社戲》第三章〈江南民間社戲的主要類型〉（臺北：學生書
　　　　　局，2008）對年規戲的說明，頁60～61。
〔註36〕　吳潛修、傅汝舟（明）《虁州府志》（臺北：新文豐《天一閣藏明代方志選刊》
　　　　　二十據明正德刻本影印，民國74）卷一，頁20。
〔註37〕　余承勛（明）《馬湖府志》（臺北：新文豐《天一閣藏明代方志選刊》二十據
　　　　　明嘉靖刻本影印，民國74）卷五〈秩祀〉，頁194。
〔註38〕　程有守、詹世用（明）等纂修《弋陽縣志》卷二〈風俗〉（臺北：成文出版社
　　　　　《中國方志叢書》749號，據明萬曆九年刊本影印），頁81。
〔註39〕　陸湄（清）等修纂《永豐縣志》卷一（臺北：成文出版社《中國方志叢書》
　　　　　759號，據康熙二十三年刻本影印），頁45。
〔註40〕　張仲炘、楊承禧（清）《湖北通志》志二十一〈輿地志〉（臺北：華文書局據
　　　　　民國十年重刊本），頁574。
〔註41〕　何福海、林膺國（清）《新寧縣志》卷八，頁336～338。
〔註42〕　《中國戲曲志·海南卷》，頁11。

七月十五日燒蘭盂盆於寺中，設伊蒲塞之饌，是皆故越好巫之俗。

週年女郎益喜諷咀齋薰以祈禱云。〔註43〕

除去中元節演目連戲外，各地通常每年固定歲時節令的演出，是「年規戲」之一。乾隆間，李亨特對浙江「每遇夏季演唱《目連》」現象十分不認同，因而加以禁唱登錄在案。〔註44〕可見紹興一地夏天演唱目連戲爲固定形式。固定演戲時間，以春、秋兩季爲最盛。福建迎神設醮，以漳州一地而言：

漳州府……俗尚淫祀，互作淫戲。（自註：此邦陋俗，常於秋收之後，優人互湊諸鄉保作淫戲及弄傀儡。）……論曰：漳俗囂訟奢僭，好崇淫祀，乃自古記之。豈民風固然？抑上之教使然也？〔註45〕

秋收之後的淫戲、弄傀儡等祭祀活動，已至舉國若狂程度，〔註46〕時而爲有司所禁止。〔註47〕目連戲演出，不少是演於秋收之後：江蘇高淳演於秋收登場至農曆十月，名爲唱秋戲。安徽長標班出外演目連戲，從秋收後一直唱到年底方才歸鄉。石臺縣目連戲根據各地習俗和相邀而定演出時間，每次都是中秋之後，或正月裡，或趕廟會時演。郎溪演於秋分前後，一般均固定於農曆七月三十日。栗里王三慶堂所立目連戲關約，由九月初二演至初五日。桐城演目連戲是在秋收之後，除慰勞一年辛勞之外，更爲酬神還願，祈求來年豐收。〔註48〕依據趙景深搜集資料介紹，江蘇溧陽自中秋節十五日傍晚演起，十六日清晨完結。紹興西邊於農曆三月初到四月演目連戲，爲各鄉例戲。浙東鄉下演於秋收之後。〔註49〕

作爲各鄉定期例戲，目連戲年年演，每村演出日期早有定規，紹興西北面的柯橋、下方橋一帶，每年三月初一在柯橋城隍廟開始後，挨村演過去，演到七月半止。遂安一般均是春正月初六開鑼，三月二十八日停演，爲元宵

〔註43〕汪尚寧（明）《徽州府志》卷二〈風俗〉（臺北：學生書局《明代方志選》據明嘉靖四十五年刊刻本影印，民國54），頁67。

〔註44〕李亨特總裁，平恕（清）等修《紹興府志》卷十八末附「禁令」十條（臺北：成文出版社《中國方志叢書》據乾隆五十七年刊本影印），頁491。

〔註45〕羅青霄（明）《漳州府誌》（臺北：學生書局《明代方志選》據明萬曆元年刊刻，民國54），頁24。

〔註46〕林枝春〈論三山迴日風氣書〉，陳壽祺等（清）《福建通志》著錄，頁1128。

〔註47〕以陳壽祺等（清）《福建通志》收錄淫祀相關禁文，有朱珪（清）〈禁淫祀文〉、陳淳（宋）〈與趙寺丞論淫祀書〉、〈又與傅寺丞論淫戲書〉，頁1129、1131。

〔註48〕安徽各地演唱目連戲時間見《安徽目連戲資料集》，頁48、68、86、87、110、135、151。

〔註49〕趙景深〈目連故事的演變〉《浙江省目連戲資料匯編》，頁247～248。

戲、春節戲；下半年七月初一開鑼到十二月初六日止，謂之請吉戲、還願戲，是一年中有兩段演出時間。餘姚由七夕演到七月十五日止，上虞啞目連演出集中在三月、五月和七、八月三段時間。建德地區演目連戲更為頻繁，每年三月二十八東嶽廟，中元節，十月朝（陽曆十月初一）和冬至四個鬼節前後。〔註50〕

　　青海民和縣麻地溝目連戲從正月十五元宵節開始，連演半月。徐珂《清稗類鈔・戲劇類》指四川於「春時」好演目連戲。

　　目連戲作為固定日期的年規戲演出，或演於春秋，或是元宵、中元等傳統節日。這些日期表面上是出於偶然選擇，實際上恰好揭示所演戲的宗教意蘊和性質，與長期行於天子至庶民間的「社祭」有密切關係。周朝出現的獨立祭祀單位「社」：

> 王為羣姓立社，曰：大社，王自為立社，曰：王社。諸侯為百姓立
> 社，曰：國社。諸侯自為立社，曰：侯社。大夫以下成羣立社，曰：
> 置社。〔註51〕

大夫與庶人共立一社，即唐代「里社」。社為祭社稷處所，社稷為田主。〔註52〕一年中幾乎每月都有關於農事祭儀，《禮記・月令》於孟春之月「天子乃以元日祈穀于上帝」，孟夏時「農乃登麥，天子乃以彘嘗麥，先薦寢廟」，仲夏之月「命有司為民祈祀山川百源，大雩帝，用盛樂。乃命百縣，雩祀百辟卿士有益於民者，以祈穀實。」同時有黍登場，嘗黍薦於寢廟祭儀。季夏「以共皇天上帝、名山大川、四方之神，以祠宗廟、社稷之靈，以為民祈福」，孟秋新穀登場薦於寢廟之祭，至孟冬時，「天子乃祈來年于天宗，大割祠于公社及門閭，臘先祖五祀，勞農以休息之。」〔註53〕社作為獨立祭祀單位，具備特定的祭祀區域和場所，有特定的祭祀群體和特定的祭祀活動，通常社的祭祀活動以攸關農業生產方面最為原始、正宗。〔註54〕春祈秋報的主要祭祀土地神，春日祈求土地神給眾生萬物帶來生機，秋日是土地向人類賞賜豐收果

〔註50〕柯橋、遂安、餘姚、上虞、建德演目連戲時間分別見《浙江省目連戲資料匯編》，頁 368、471、313、331、323。

〔註51〕《禮記》卷四十六〈祭法〉（臺北：藝文印書館《十三經注疏》本），頁 801。

〔註52〕孔穎達（唐）《禮記正義・祭法》，頁 801。

〔註53〕《禮記・月令》，《十三經注疏本》頁 287、307、316～317、319、324、343～344。

〔註54〕蔡豐明《江南民間社戲・緒論》（臺北：學生書局，2008），頁 2～7。

實的日子，所以每逢春秋兩季舉行隆重祭祀土地神活動，是爲「祭社」。冬季亦是祭祀重要季節，稱爲「臘」，爲感謝神靈恩賜而舉行隆重祭祀活動。社祭爲祈求農事，《禮記・月令》所述各種相關祭儀爲天子所舉行，無不與民農事相關，秋收之後娛神兼以娛人休息祭祀，配合上述所列目連戲演出時間，集中於秋收之後到年底，爲農閒時候。

　　春秋兩社的祭祀活動目的不同，若再參考其它目連戲演出時間與動機目的，也能看出民間社戲和目連戲結合一起的現象：四川洪雅縣自明代即有六月六日曝衣，田家爲青苗賽的民俗活動。〔註55〕安徽南陵目連戲演出時間多所固定，其中兩個時間點恰好顯現祈報的遠古社祭性質，是：農曆六月二十九日農民祈求豐收的「打青苗」，另一爲秋收之後謝神的「稻旺戲」。〔註56〕繁昌農村半職業性目連戲班，平時務農或從事其它生產，每年三月麥季收成後集合搭班作流動性演出，另一種於稻收之後演出，演員爲農閒業餘學唱的農民，演唱水準自然比不上半職業性戲班。繁昌當地另外有「打社戲」名目，分秧苗、青苗、黃稻三種社，主要請道士設壇，供社稷五穀神位，唸「社科經」，做法事畫符，保護莊稼豐收。青苗社一般在稻子抽穗時，發生稻瘟和蟲災，請道士打青苗社，有的唱目連戲祈神保佑莊稼。黃稻社演出稻黃戲，豐收與否已然成定局，一村或一社請目連戲班唱一至三本不等以慶收成。〔註57〕

　　與〈月令〉麥收薦廟活動參看，足見演出目連戲作春社祈求豐收和麥收或秋收之後演出，是目連戲與原始、傳統祭儀相互結合之後的結果。青苗抽穗產生蟲災或稻瘟，演目連戲驅逐瘟疫，已然將社祭和目連戲演出聯繫在一起，同樣帶著禳災驅邪的動機目的。

　　秋收之後大量演出記載，貴池發現一本民國五年九月寫的《目連戲請神簿》，正文載：

> 伏以九秋開勝會，天德與佛德以齊彰；三晝建良因，聖心同凡心並淨。恭聞我佛之願力深哉，可拔千生之苦楚；目連之孝道大矣，可解萬劫之冤仇。歡心宏開，法雲廣被。彰武帝之善因，徵志公之道德。方方瞻仰，處處皈依，適潔齋明恭伸愫悃，是日香煙散彩，貫達娑婆世界，一泗天下，南瞻部洲。今據中華民國江南皖省池州軍

〔註55〕張可述（明）《洪雅縣志》卷一，頁239。
〔註56〕姚遠牧〈南陵目連戲的傳藝、表演及習俗〉《安徽目連戲資料集》，頁143。
〔註57〕劉西霖〈繁昌目連戲習俗與民歌〉《安徽目連戲資料集》，頁149。

> 政分府在城僧綱司福地龜峰山，寶安寺欽秉釋迦如來遺教，奉行加
> 持，禮請掌目連清醮恩法事。〔註58〕

文辭典雅工整，爲固定常用的請神臺辭，「九秋勝會」一語，足見演於秋日爲常態，且爲爲期三天的目連戲。

　　將各地演出目連戲作爲統整之後，作爲年規戲演出固定時間如下：（一）秋收之後至年底。（二）春日打青苗。這兩個時間點與商周以來的農事生產相關，屬於生產性祭祀，顯然是原來的社祭祭儀演出節目有些爲目連戲所取代。打青苗的社祭祈求豐收，涉及農忙，演戲規模不如秋收之後來得熱烈盛大，有時因稻作蟲害而需驅瘟逐疫，是社祭儀式選用目連戲以驅疫的動機所在。（三）中元應節演出，與鬼節祭祖祭孤魂野鬼活動相關。（四）元宵春節戲，此時尚未開始農忙，爲新年節慶的延續活動而更形熾熱，張燈活動據信應和漢代於上元日自昏到明祀太一有關，〔註59〕萬物有靈的星宿崇拜相關，祀太一與上元張燈，而後目連戲演出自昏達旦，時間點嚴絲密合成爲年節民俗的一部分。

三、神誕廟會戲類型

　　廟會戲指在廟會活動中演出，帶有娛神、媚神性質的戲劇，是順應著廟會的宗教活動而形成發展，不像年規戲那麼具有嚴肅正宗的生產性主題，有較強娛樂性。民間搭建戲臺許多依附於寺廟，啓用新戲臺須有鎮臺儀式，民俗常以目連戲或打叉以達驅煞目的，因此併列於神誕廟會戲之中。

（一）神誕廟會演出

　　明代王穉登對「會」解說如下：「凡神听棲舍，具威儀、簫鼓、雜戲迎之日會。」〔註60〕江南各省迎神賽會活動中演戲爲一普及現象，明代《徽州府志》載當地風俗「泥於陰陽，拘忌廢事，且昵鬼神，重費無所憚」，〔註61〕迎

〔註58〕　王兆乾〈貴池發現目連戲請神簿〉《安徽目連戲資料集》，頁 192。
〔註59〕　《史記》〈禮書〉上元祀太一，備極隆重，〈樂書〉載漢家常於正月上辛祠太
　　　　　一，以昏時夜祠，到天明而終，常有流星經於祠壇，（臺北：漢京出版社，民
　　　　　國 70），頁 462、468。《漢書・郊祀志》：「天神貴者泰一，泰一佐曰五帝。」
　　　　　〈天文志〉：「中宮稱天極星，其一明者，泰一之常居也。」（臺北：鼎文書局，
　　　　　民國 76），頁 1218、1274。張守節（唐）《史記正義》認爲太一爲北極大星。
〔註60〕　王穉登（明）《吳社編》（上海：上海古籍出版社續修四庫全書 1191 冊《說郛
　　　　　續》據清順治三年宛委山堂刻本影印），頁 346。
〔註61〕　汪尚寧（明）《徽州府志》，頁 21。

神賽會與喪祭信鬼神等活動，氣氛熱烈，以湖北普遍於神明誕日演劇，迎神賽會情形如下情形：

> 近俗於神誕日輒醵金爲會，各縣志所載，如東嶽、城隍、文昌、關帝、觀音、祖師、二郎神楊泗之屬，名號紛繁，屆期皆設醮、諷經、徵優演劇，靡費動不可貲計。亦有扮臺閣，陳珍玩，鹵簿鼓吹，導神行城遊市，信捨之家執香花羅拜迎送者，若通山之九宮，黃陂之木蘭，廣濟之橫岡，黃梅東西二山之禪寺，均州之武當，房縣之泰山、房山二廟，江陵之太暉觀，每値會期，數百里外皆絡繹奔赴，填山塞谷，爭相朝謁。楚人信鬼而好祀，至今猶然矣。〔註62〕

廣東《新寧縣志》載清代當地迎神情形，自元月十六日至二月間祀諸神壽節：「演獅象魚龍及各人物雜劇，又間演梨園，夜以繼日，喧闐街道」，〔註63〕浙江地區迎神賽會活動，與其它各省份類似：

> 九月在城各坊，各興祠廟神像遊行街市，導以兵仗、綵亭、金鼓、雜劇，各相競賽，觀者塞路，謂之社夥。（嘉靖《寧波府志》）

> 三月二十八日俗傳東嶽誕辰，蕭之蒙山，餘之黃山皆有廟焉。男女競往燒香羅拜，大姓皆樓船載簫鼓鳴榔遊飲，姚人謂之游江。
>
> （《嘉泰會稽志》）〔註64〕

三月二十八日東嶽誕辰的廟會活動，早於宋代即是熱鬧萬分，陳淳（1153～1217）《北溪字義》卷下「鬼神」：

> 世俗鄙俚以三月二十八日爲東嶽聖帝生朝，合郡男女於前期徹晝夜就通衢禮拜，會於嶽廟，謂之朝嶽，爲父母亡人拔罪。及至是日，必獻香燭上壽。不特此爾，凡諸廟皆有生朝之禮，當其日則士夫民婦皆獻香燭，慇懃致酒上壽。〔註65〕

俗傳東嶽大帝與亡魂相關，禮拜朝嶽能爲亡人拔罪，在誕辰當天演出目連鬼戲是應節戲目。清宮《勸善》有不少東嶽大帝出場齣目，5－13自敘「降禍降祥，因一念之善惡；註生註死，掌六道之輪迴。」接受所轄神明奏覆人們善惡，8－15十殿閻君將眾鬼犯提拘至東嶽廟，交由東嶽大帝審核，足見嶽帝所

〔註62〕 張仲炘、楊承禧（清）《湖北通志》歲時「二月八日」條下說明，頁 590。
〔註63〕 何福海、林廣國（清）《新寧縣志》卷八，頁 336。
〔註64〕 嘉靖《寧波府志》、嘉泰《會稽志》俱見沈翼機（清）《浙江通志》卷九十九。
〔註65〕 陳淳（宋）《北溪字義》卷下「鬼神」（臺北：世界書局據光緒九年七月學海堂重刊），頁 48。

掌職責與亡魂相關。資料同時傳遞所有神明皆有誕辰生日與相關賽會活動，除去神誕賽會之外，若有新修廟宇或是神佛開光，都得演戲酬神。每逢數年，對廟宇建築與佛像金身進行一次較大規模的重修活動，妥當之後，擇定黃道吉日舉行新修慶典的「開光」儀式。開光之日，請村社中德高望重的長者將蒙在神佛眼上的紅紙揭下，如此神佛就算獲得新生，廟宇重新恢復它的宗教職能。開光之日，請神、接神種種祭儀，再演戲請神看「開光」戲。不論何種形式、目的的酬神演戲，都有目連戲演出身影，福建莆田華亭鎮後楓大隊山仔村於 2000 年 8 月 1 日因社廟開光告竣，請莆田下花燕飛木偶劇團演出《目連救母》。〔註66〕安徽《寧國縣誌》卷四：

> 迎神賽會必招梨園演戲，鄉俗信鬼，每十年則大演目連一次，或三
>
> 日或七日，輒數百金不惜。〔註67〕

每十年「大演」目連一次，必有相對的較常演出的「小演」目連戲規模。蕪湖「今鄉間酬神賽會，喜演目蓮戲」、南陵「陵民報賽酬神，專演目連戲。」〔註68〕今屬黃山市的休寧縣農村有不少五猖廟，各地祭祀日期不一，一般都在農曆冬至前後或閏年年終，但不論何時祭五猖神，必定要演目連戲，〔註69〕農曆七月三十日為地藏王菩薩誕辰舉行的九華佛會，有不少目連戲班受邀前往或在本村演，如韶坑村、石臺縣等班。〔註70〕南陵目連戲班除農民祈求豐收和秋收之後的稻願戲演出外，大部分應演於廟會活動中：農曆二月二日土地會、二月十九日觀音會、三月三日宴公菩薩會、三月十九日插花娘娘會、弋江四月十五日的火神會，〔註71〕以上種種資料為安徽演目連戲以酬神情形。

浙江一地亦然，清代紹興師爺傳鈔秘本《示諭集鈔・禁目蓮戲示》：「爾等酬神演戲，不拘演唱何本，總不許扮演《目蓮》」〔註72〕上虞太平會成員所演出的啞目連，集中於三、五和七八月這三個期間，當地諸多神佛生辰的廟會活動，總在廟台演出，截取目連戲中無常、惡鬼捉劉氏這個片段加以敷演

〔註66〕王旭實地調查《鬼節超度與勸善目連》，頁 130。
〔註67〕李仲丞（民國）總修《寧國縣志》卷四「政治志・風俗」，頁 469。
〔註68〕余誼密（民國）《蕪湖縣志》「地理志・風俗」：「邑子弟工度曲者，聚而演劇，謂之柯班」條下註，頁 117；余誼密修《南陵縣志》卷四〈輿地〉，頁 60。
〔註69〕李泰〈休寧縣海陽鎮目連會戲與梓塢班〉《安徽目連戲資料集》，頁 127～128。
〔註70〕《安徽目連戲資料集》，頁 64、114～115。
〔註71〕姚遠牧〈南陵目連戲的傳藝、表演及習俗〉《安徽目連戲資料集》，頁 144。
〔註72〕王利器輯錄《元明清三代禁燬小說戲曲史料》（上海：上海古籍出版社，1981），頁 161。

而成，可演三個多小時。〔註73〕福建晉江縣於六月十三日觀音生日演目連傀儡。總總資料顯示南方以目連戲爲其敬神節目。青海民和以能仁寺爲中心，演出《目連僧救母》，亦屬廟會、佛事活動。

（二）新戲臺啟用驅煞戲

新的戲臺落成啓用之前必須驅煞，俗信新戲台煞氣重，煞氣不除，戲台及其周圍便不得安寧，演目連戲驅除煞氣收效最快。如不演整本，也得借重目連戲打叉片段以除煞，可保平安無事。〔註74〕新戲台落成首場演出「捉鬼戲」以捉煞、捉邪，又名「驅煞戲」。由演員扮閻王、判官、牛頭、馬面、鬼卒等，閻王命判官去將惡鬼捉拿到案，判官立即率領鬼卒持令牌、鐐銬等物前去執行差事。浙江天台鄉農村於1984年建造一座新戲臺，還請目連班老藝人演幾折目連戲進行「掃台」，以求大吉大利。〔註75〕

既然新建戲臺需要除煞驅邪，推而廣之，每年演出一次大戲，開演前的頭晚下半夜，要請戲班捉煞驅邪，如萬載康樂縣。贛東北饒河班將這一表演形式融合於《目連》高腔中，俗稱「捉劉氏」。甚至戲班新到一處演戲，也必須舉行驅煞「捉劉氏」的驅煞儀式，當地人說該地某處最邪，常鬧鬼，戲班先於最邪處圍以囤皮，再於演出開台時，由一藝人扮劉氏，混於觀眾中，二花扮菩薩，五個手下扮五藏，在台上發現劉氏，遂躍身下台將劉氏捉上臺鞭打，劉氏掙脫，跳台奔逃，菩薩、五藏神窮追不捨，直到村界，不見劉氏，但走入囤皮，取出一竹罐，將公雞頭扭下置罐中，以紅布紮口埋於地下，周圍釘約兩指粗、長尺許的木樁五根，令劉氏永遠不會再來。〔註76〕這種驅邪、捉鬼表演屬於儀式範圍，與戲班所演的戲劇內容完全無關，但是利用目連戲驅邪除崇目的滋生而成的儀式，見證目連戲普遍爲人民所相信、接受的驅煞功用。

〔註73〕 羅萍〈古老的民族傳統啞劇——上虞南湖「太平會」調查〉《浙江省目連戲資料匯編》，頁331～332。

〔註74〕 歐陽友徽〈大打飛叉——祁劇《目連傳》的表演特色〉《戲曲研究》37輯，頁121。

〔註75〕 徐宏圖〈目連戲與早期南戲〉文中提供的事例，《浙江省目連戲資料匯編》，頁399～400。

〔註76〕 《中國戲曲志·江西卷》，頁693～694。

四、還願戲類型

　　湖南有一種「萬人願」演戲，即眾多的人集資唱的還願戲，或稱萬人緣、萬里緣，〔註 77〕江西「萬人緣」大醮，亦是建醮還願性質，演出場面十分壯觀，多演高腔目連戲。〔註 78〕宜春地區，清代《萬載縣志》：「近有醵金演戲，名為了願」，〔註 79〕在神明壽誕日演戲還願，該縣城隍廟於四月十八神誕日有名為酬願的演戲活動，盛況是：

> 先期月餘，梨園紛集，士民酬願無虛日，城坊各廟俱賽戲飲宴，四
> 月終乃罷。〔註 80〕

至於「萬人緣」是不拘月數，隨時可以演出：「其或修建功竣，必募貲戲醮，名為萬人緣，此則不拘月數者也。」〔註 81〕顯見還願與酬神活動相聯繫，不外乎各家有事向神明許願，將來演戲酬神庇佑。清乾隆十五年修《當塗縣志》卷七「風俗」：

> 俗尚鬼而不擇醫，里民病者先即許鳴鑼酬願……即延僧道巫覡，報
> 禮金仙北斗，燒香楮膜拜以為禱……凡有祈禱，輒演劇於城隍廟，
> 謂之酬願。〔註 82〕

尚鬼重巫，又與祈禱許願無法分開，祈禱之後，演戲是為酬願，形成了祭祀酬神與還願、祈福數項目的結合為一。清朝安徽祁門〈奉神演戲酬恩疏文〉載演戲酬神還願意圖：

> 言念弟子，叨生華夏，幸際昇平，正值陽長陰消之候，晨鋤牧務之
> 時。茲天地之淫氣，不無寒暑之災危，是以眾等驚惶，告許諸神位
> 下：演戲酬還，縱有災眚不褪，自此諸神消解。鑒觀不爽，祈保平
> 安。則家家樂業，戶戶平安。〔註 83〕

〔註 77〕《中國戲曲志・湖南卷》，頁 8。

〔註 78〕《中國戲曲志・江西卷》，頁 25。

〔註 79〕常維楨（清）纂修《萬載縣志》卷三「風俗」（北京：中國書店《稀見中國地方志匯刊》據康熙二十二年刻本影印，1992），頁 847。

〔註 80〕金弟、杜紹斌（清）等，《萬載縣志》（臺北：成文出版社《中國方志叢書》華中 871 號，據清同治十一年刊本影印），頁 532。

〔註 81〕金弟、杜紹斌（清）等《萬載縣志》，頁 532。

〔註 82〕張海、萬橚（清）合修（清乾隆十五年修）《當塗縣志》（臺北重印本，無出版社名，民國 69），頁 123。

〔註 83〕為祁門栗木目連戲班司鼓王柏青藏用，後由雷維新複印提供，〈應酬要用中演戲疏文、戲票、戲關約〉，《安徽目連戲資料集》，頁 108。

祈求許願而後演戲酬還，去邪除災最後目的爲樂業平安。所許的願常因地、因人而異，因地而異如安徽當塗縣湖陽村，秋冬季節南雁蕩有無數野鴨飛過棲息，大邢村設伏用大槍、火銃、連環炮捕殺。因此每年都向該村大王菩薩許願，如果野鴨打得多，就要唱目連戲三天以謝神靈保佑，打得少也要唱一夜戲。〔註84〕浙江餘姚民間有人生病，均有家裡人到寺求神許願，病癒後敬戲一臺。

對神崇敬而有所求，求而達到目的，還願必然周到。民俗認知是如未還願，除心裡自覺對不起神明外，還恐懼遭到如雷殛之類的「神懲」。若未能於短時間內還願，常隨年紀愈老而償還心意愈強，加上法師說法：在生之年不還，死後也要由他人（後代或其他人）替他償還，那時就得加做法事，用經懺將許願者亡魂召請回來再做法事。〔註85〕容世誠調查新加坡爲酬神還願而演北斗戲，係主家在兒子結婚前爲已去世的父親還願。〔註86〕有願必還的信念存在於常民心中，即使生前無法還願，也再三囑咐子嗣代爲還願謝神，信念深植成爲民俗心理與行事的一部分。

以上所列民間演出目連戲，都有固定時間，如爲臨時加演，是因應著驅鬼除邪功用而來。相對來看，不屬於民俗範圍的宮廷演出目連戲，演出時間是不固定的，董含《蓴鄉贅筆》載康熙二十二年「正月」宮廷用活虎、活象演目連戲。昭槤《嘯亭續錄》載《勸善金科》於歲暮演出，以代古人儺祓之意。〔註87〕嘉慶年間宮廷自十二月十一日起演《勸善金科》，而於二十日演完。〔註88〕道光二年（1822）下旨令，因爲「今年忙」，不必承應《勸善》，〔註89〕道光六年歲末由太監傳旨：

> 十二月十五日　祥慶傳旨，正月十五日，萬歲爺從天壇內下圓明園
> 時候晚，唱小戲、尋常軸子。將《勸善金科》移在八月萬壽時承應。
> 欽此。〔註90〕

〔註84〕高慶樵〈目連戲在湖陽〉《安徽目連戲資料集》，頁155。
〔註85〕爲祭儺神許願事例，《四川省江北縣舒家鄉上新村陶宅的漢族「祭財神」儀式》（臺北：施合鄭民俗文化基金會，1994），頁321。
〔註86〕容世誠〈北斗戲的田野觀察〉《戲曲人類學初探》，頁63～64。
〔註87〕昭槤（清）《嘯亭續錄》卷一〈大戲節戲〉條（臺北：文海出版社《近代中國史料叢刊》63冊）。
〔註88〕王芷章《清昇平署志略》（北京：商務印書館，2006），頁80。
〔註89〕《清代內廷演劇始末考》，頁135。
〔註90〕轉引自朱家溍、丁汝芹《清代內廷演劇始末考》，頁170。

《勸善》大多數為歲末演出，但是可以隨皇帝想法隨時取消或移置演出時間，如上述移於萬壽時承應，與儺祓、驅鬼的民俗信仰完全無關。而且隨著道光七年裁退外學伶人之後，像《勸善》需動用大批演員的戲，就再難演出全本，只能演〈羅卜行路〉、〈過滑油山〉等散齣，類同於崑腔折子，又與民間簡單演一夜目連戲的方式不同。宮廷戲臺重修完工，久不演戲如國喪或新建戲臺，「照例」先祭祀臺神之後才正式開戲，名為「祭祀臺神」，原有「進塞勒包子」習俗，道光下令刪去。〔註91〕祭祀台神劇目為〈福祿天長〉和〈跳靈官〉，〔註92〕跳靈官為宮廷淨臺方式，與民間新戲臺啓用以「驅煞」為名，本質可能相同是為了驅煞，但名稱不同，執行方式應是簡單祭祀，與民間打叉、演目連戲內容也不同。透過對照，宮廷和民俗演目連戲的差異相當清楚。

第二節　目連戲民俗祭儀配置與祭祀內涵

目連戲演出與超薦亡魂、祭祀酬神還願有相當密切關係，戲臺常搭建於寺廟廣場，紹興做平安戲在土地廟開演，〔註93〕青海民和縣東溝鄉麻地溝村佛事活動，在能仁寺舉辦廟會，演出目連戲。〔註94〕寺廟通常為居民往來會聚之處，如非於寺廟廣場，亦在居民所聚：

> 羣不逞少年遂結集浮浪，無慮數十輩，共相倡率，號曰戲頭，逐家
> 歛錢物，豢優人作戲，或弄傀儡。築棚於居民叢萃之地，四通八
> 達之郊，以廣會觀者。至市廛近地，四門之外，亦爭為之。〔註95〕

演戲場所方便於人們來往觀賞的廣場，以助長廟會祭神熱鬧氣氛，方便居民往觀。後來由於目連戲規模盛大，觀眾多，部分地區在曠野空坪臨時搭臺演唱。現將所能查閱到各地目連戲演出前後、期間相關祭祀活動列表如下，由於資料詳略不同，因此部分地區程序記載不完整。

〔註91〕《清代內廷演劇始末考》，頁133、216。

〔註92〕光緒即位後，國喪開禁演戲戲目，《清代內廷演劇始末考》，頁363，光緒九年六月十二日慈安太后過世國喪二十七個月，開鑼唱戲，第一齣是《喜溢寰區》（跳靈官，二刻），頁372，顯然跳靈官為祭祀台神，含括淨臺的儀式。

〔註93〕胡樸安《中華全國風俗志》〈紹縣做平安戲之風俗〉，頁48。

〔註94〕《中國戲曲志・青海卷》，頁5。

〔註95〕陳淳〈又與傅寺丞論淫戲書〉，收錄於陳壽祺等（清）《福建通志》卷五十六，頁1153。

〔表4－1〕目連戲演出相關祭祀活動

地區		演出前			演出期間			演出後	備註
					首齣	相關祭儀	末齣		
安徽(註96)	栗木	接菩薩	起猖	跑五馬	斬妖掃臺			退猖	趕捉喜神
	韶坑	起猖祭猖	遊菩薩臺安位	請臺：請老郎神	大佛遊臺			退猖	
	旌德	祭壇	起猖	啓臺：五跑猖馬				倒(禱)壇	
	南陵	設神臺(參祖)	祭五猖	化馬進香		聞太師驅邪、送子	收臺	拆神臺(免祖)	
	梅渚	搭臺	啓神遊街		靈官鎮臺	過閻王關		燒紙送神	
四川(註97)		搭臺布置	安神位		靈官鎮臺	放五猖捉寒林　祭臺場、算身替、立氏、車、保、叉、郗幡回馬打符叫祭叉	靈官掃臺	收五猖	送神歸位

〔註96〕依《安徽目連戲資料集》整理而得，頁100～102、112～117、137～141、145～147、152～153。

〔註97〕依黃偉瑜〈川劇目連戲神事活動管窺〉整理而得，《四川戲劇》1992年2期，頁46～51。

地區		演出前			演出期間			演出後	備註
					首齣	相關祭儀	末齣		
福建	莆仙戲〔註98〕	搭臺布置	鼓樂迎神、誦咒語						
	打城戲〔註99〕	請神	放赦		遣閻		打天堂城		
江西〔註100〕	九江	搭戲臺、猖棚、菩薩蓬	迎神至薩蓬	起猖拿寒林	盤臺跑馬			送神	日行猖迎神送神　每日必起神送
	東北	搭菩薩蓬	臺下稻寒林鎮守	請猖神	跑五馬				天猖神　每請神
		戲臺搭菩薩蓬	臺下稻寒林鎮守	查葷	收煞開臺				第一天

〔註98〕林慶熙〈福建莆仙戲目連〉，頁82。

〔註99〕吳秀玲〈泉州打城戲初探〉《民俗曲藝》139期，民國92年3月，頁227。

〔註100〕見毛禮鎂〈江西宗教戲曲《目連救母》研究〉《民俗曲藝》131期，民國90年5月，頁68～73。

地區		演出前				演出期間			演出後	備註
						首齣	相關祭儀	末齣		
				請猖神	跑五馬	韋陀開臺		趕吊		第二天
湖南〔註101〕	辰河	發箱上臺、行箱、箱位包師臺安（神貼壇神神榜）	請神安位、封禁、歸位、臺鎮、神安	發猖捉寒林	擡靈官遊街	靈官掃臺			送神、送茅船	演員行事
浙江〔註102〕				起猖	跳馬	起殤	聞太師驅鬼	鬼王掃臺	燒大牌	
	開化			掃臺	調武文猖	韋馱登殿				
	啞目連			戒齋沐浴		觀音開臺		鬼王掃臺		演員行事
青海				選位杆吉綁刀	方埋、日刀	黑虎掃臺	進廟參拜上香	上刀山		

以上演目連戲祭儀或多或少不同，加上大演與兩頭紅演法於長度上相距甚大，相關祭祀活動也隨之增減，因此洋洋灑灑眾多的祭祀活動，並不一定舉行，然而無論多小規模演唱和簡化神事活動，以辰河目連而言，只有「請

〔註101〕李懷蓀〈辰河目連戲神事活動闡述〉《民俗曲藝》78期，民國81年7月，頁103～163。

〔註102〕無名氏〈開化目連戲〉、〈遂安縣目連戲劇種調查發掘記錄材料〉、〈上虞的《啞目連》〉，見《浙江省目連戲資料匯編》，頁279、469、406～408。

神安位」和「送神」兩項程序是必然不可缺少的。神事活動的執行，係民俗信仰下的行爲，直接對神或鬼靈表現崇敬、安撫、鎮壓與驅逐。幾個相臨省份的祭儀有類似之處，安徽、浙江、江西同時有跳猖、跑馬祭儀和表演；江西、湖南、四川三相鄰省是「跑五猖、捉寒林」，江西一地可說是折中地區，因此同時具「跑猖、跑馬、捉寒」三項，與地區民俗信仰，崇敬神明有關。相對之下，資料較爲欠缺，福建雖臨近浙江、江西，與青海目連戲祭儀卻自成一格，顯得獨立有特色。

本節關於目連戲相關祭儀與配置，僅以「搭建齋壇迎神」，「開演前迎神鬼、祭臺」和「演出結束後的宗教祭儀」三項分別論述。至於演出目連戲齣「期間」，與戲齣內容相結合或派生的祭祀儀式，則留待第三節進行討論。

一、戲臺前搭建齋壇以迎鬼神

演目連戲前，於戲臺正對面搭臺或棚佈置以祀神，豎燈篙兩項爲建築上的硬體設備，迎神祭儀爲民俗敬神精神的外在表現。

（一）搭建神臺、神壇

在戲臺正對面搭臺或棚、篷，布置神位與相關民俗信仰使用的工藝用品以祀神，爲舉行宗教科儀處所。福建興化搭棚迎祭各社神，棚內陳列紙糊人馬、衣裙、箱蓋之類，用黃白紙糊金銀箔作金山、銀山，有時高至十餘丈，延請僧道於棚內誦經禮懺，朝晚上供，直到圓滿結束。〔註 103〕紙紮、紙糊日用品爲民間俗信認爲鬼魂所用。

贛東北演目連戲，在戲台對面搭一大座菩薩篷，以香燭供品祭禱紙紮的高大神像：地藏王居中，右邊是王靈官、地方鬼（無常）、牛頭；左邊是城隍、邋遢相公、馬面。〔註 104〕神棚內供奉神靈，各地不同，安徽梅渚、定埠供奉「九天應元雷神普化天尊」聞仲和雷部二十四位正神。〔註 105〕青海民和縣，戲臺正對面置刀山架，用大鐵繩將刀山圍綑，再用大鐵鎖鎖住，象徵鐵圍城地獄。刀山架與戲臺中間是萬神壇，〔註 106〕以上全是爲演目連戲臨時搭建，

〔註 103〕施鴻保《閩雜記・普度》（清咸同間著者手稿本）。
〔註 104〕毛禮鎂〈弋陽腔的目連戲〉《目連戲學術座談會論文選》（長沙：湖南省戲曲研究所，1985 年 3 月），頁 69～70。
〔註 105〕潘于召、胡耀華〈胥河南岸目連戲〉《安徽目連戲資料集》，頁 153。
〔註 106〕《中國戲曲志・青海卷》，頁 367～368。

不屬於寺院固定建築。既名爲萬神壇,演戲期間供奉神明之多可以想見。

神臺有華麗繁複和簡單各式不同等級,不論何者,經過法事儀式後,都是屬於神聖淨化的空間。南陵目連戲演出在戲臺口正前方約八十公尺處築臺,用蘆圍圍成方桌大小圓圈,下圓上尖呈寶塔形,是爲神臺,外面用蘆圍子圍護,裡面供祀五猖牌位,〔註107〕屬比較簡化神臺。

比神臺更爲簡單的神壇爲不另行搭臺,而是配合寺觀、戲臺本身建築,在廟寺開門處懸鬼王坐鎮鐵圍城、城內繪諸多冤死鬼圖。戲臺左右懸黃、紅、白三種長錢串,金銀綻串、紙人、紙馬、紙牛羊豬三牲;戲臺左側或左下方,立藍或黑底白字的未入地府冤魂冤鬼牌位。戲臺最外側兩角掛接引幡。此爲四川清末民初一般設置。如於戲園演目連戲,這些設置通常不採用,僅張貼廣告說明演目連戲,在戲園門外或對面遮雨處立一紙紮鬼王。〔註108〕浙江漁區戲臺處理方式和四川相近,台前不遠處豎一尊三四米高的紙紮鬼王,兩旁是紙紮的童男童女、黑白無常及牛頭馬面等。鬼王前又有一座紙紮玲瓏寶塔,高三四公尺。據說,寶塔象徵地獄門,待到目連搗開地獄門,餓鬼就可以出來受齋。〔註109〕

這些神臺神壇,是屬於神明所在的空間,經過請神種種宗教儀式,將空間潔淨化,棚內所供燈油香火於演出期間不能熄滅,因此,除了特定被指派爲添香火祭拜者之外,一般人不能隨便進棚。福建莆仙演出目連戲搭三層大棚,上層建神樓,供奉玉皇上帝,中層供演出;下層稱棚下,是觀眾看戲的地方,頂棚蒙以五色布。〔註110〕神樓自然也不是一般民眾所能進入。

道壇、齋壇設置中,不乏安置紙紮神鬼像與日常用具,以安徽屯溪目連班演出前,置紙紮三十六種鬼形,用以驅魔。紙紮鬼形、紙糊建築房舍、金銀山、經衣山等等,全是爲鬼魂超度而設,無不展現當地民俗工藝的精粗程度。

(二)豎燈篙以迎神鬼受饗祭

演出目連戲,爲神事活動而搭臺設壇,通常另外設置旗杆:南陵旗杆長

〔註107〕姚遠牧〈南陵目連戲的傳藝、表演及習俗〉《安徽目連戲資料集》,頁145。
〔註108〕黃偉瑜〈川劇目連戲神事活動管窺〉《四川戲劇》1992年2期,頁46～47。
〔註109〕《中國戲曲志・浙江卷》,頁649。
〔註110〕林慶熙〈福建莆仙戲《目連》〉《戲曲研究》37輯,(北京:文化藝術出版社,1991年6月),頁82。

一丈五、六尺，以不超過戲臺臺柱爲限，選用上帶竹梢枝葉的活竹，頂端綁繫紙錢。安徽休寧樹立判官竹，懸掛紅燈，以廣招遠近孤魂。莆仙神棚前豎立二根旗杆，上懸招魂幡和普度燈。不論杆頂陳設物件或是紅燈，或者是招魂幡，或如四川只於戲臺最外側兩角掛接引幡，儘管各地有別，用以接引孤魂目的是相同的。

若如浙江定海、沈家門等漁區演目連戲，懸掛一面長長黑色蜈蚣旗於海邊豎立的旗杆上。臺灣祭儀大型建醮活動，道場兩側對稱位置同時豎兩座燈篙，左側爲天燈、蜈蚣旗的神幡，右側是懸七星燈的孤魂旛。由僧、道主持的升旗儀式，實際上爲祭儀的開端，旗篙，作爲祭場標誌。〔註111〕蜈蚣旗的設置，係爲招請陽界神祇前來受祭的神旛，與對陰間鬼靈所豎孤魂幡有別。

不論所搭建爲壇、棚或臺以供奉神明，演出之前於神臺舉行祭儀，演出之間必需照料齋壇內香油燈不熄，演出之後則有拆臺，焚燒紙馬、牌位等祭儀。道觀寺廟專爲神明壽誕舉行齋醮科儀，其中《破血湖》、《破地獄》、《挑經擔》等與目連相關。以安徽休寧縣而言，表演前亦須高築壇臺，壇上供諸神明，壇下正對面設代表冤死鬼的三十六諜、孤幽塑像或靈位，靈前點長明燈。〔註112〕迎請神明和孤魂野鬼看戲的壇區別爲上壇、下壇，神明居上壇，鬼魂、殤亡者居下壇，各地皆然。依所立神榜名目眾多，顯見民間多神信仰、逢廟就拜的習性，辰河目連戲上壇所祀正神洋洋灑灑可分六類：〔註113〕

第一種類是梨園諸神和前輩病老善終藝人名諱，計有正乙沖天風火院內岳王戲祖老郎神君、金花大姐、銀花二娘、陳平啓教傀儡先師、江西廻陽山前傳後教梨園宗師。

第二種是道教諸神，有：昊天金闕玉皇大帝、三元三品三官大帝、文昌開化梓潼帝君、中天星主紫微大帝、溫王馬趙四大元帥、三天門下糾察大帝、披髮仗劍眞武祖師、本郡城隍福德大王、當坊土地里域正神、九天司命太乙府君、天地水陽四值功曹。

第三是自然神：水火二將把門將軍、日月二宮陰陽上神、南北二斗二位星君、雷公電母風伯雨師、五嶽聖帝四海龍神、上宮下廟血食之神、天地虛

〔註111〕劉枝萬〈臺灣臺北縣樹林鎮建醮祭典〉和〈臺灣桃縣中壢市建醮祭典〉二文，《中國民間信仰論集》（臺北：中央研究院民族學研究所，民國90年三刷），頁45～130。

〔註112〕李泰〈休寧縣海陽鎮目連會戲與梓塢班〉《安徽目連戲資料集》，頁131。

〔註113〕神榜係李懷蓀〈辰河目連戲神事活動闡述〉所列，頁115～129。

空過往仙佛。

第四爲佛教諸神：釋迦牟尼佛、南海普陀觀音菩薩、文殊普賢、地藏菩薩、四大金鋼、韋陀、十八羅漢、八百阿羅漢、三千揭地、二十四諸天菩薩。

第五類是歷史人物成神者：關聖帝君、岳武穆、張良、魯班、南霽雲、張巡、姚闓、雷萬春、諸多行業神如黃帝軒轅爲縫紉業行業神，鐵作業祀尉遲敬德，屠宰業祀張飛等，也常列名於神榜中。

第六種爲辰河當地奉祀神明：五穀大王地脈龍神、威鎮五溪伏波侯王、斬龍得道楊泗將軍、鴉溪福主白帝天王、飛山太公威遠侯王、江西福主許仙眞君。

神榜名單常因地而異，如前述行業神部分，牽涉到各行業公會常是籌劃演唱目連戲活動的積極參與者，自然所祀行業神隨之改變或增加。演於外地如貴州、四川的辰河戲流行區的目連戲，神榜加列兩湖會館祀神福壽禹王，貴州銅仁一帶則加列四川會館祀神川主李冰。

以上爲上壇所供祀神榜，下壇供奉均爲殤亡之神，因此五路五猖神應在下壇位置，另外還有三洞山大王、概括江湖上三教九流一切殤亡之神的紅黑二道將軍、歷代殤亡藝人名單，組成下壇神榜。神榜名單事先即需要張貼妥善，等待包臺師舉行迎神祭儀。

二、開演前的迎神鬼、祭台等民俗祭儀

目連戲演出有天數不等的齋戒，當地民眾和戲班演職員必須齋戒、禁屠，伺恰當時機，如演至〈劉氏開葷〉才得以開葷。開演當天，正戲未演出前，有迎神、祭台等相關祭祀儀式活動。

（一）迎神鬼祭儀

演出前例需迎神，安徽韶坑班將迎神稱爲「遊菩薩臺」，置於祭猖之後，將猖神迎接進村後，先到戲臺對面的菩薩臺備祭品，舉行焚香、燒紙、跪拜等等祭儀，請先前許願眾神安位看戲，旌德班則將迎神置於起猖巡行之前。〔註114〕梅渚啓神迎神於土地廟進行，在日落西山時，演員化粧成雷神、牛頭、馬面和兩名夜叉，申奏請神疏文，前列事由，後列所請神靈法號，然後鳴爆竹、遊四門請四方神祇。遊完四門，表示神明已經迎請並跟隨而來，而後回到戲臺，

〔註114〕《安徽目連戲資料集》，頁 114、137。

演員上臺化粧演出。〔註115〕通常所演第一齣名爲〈大佛登臺〉，實際上亦是一齣迎神祭儀戲劇，以示神明降臨。辰河目連戲包臺師念請神疏文，大致內容爲：

> 伏以神不亂請，香不亂焚。弟子今日焚香奉請，請神神至，叩師師臨。弟子啓眼觀青天，梨園先師在眼前。一心奉請，梨園啓教諸位祖師：正乙沖天風火院内岳王戲祖老郎神君，金花大姐，銀花二娘……弟子有記名不到，請名不到，紙上有名無名，弟子火化錢財，總是梨園弟子，老少忠魂，傳教先師，掌教先生，位位分到，個個得高。來時不帶半文錢，送歸腰纏千萬貫。有座自座，有位安位。恕弟子陰陽兩隔，不能奉座奉位。

請完上壇梨園諸神，再請下壇所有殤亡藝人。而後又念如下「請神辭」：

> 今有○○省○○府○○縣村土地祠下眾姓人等，啓發虔心，接得梨園弟子，搬演舊詩古文，酬謝天地。梨園弟子今奉岳王戲主敕令，命得張良、魯班二位仙師，降臨小小花臺之上，造起逍遙宮殿。上化九品寶蓮臺，下化金絲草蒲團。左邊造起金交椅，右邊造起繡花墩。中間造起金香爐，每日香煙不斷，燈亮不絕。寶爐内無香自香，無火自燃。弟子造起宮殿寶座，迎接諸佛仙神：昊天金闕玉皇大帝、三元三品三官大帝……諸佛仙神，請領受眞香。

經過卜卦顯示眾神已請到降臨，再宣讀該地酬神演唱的「表文」後加以焚化，畫符籙召將請神，殺雄雞，以雞血蘸「梨園召將誥」，貼上壇神榜左側，同時，以雞血蘸已經貼好的「五方五位鎮臺符」、「星宿諱」和「岳王諱」，之後擂鼓三通，鳴鑼三聲，以示上壇諸神請到，再誦念「安神咒」。上壇安妥，復安下壇。整個儀式在焚香化紙，鳴放鞭炮之後宣告完成。〔註116〕

莆仙目連演員於演出期間，飲食都在棚上。扮演閻羅與橋頭將軍的演員開好臉譜，就要在後台正襟危坐，遵行不能與人交談的民俗規範。閻羅尚未出場，在後台要雙腳踏八卦，上場後迸撒紙錢，伴隨大放煙火、喇叭或大嗩吶頻吹、響炮齊鳴方式製造莊嚴肅穆氣氛。演出有固定排場慣習，依序爲：一、奏報鼓，預告觀眾即將開演；二、放響炮弄棚，製造熱鬧氣氛；三、奏三清鼓以恭請太清、上清、玉清仙師登上寶座；四、奏調將鼓敬請溫、康、

〔註115〕《安徽目連戲資料集》，頁153。

〔註116〕以上所引請神疏文兩大段，俱見李懷蓀〈辰河目連戲神事活動闡述〉，頁130
　　　　～135。

馬、趙四將各就神位；五、奏玉皇鼓拜請玉皇上帝出殿；六、誦咒語，唱〔上詞〕、〔中詞〕、〔下詞〕；七、武頭出末，由淨扮上場念詩：「湛湛青天不可欺，未曾作事我先知。善惡到頭終有報，只爭來早與來遲。」〔註117〕以上固定戲劇演出慣習，為戲班、民眾普遍遵循。三奏三清鼓以下為迎神儀式，念誦咒語以驅除邪祟，祈求平安，將儀式融入於開場第一齣戲，定名為〈大佛遊臺〉。

因應神明壽誕舉行三天祭典儀式而演目連戲，浙江朱氏目連班為道士班，同時負責主持內壇祭儀，因應內壇法事與第三天夜間外臺演戲之間的過渡，將〈通天接佛〉置於祭壇法事後、戲劇開演之前，成為《目連救母》戲劇的第一齣。內容是拜請玉皇大帝、觀音、三官、四天將、五百羅漢、南北斗星君、王母、太白金星等九天諸神、十方諸佛到壇，各助目連神力，助其破獄、救母成功，緊接著上演《目連救母》正式戲劇。〈通天接佛〉儀式可說是內壇法事到外台儀式劇的過渡形式，〔註118〕同時也是目連戲演出前的迎神儀式，迎請佛、道兩教神明。

（二）鎮臺、開臺祭儀

由演員扮演神明鎮臺是迎神之後、開演之前的祭儀，名為〈靈官鎮臺〉或〈收煞開臺〉、〈黑虎掃臺〉。

浙江上虞啞目連第一齣〈觀音開臺〉，上場有韋陀、觀音、童男童女，借此鎮邪、降吉。贛東北弋陽腔目連戲演戲前，戲台底下需紮一稻草人，身裹紅布，用篾曬墊圍住，設香燭案桌，點七根燈芯長夜不息。據說稻草人是看鬼的地保，在台底鎮守，以防野鬼闖來騷擾。「收煞開台」第一夜演出要先掃邪再開演，打完鑼鼓，就跳韋陀、跳護法，上五鬼引判官上，再上四龍套擁地藏王上，地藏王念完收煞台詞之後，韋陀拿鐧，護法拿鞭，並將卷在鐧、鞭的長爆竹點燃，在台上轉圈收煞。眾神踩著上下場門排鋪至台桌一排倒八字形瓦片下場，再到後台掃一遍，即告收煞完成。〔註119〕以出版臺本來看，將鎮臺列為齣目之一有調腔本〈起殤〉。火德星君皇（王）靈官神：

今據大清國浙江紹興府○○縣○○鎮○○廟，平安救母記全臺。壇

〔註117〕林慶熙〈福建莆仙戲《目連》〉《戲曲研究》37 輯，（北京：文化藝術出版社，1991 年 6 月），頁 82。

〔註118〕徐宏圖《浙江省東陽市馬宅鎮孔村漢人的目連戲‧儀式過程及構成》，所記為 1992 年 3 月至 4 月的法事與目連戲演出祀典狀況，頁 36。

〔註119〕毛禮鎂〈弋陽腔的目連戲〉，頁 70～71。

前壇後恐有閒神野鬼擾亂，不免差玉主靈官出來，召取五方惡鬼前
來鎮壇。玉主靈官何在？（頁 27）〔註120〕

於是鬼王與小鬼紛紛跳下台去，振響鋼叉，奔赴荒塚之郊召鬼；回來時，鬼
王在前，眾小鬼在後，上台向王靈官作揖，表示鬼已招到。接著耍鋼叉、拋
叉，開始演出，〔註121〕〈起殤〉一齣有淨壇、鎮壇的作用。

　　上述〈觀音開臺〉，並非以「鎮臺」為名，卻有威嚇鬼神實質內涵。不少
地方的「開臺」飽含祝賀之意，應該是鎮臺之後，正戲演出之前的戲齣，以
祝福為內涵，比較像皖南高腔本〈古佛收表〉一齣，接於〈金星下界〉、〈城
隍拿寒〉兩齣鎮臺作用之後，為降福迎神而設。祁門縣樵溪目連班演出前，
出扮十二花神，由鄉紳、班主領至胡天祥墓前舞祭（俗傳胡與鄭合編《勸善
記》）。開演，出舞獅、舞象、四大金剛、八大羅漢等；旌德縣旌陽鎮北門外
觀音閣搬演目連以〈簑衣箬帽開臺〉，內容是：天旱，一位耳聾男和一口啞女
扮農民為爭放田水爭吵，突然天色雲變，五人扮雷公，手執雷搥、雷針和五
人扮閃母，雙手各拿用花紙小爆竹裝飾的箬帽上場，點燃爆竹，雙雙起舞，
表示雷電交加，大雨傾盆，聾啞男女喜逐顏開。舞畢，演員將簑衣箬帽拋下
戲臺，觀眾歡呼哄搶，祝福地方風調雨順，為豐收之年。〔註122〕這是開臺儀
式，祝賀之意全然不同於鎮臺。

　　召取五方惡鬼前來鎮臺，某些地區成為請五猖神的「祭猖」儀式，鬼王
和五鬼於荒塚召來的鬼，此鬼以稻草紮成，鎮壓在臺下，某些地區稱為寒林。
於是鎖拿寒林和祭五猖也成為鎮壇、收煞開臺的重要祭儀之一。

　　上述鎮壇、淨壇活動為民間目連戲演出所行的民俗，與宮廷相參看，即
能了解宮廷和民俗之別。清宮大戲淨臺活動，由 1－1〈樂春臺開宗明義〉文
字記述，由「八」位靈官各戴紫巾額、紫靠，穿戰靴，掛「赤心忠良」牌，
持鞭，從昇天門上，跳舞，鳴爆竹，鞭，淨臺科。之後從昇天門下。而後場
上設香几，奏樂，由「八」位開場人捧爐盤，執如意，從上場門上，各設爐
盤於香几上，焚香，三頓首。起，各執如意遶場。與民間相同是由靈官淨臺，
甩鞭淨臺動作，跳舞，鳴爆竹亦同。很容易區別不同點，局限於舞臺上的動
作，與民間從臺上至臺下、再回臺上的鎮壇方式有別，而且「八」位靈官的

〔註120〕胡卜村本此齣名為〈金玉緣〉，內容相同而較簡略。
〔註121〕《中國戲曲志・浙江卷》，頁 129。
〔註122〕吳永祥〈旌德目連戲演出之習俗〉《安徽目連戲資料集》，頁 138。

鎮臺、「八」位開場人，與「一」位差別甚大，就穿著來看，民間是不需掛「赤心忠良牌」，八位開場人設几，執爐盤，執如意，種種物件都顯現宮廷所行和民俗不同，這是專屬於宮廷的簡單祭儀，宮廷演出鎮臺開場形式相同，《忠義璇圖》1－1〈宣諸神發明衷旨〉：「雜扮八靈官，執鞭，從昇天門上，跳舞、鳴爆竹、鞭淨臺介，仍從昇天門下。」八開場人見於 1－5〈歸正傳副末開宗〉還是設香几、持爐盤、執如意，三頓首而後遶場的方式。

（三）鎖拿寒林以鎮台

湘劇班社初到某廟台，或遇新建戲台，或演大戲，須於開鑼當日天未亮前敷演〈城隍拿韓〉，亦名〈鎖拿韓林〉用以鎮台、安台。韓林，或作寒林，是佛書中西域棄屍處的稱呼：

> 屍陀林，正名尸多婆那。此名寒林，其林幽邃而寒，因以名也，在王舍城側。死人多送其中。今總指棄屍之處名屍陀林者，取彼名之也。〔註123〕

目連戲班藝人相傳之下，寒林成爲枉死城眾鬼之首。戲開演前，四童子引太白金星傳令城隍拿寒，再接跳五鬼，下台至某處尋獲韓林提拿上台，韓林扮演者即從桌下隱去，出一草人作爲替身。城隍命責打四十後對草人傳話：「韓林，韓林，聽吾叮嚀，前台後台，你要擔承，功成圓滿，放你回程。」旋將草人拋下台，釘於台下右側木柱上。排筆擔任巫師，焚香秉燭，擺三牲酒醴，殺雄雞「宴韓」，並將雞首擰下裝入腐乳罐內，以紅布封口埋入地下。至本次戲演完後挖出，連同草人送到郊外，放鞭炮、撒五穀「送韓」。「宴韓」又稱「安韓」，表示韓林已被鎮住，演出方能保證安然。再於後台立三牌位，關帝居中，老郎居左，城隍在右，巫師帶領全班焚香燭，叩首敬神完畢後方可開鑼。〔註124〕

出版臺本以皖南高腔本〈金星下界〉、〈城隍拿寒〉兩齣眞實呈現拿寒過程，金星下令城隍「臺前臺後鎖拿寒林」，城隍傳五方五路猖神鎖拿不正之神，回覆「寒林拿到」，城隍命令重責四十後，叮囑：

> 寒林寒林，聽吾叮嚀。臺前臺後，要你擔承。來往君子，來要清靜，去要安寧。功果圓滿，賜你紅花，血食賞賜。起程，押付花臺。五

〔註123〕釋玄應（唐）《一切經音義》卷七釋《入楞伽經》（臺北：商務印書館《叢書集成簡編》據海山仙館叢書本影印，民國55），頁323。
〔註124〕《中國戲曲志・湖南卷》，頁522。

方五路猖神退下，待我降福迎祥。（頁 19）

五鬼確定爲五方五路猖神，皖南將祭猖和鎖拿寒林合而爲一舉行。而後再接〈古佛收表〉一齣，四大功曹領凡間一道善表，請釋迦牟尼佛觀看，佛祖臺詞：

> 善哉善哉。中華眾姓人等○府○縣造有五色花臺，唱演古部戲文，
> 上酬天地，下謝鬼神，恐有不正之神，前來擾亂花臺。眾弟子，你
> 我講經說法，與他降福迎祥。（頁 20）

同樣屬於避邪於前，降福迎祥於後，與前兩齣捉拿不正之鬼相同，再次捉拿，使演出更爲順利，此三齣爲祭典儀式。湖南辰河目連〈鎖拿寒林〉稍有不同，較爲簡略，鎮鎖不正之神程序略異，太白金星對城隍吩咐：

> 原來此處善信人等，因爲人口禾苗六畜百般等事，眾發虔心，搬演
> 慈悲戲文。爾乃一方道主，與他東五里、南五里、西五里、北五里、
> 中五里、五五二十五里不正之神，不正之鬼，一齊鎮來，押赴寒林。
> 戲文圓滿，自有銀財發放。聽吾囑咐。（頁 29）

而後跳五鬼捉拿不正神鬼，押赴寒林廟，且五鬼須於臺前臺後掃除妖氛以保方圓平安，與湘劇不同是：此爲劇本展現出來的祭儀活動。涉及超度亡魂或建醮活動的靈位棚，於某一角度設有「寒林所」，裡面奉祀孤魂野鬼的靈位，[註125] 由劇本所見，寒林能夠鎮壓不正神鬼，係在人世間遊蕩滋事孤魂野鬼的總頭目。以五鬼捉不正神鬼交由寒林鎮壓，爲以毒攻毒的概念思考。[註126]

（四）祭猖、啓猖

皖南目連戲開鑼前有祭台、啓台、祭猖、啓猖；當地村民皆淨衣、素食、燒香齋戒，由鄉紳率各家主偕領班人同祭。顯然祭猖、啓猖與祭台、啓台是相互連接的兩段祭儀，前引用皖南高腔目連戲城隍命五方五猖神鎖拿不正之神，則祭猖又和鎖拿寒林相互繫聯，可視而爲一。

起猖祭猖神，各地做法略有不同，祁門縣栗木村和歙縣長陔鄉韶坑較爲相近：由戲班老師傅帶領，立下七個牌位，供在該村村郊。七個牌位，除了五猖牌位外，另兩個爲老郎和火院三聖牌位。牌位前點香油燈，豎一竿連枝

〔註125〕田仲一成〈對戲劇作田野考察的一個辦法：以新加坡莆仙同鄉會逢甲普度目連戲爲例〉，《臺灣民俗藝術彙刊》2008 第四期，頁 1～30；劉枝萬《中國民間信仰論集》，頁 66、111。

〔註126〕明躍玲，向凌〈辰河高腔目連：湘西民俗生活的文化表象〉《湖北民族學院學報》（哲學社會科學版）27 卷 2 期，2009 年，頁 36～40。

帶葉的青竹，使用供品或有飯、酒、蛋、或是豬頭三牲，焚香、燒紙、跪拜、擰雞頭滴血、起詞後，回到戲臺上從〈大佛遊臺〉起演。〔註127〕

南陵班演出前有「參祖」，正式參祖前，離台口正方幾丈地建有三角尖形、用蘆蓆圍成的神台，裡面供奉五猖牌位，因當地民間視遠祖野鬼五猖為神，一定要參拜才得保佑平安。牌位用五色彩紙上印五猖神像，下以篾竹夾起，插入席篷內的土堆上，按東（青）、南（紅）、西（白）、北（黑）、中（黃）五方、五色為序。每個牌位前放一隻盛茶的碗，盛酒的杯，敬神時點燃五炷名香。同樣有殺公雞、灑雞血以祭的過程，祭後點香油燈。神台的香與火有人照看，演出期間不許火滅。〔註128〕

跳五猖的來源目前有源於儺戲和道教祭祀二說，前者認為屬於巫儺文化的巫教之神，專司兵器與戰爭。造型凶悍，專捉鬼魅。因為戰神與驅鬼的功能，故儺壇有「發五猖」法事。猖神眾多而數量不定，常以五為伍，故曰「五猖」。〔註129〕認為源於道教祭祀的，表示原先由道士跳五猖，後來和尚也加入，又與目連戲演出結合，在正戲前後跳，以鬼的形象出現，成為捉寒林的鬼卒，定埠祭祀中的五猖是五方神。〔註130〕五人一組，分天、文、武、馬、地猖五組，由手報鋼叉、銅環的地猖在荒郊祭拜，回戲場並掃淨驅趕戲臺下邪氣，翻躍上臺和持佛塵的天猖、持朝笏文猖、持槍戟武猖、騎紙紮馬的馬猖於戲臺上再次舉行咬雞、畫符、跪拜、口唸誦語請猖書，而後：

> 一心拜請，請！請！左壇五猖，右壇五猖，臺上五猖，臺下五猖，
> 五五二十五猖兵將，一齊上臺上馬，齊付（赴）上臺，同受拜，請
> 神起馬。〔註131〕

〔註127〕安徽各戲班起五猖祭儀略有差異，參高慶樵〈目連藝人王丁發採訪錄〉、〈韶坑目連戲演出習俗〉《安徽目連戲資料集》頁 99、113～114。

〔註128〕施文楠〈漫談南陵目連戲──兼探目連戲「陽腔」源流〉《民俗曲藝》77 期，民國 81 年 5 月，頁 267～287。

〔註129〕明躍玲，向凌〈辰河高腔目連戲：湘西民俗生活的文化表象〉，頁 36～40。徐宏圖、叢樹桂〈上虞的《啞目連》〉一文，談到五鬼捉劉氏：「五鬼即五猖，在驅儺中專司拿屬鬼的。」《浙江省目連戲資料匯編》，頁 419。

〔註130〕朱建明〈郎溪定埠的跳五猖及五猖考〉《民俗曲藝》82 期，民國 82 年 3 月，頁 197～214。朱俐認為跳五猖原是祭神活動，後來演變為演儺戲開臺的儀式，見〈法事戲目連救母的精神內涵與演出形式〉，《藝術學報》65 期，民國 88 年 12 月，頁 99～120。

〔註131〕雷維新提供〈祁門縣栗木村目連戲猖書〉，《安徽目連戲資料集》，頁 176～177。

戲臺下請壇，畫符，念咒，五猖在戲臺上跑，整個儀式，即〈大佛登臺〉的一部分。〔註132〕由於馬猖是騎紙紮的馬，又是五人一組，名之為「跑五馬」是理所當然的用語，浙西起猖、祭猖後，騎上紅、黃、藍、白、黑顏色的竹馬，回戲臺跑馬、再一次瀝活雄雞血祭神後再開鑼唱戲，除了附加神奇「起猖後，猖神即附在演者身上，能使戲演得好」的額外解說，〔註133〕整個儀式和安徽各地起猖並無二致。

（五）跑五馬與跑五猖

上述五組猖神在戲臺上的〈大佛登臺〉齣目，是演出三天中每晚必登的節目，可見請猖神並非只是第一天的祭祀活動。皖南高腔本開演之初的〈城隍拿寒〉，城隍傳令五方五路猖神鎖拿不正之神，演至捉拿劉氏，同樣有〈拜神祭猖〉祭儀。

贛東北弋陽腔目連戲從第二本起，每夜演出前都要請五猖神。在野外用篾墊圈一處，用五根長一尺五寸桃、柳木棍，包著綠、白、紅、黑、黃布，分別寫著東、西、南、北、中五猖的牌子插入土內。開演前，五演員飾五猖神，花臉，穿草鞋，頭紮五色布，從台底暗下，由地方上的一個頭首帶著去敬猖。每次敬猖需帶一隻雄雞到野外，將雞頭砍下丟在缸內埋入土中。再由地方上另一頭領領著，燃香跪拜後點燃爆竹，敬完猖神持火把返回。請猖神時，戲台上五個身上分別捆紮綠、白、紅、黑、黃五色馬形的旦腳，在鑼鼓聲中穿插著跑馬。等遠處火把一亮，知猖神請到了，鑼鼓隨之大作，大嗩吶吹奏，台下喊叫、台上跑得更為激揚。扮五猖演員行至近台口處，旦腳停止跑馬，一字排立台前迎接五猖上台，五猖是請來驅鬼壓邪的。在演第二、四、五本時，請完五猖神後，還有韋陀開台，演第三、六本時，請完猖神只須報場就可演出。〔註134〕可以想見，第一次請猖神總是慎重的，廣闊郊野與戲臺下祭五猖、戲臺上同時進行跑五馬儀式，於是跑五馬又與跑五猖相互聯繫在一起。安徽跑五馬，有用到二十五人的，臺上二十人，臺下五人，臺下要跑出各種陣勢陣形。〔註135〕

〔註132〕倪國華〈趕鬼記——栗木村目連戲演出紀事〉，所記為 1990 年演出，《安徽目連戲資料集》，頁 161～162。

〔註133〕遂安縣文化館〈遂安縣目連戲劇種調查發掘記錄材料〉《浙江省目連戲資料匯編》，頁 469～470。

〔註134〕毛禮鎂〈弋陽腔的目連戲〉，頁 71。

〔註135〕《安徽目連戲資料集》，頁 101。

跑馬，係演員化完粧、開演正戲之前，由五人扮掌頭牌差和四小差。掌頭牌差右手拿小紙牌並抖動一副鐵鍊，每人手執竹節鞭一根。後面緊跟著身上綁紮竹馬的五馬，最後的「座馬」爲大花臉，戴紅花相冠，插翎子。五馬五牌差周遊演出村舍一周，繞村進香時以鑼鼓、嗩吶樂隊簇擁而行。〔註136〕亦是驅邪，爲村莊去除邪祟眾多法事之一，表演性低，卻可因穿梭奔跑，利於開道、巡行，逼使圍觀者退後。化馬進香完畢，五馬五牌差如爲當地人所扮，儀式即於遊完村舍後結束，如爲班社所扮，還得上戲台表演「跑五馬」，又名爲「跑五猖」、「跑五方」，實爲竹馬儺戲。〔註137〕

除了迎神安位看戲的祭儀之外，起猖、祭猖、捉拿寒林、跑猖、化馬進香等項都和祭臺、鎮臺相關。起猖、祭猖等祭儀在村郭郊外、街道進行，戲臺上同時上演〈大佛遊臺〉，到眾猖神上戲臺跑猖結束止，整齣〈大佛遊臺〉才告結束。透過一而再，再而三，多次的鎮臺程序，目的無非加強祭儀功能，展現虔敬嚴肅性，更能確保演出願望動機的完滿呈現，達到鎮壓、安撫鬼神的目的。

三、演出結束後的宗教祭儀

送神與迎神看戲爲必要的演出前後祭儀，送神大致上同於請神而較簡略，各地目連戲演出通常因應劇情變化而有散場戲，梅渚演至〈啓明星祝福〉，東方發白，紅日將升，臺下執事人等喊：「燒紙送神。」神棚前焚香燒紙，鳴爆竹，放火銃，即告演出結束。四川搬目連演到〈靈官掃臺〉、〈花盤送鬼〉、〈燒寒林〉等便結束演出，鬼卒趁夜色還得到街上信口呼喚姓名達旦。〔註138〕〈燒寒林〉於戲臺下舉行，各地目連戲演完之後，有掃臺儀式，安徽地區以郊野割來的芭茅一把，點燃後在臺上燃燒一圈，抽掉一塊臺板，表示戲完全結束。〔註139〕現以戲臺上演收臺、掃臺與戲文內容無關齣目，以及戲臺下退猖、送神、送茅船兩項作爲說明。

（一）鍾馗收臺、靈官掃臺

〔註136〕南陵目連班祭儀之一，《安徽目連戲資料集》，頁146。

〔註137〕施文楠〈漫談南陵目連戲——兼探目連戲「陽腔」源流〉《民俗曲藝》77期，民國81年5月，頁267～287。

〔註138〕《中國戲曲志·四川卷》，頁491～492。

〔註139〕此爲安徽目連戲演出習俗，祁門栗木與韶坑、旌德都是如此。

　　南陵目連班唱完全部戲文後，演員扮鍾馗和班社管臺的戲師登臺。戲師手捧稻穀，一把把灑向臺下。鍾馗高聲念道：

　　唐王不中狀元科，觸死金階怒氣多。手執銅鞭青銅劍，斬盡天下鬼妖魔。某乃終南山進士鍾馗，八殿閻羅牌文相招，接某家前去。今日天氣晴和，不免跨上鐵驢走也，走也。來在此地，一收東方甲乙木，西方庚辛金，南方丙丁火，北方壬癸水，中央戊己土。左青龍，右白虎，臺前臺後，臺左臺右，祖（俎）前祖後，祖左祖右，村前村後，村左村右，一齊收拾乾乾淨淨。（管臺人答：「開金口，露銀牙，多收二十里路妖魔鬼怪」。）好，家家清淨，個個平安，永保弟子萬載太平。〔註140〕

皖南高腔本〈了局收臺〉鍾馗臺詞內容相近，末後祝福東家：「吾神到此降禎祥，妖魔鬼怪去遠方。喜事臨門福壽康，但願東家多吉慶，事事亨通大吉昌。」為目連戲演出作戲臺上的收束。浙江上虞啞目連為鬼王掃臺，鬼王身穿紅短褲，打赤腳，手執追魂牌，單腿立地在臺上顛撞一番，表演驅逐、鎮壓鬼祟的動作，就算完成了掃台任務。

　　辰河目連戲演唱結束，由演員扮靈官上臺「跳靈官」，又名「靈官掃臺」，右手執鞭，左手挽訣。出場前，鞭頭上點黃煙，出場後直衝臺口甩鞭三小，使黃煙散滿戲臺，然後於黃煙中舞蹈。下場時，再甩鞭三下。靈官並非目連戲中人，純為神事活動而設。靈官左手挽訣，「訣」又名為「法」，儺儀中各式訣，是用手指挽成不同姿勢、代表不同含義的法訣，功能為驅邪逐妖。〔註141〕

（二）退猖、送神、送瘟船等祭儀

　　退猖是由戲班班主以及原先扮演神的幾位藝人，手持香火，敲鑼打鼓，將猖神送回原來牌位的地方，在此處跪拜之後，即將所有牌位、竹竿、燈籠、斗笠等焚毀，並將油燈熄滅，以示送諸神各歸原地。〔註142〕辰河目連送神儀式，先念「送神辭」送完上壇諸神後焚化上壇諸神榜，再以同樣方式送地方及下壇諸神，最後念「岳王神咒」，以神香在空中劃「岳王諱」，焚化下壇

〔註140〕姚遠牧〈南陵目連戲的傳藝、表演及習俗〉《安徽目連戲資料集》，頁147。
〔註141〕王秋桂、庹修明《貴州省德江縣穩坪鄉黃土村土家族衝壽儺調查報告》（臺北：施合鄭民俗基金會，1994），頁62。
〔註142〕陳長文〈韶坑目連戲錄像演出紀實〉，所記為1989年11月23日至25日的演出退猖儀式，《安徽目連戲資料集》，頁287。

神榜。諱，在儺壇是用手指或令牌畫出的隱秘符形，為神的文字，據說有驅邪逐鬼的功能。〔註143〕透過獻與不同神明的各種諱，達到驅鬼逐邪目的。目連戲請神、送神畫「岳王諱」或「星宿諱」，都是藉用神明法力以驅邪。

如係地方不寧或個人許願還願，只演一晚的木偶目連戲，演出結束後，戲班主帶領地方族長或還願人，攜三牲供品，不用香燭、爆竹，至迎神處供祭，班主唸完「倒（禱）壇書」，吹滅油燈，燒去神位，立即轉身離去，不與地方人說話、打招呼告別，地方族長或還願人亦然，不說話轉身回家。〔註144〕是演目連戲需遵行的地區性禁忌之一。

目連戲演出常為了驅鬼除祟而演，開演前、正戲演出中都有驅鬼儀式活動，演出之後再次驅鬼，浙江遂昌在所有演出活動結束後，師公、道士等神職人員得執行「送五鬼」的儀式活動，屆時村民們紮出一個放五鬼名字的紙船，走在隊伍前列，後面由演員裝扮成五鬼形象，做各種奇形怪狀動作，師公們手拿銅鈴或刀劍，押送著它們走向村外，到達江邊，便將船燒化，此時群眾在旁敲鑼打鼓，高聲吶喊，表示將所有鬼魅邪祟徹底趕出村去。〔註145〕許多地域有以船送瘟的神事活動，遇瘟疫流行或世界不靖，道士或巫師至神廟作法，以稻草紮船，至村鎮所有人家遊走一遍，辰河名為「划乾龍船」。送茅船主旨和目連戲相合，也被吸收成為目連戲神事活動之一。送完神後，包臺師持茅船一條，木盆一個，解開臺前千年柱上縛著的茅人寒林，一起帶到戲臺附近河邊作法，念「造船辭」、殺鴨祭船，宣誦「收瘟辭」，以木盆盛水，將載有五瘟、五煞的茅船，擱於木盆之上，宣誦「起船口語」，問卦占卜後宣示「陽卦開船」，即潑掉盆中水，以木板墊茅船，漂水中，點燃茅船，任其漂去，而後焚化茅人，在河灘上畫「斷鬼諱」，意指隨茅船送走一切不正邪氣，再也回不來了。

目連戲演出前後種種神事活動，並非一成不變，只有迎神、送神兩者為不可省略的程序。〈遣將擒猿〉張天師奉觀音之命遣天將擒白猿，設壇，由童子打掃壇臺，念咒語、畫符燒，行罡，打法尺，請馬、趙、溫、關四元帥，擒猿之後，焚化紙錢送神，為民間迎送神明的舞臺版本，辰河本還多個送溫

〔註143〕王秋桂、庹修明《貴州省德江縣穩坪鄉黃土村土家族衝壽儺調查報告》，頁60。
〔註144〕《安徽目連戲資料集》，頁141。
〔註145〕蔡豐明《江南民間社戲‧江南民間社戲的宗教色彩》（臺北：學生書局，2008），頁156。

將軍時，一化紙錢無效，而有「大神大道，要三請三送」言語，三送之後，溫將軍尚未離去，於是張天師「待我用五雷掌將他轟了去。」而後作法，用掌擊溫，才順利讓溫神離去，劇本印證民間迎送神明祭典方式。目連戲開演前的起猖、跳猖、祭猖、跑猖、跑馬以及靈官鎮臺等活動，可說是一道又一道鎮壓邪祟關卡，構築出層層密密的防護網，只爲了演出動機能夠圓滿達成。若開演前的鎮壓程序愈繁瑣，結束後的收臺、收煞儀式相對也隨之繁複，於是鍾馗或靈官鎮臺，之後退猖、送瘟船等活動，同樣是一道道的防護嚴密關卡，以達除邪避鬼、驅鬼目的。

第三節　目連戲齣中的祭祀儀式

目連戲演出之中穿插部分祭儀，雖與內容相關性低，看來是額外的、穿插的戲劇成份，龍彼得認爲它們其實是儀式中不可或缺的部分，戲劇故事只爲這些表演提供一個方便架構，而這些其實可以脫離故事而獨立存在。〔註146〕田仲一成認爲全世界的戲劇都由祭祀儀式轉變而成，目連戲必然也是如此，由超度儀式擴大規模，增加法事天數，道士不得不插演各種雜戲以塡滿祭祀禮儀的空隙，終於促使目連戲成爲一種首尾完備而更有故事性的大戲。藉由新加坡莆仙同鄉會舉行的逢甲普度祭祀實際田野調查，得出結論：目連戲是跟道士、僧侶所做的法事結合起來的，算是普度法事的一部分，戲臺上「目連超薦」是借著目連打破地獄情節來超度亡故靈魂，爲超度法事的變形。目連戲與法事齊頭並進，法事中有戲劇，戲劇中有法事。〔註147〕田仲說法得到容世誠大力回應，探討儀式戲劇內容的決定者並非劇作家或觀眾的心理期望，而是現實世界中除煞、祈福、還願、超度等不同性質的儀式因素，演劇的最終目的在於「完成當場的祭祀儀式」。〔註148〕

龍彼得強調戲劇中儀式的獨立性，毋須依附戲劇載體而存在；田仲一成的研究，在尚未發展出首尾完備目連戲之前，儀式法事單獨存在而有表演成

〔註146〕龍彼得著，王秋桂、蘇友貞譯〈中國戲劇源於宗教儀典考〉，《中國文學論著譯叢》（臺北：學生書局，民國74年3月），頁523～547。

〔註147〕田仲一成著，布和譯《中國祭祀戲劇研究》附錄五〈鎮魂戲劇《目連戲》的形成與發展〉（北京：北京大學出版社，2008），頁301～306。

〔註148〕容世誠《戲曲人類學初探——儀式、劇場與社羣》序言（臺北：麥田出版社，1997），頁12。

份；之後則強調戲劇和法事相融爲一，兩者不可分割。至於容世誠，則是以戲劇演出中的祭儀爲實際祭儀內涵。針對目連戲中祭儀內容，是否能夠承載除煞、驅邪、超度等作用？王馗認爲不能，目連戲一定配合和尚、道士的法事活動，目連戲只能超度鬼魂，法師們可爲鬼神施食，沒有施食的超度不能算是眞正意義上的圓滿超度，戲劇所要表達的目連超度由於缺乏宗教功能的實現，只能算是「近乎」儀式的戲劇，眞正達到安撫、救濟、超度諸目的仍是宗教儀式。並檢視田仲一成、容世誠提供目連戲演出的實際調查，有佛僧主持七日法事、和「萬德植福大梵壇」，得出舞臺上的目連從屬於祭棚中的宗教法事結論。〔註149〕論證眞實可靠。研究至此，目連戲中的儀式最不重要，只能算是宗教儀式的補充、加強，而非必要。

然而，這是學者精細的研究思考，對常民而言，探討戲中法事與法師法事的不同總是太過抽象，單純相信神棚法事和戲臺上演出的法事具有相同功用，可能更合乎民俗信仰心理。而且，透過各種不同形式、功能重複的法事，以完成單一或多種目的，更能讓百姓安心。無法否認田仲與容氏研究目連戲演出的中斷，並執行超度儀式的眞實性。對常民而言，開演前重重關卡的鎮臺、祭臺儀式，以及結束後相應一次又一次效果重疊的掃臺、收煞、送神等儀式，無不彰顯出驅逐鬼祟務求徹底，掃除淨盡，超度亡魂必成，以祈太平目的的心理。戲中部分齣目具超度、驅鬼作用，爲百姓所認知，雖然如王馗研究，法事活動是實現圓滿超度的主因，但是在百姓心理，總是認爲層層關卡的防護，才能完滿實現超度。認眞對待、並且相信目連戲中的超度、驅鬼儀式的作用，普遍存在於一般百姓心裡，形成一種俗信。

目連戲演出中穿插進的宗教儀式主要有施食、超度和聞太師驅鬼兩項，祭又是因應劇情需要而發展出來的祭儀。

一、施食、超度

目連戲演出中有部分齣目爲配合超度而來，戲中〈施食〉、〈掛燈〉完全可以視爲放焰口、水陸法會等佛教法事的舞臺化。

傅相死亡後的〈賑孤〉，又名〈施食〉、〈焰口〉，是戲中的儀式，臺本對儀式或多或少，詳略有別呈現法會，最爲簡略是紹興救母本，曲文佚失，僅

〔註149〕王馗《鬼節超度與勸善目連・超度》（臺北：國家出版社，2010），頁143。

存儀式提示：「小和尚、大和尚念佛曲，召武判，調三十六殤下。和尚拜五方
下。」（頁127）調腔本調三十六殤約略呈現出「請神降臨」、「施食」、「送神
下壇」三個程序，民間做道場、超度孤魂沿用此儀式。〔註150〕

目連全會本和皖南高腔本相似，眾和尚念誦觀世音菩薩、九幽十地目連
會上一切諸大菩薩和地藏王菩薩聲中，接白：「酆都地獄有鐵城，鐵城裡面有
孤魂。若要孤魂先早降，聽誦華嚴半卷經。」之後唱：

> 吉祥會起，甘露門開。修設齋筵，阿難姻緣起。鬼門關上，叫苦聲
> 動地。救苦觀音，化作焦面鬼。拔薦孤魂，孤魂來受甘露味。

之後唱以「王舍城中，颯颯悲風起」起句的〔佛賺〕多支，分別祭祀醉鬼、
色鬼、囚鬼、吊鬼、凍餓鬼、水鬼和蛇咬虎傷的孤魂，〔註151〕較鄭本超度囚
死、吊死、淹死、凍餓死、蛇虎咬死五種孤魂來得多，即是為戲劇中超度亡
魂儀式，超度前藉戲中羅卜身份披宣修齋薦父，並推及超度孤魂之意，鄭本：

> 據南耶王舍城中孝子傅羅卜，上侍母親劉氏暨合家眷等，言念佛法
> 無邊，親恩周極。仰干萬聖，俯歷寸忱，痛念顯考傅相府君，忽焉
> 幻化，難報劬勞。特建九幽拔亡赦罪超生道場一中（宗），供陳玉粒、
> 茶獻金芽。水灑五龍，沛清霄之雨露；旛飛三鳳，掃濁世之秕糠。
> 上薦靈椿，早登天府。再念木有本、水有源，祖德宗功之當報：寒
> 無衣、饑無食，孤魂野鬼之堪憐。普仗慈悲，同升脫化……

超度亡父之外，順道超度孤魂野鬼，而後才有逐一呼喚吊死等鬼魂前來受祭。
安徽池州穿會本名〈拜懺度孤〉完全以羅卜度孤為主，僧人念白道出賑濟孤
魂用意：

> 慈悲啟教度幽魂，大道宣揚互古今。梵語一聲通地戶，四僧六道普
> 來臨。西方釋迦阿彌佛，身保佛法嶺青羅。長江右首吹東土，賑濟
> 孤魂無奈何。（頁69）

而後超度孤魂多達十二類型，較之目連全會本又多出倒路死、生產而死、熱
死、藥毒死、戰場殺死等孤魂，原有的「王舍城中」〔佛賺〕，詞被改為「枉
死城中」，真正是為超亡而設齣目。超輪本一項項召喚各項孤魂前來享受甘露
祭品之後，老和尚念如同咒語臺詞以送五方神明：

> 壇下孤魂速退。送方東，東方界，阿彌陀佛拜如來。拜送東方青世

〔註150〕調腔本〈施食〉（調三十六殤）校記1，頁162。
〔註151〕《目連全會》，頁102～104。

界，我今會你座蓮臺，超度亡魂登仙界。回言來，拜送東方青世界。
南，南方界，阿彌陀佛拜如來……（詞同於祭拜東方，而後又拜送
西、北、中三方位）壇下孤魂聽我言，就在此處受銀錢，我今念起
伽羅諦。隨佛逍遙往西方。南無阿彌陀佛。（頁 65～66）

老和尚念誦咒語，隨地區不同而異，是民間道場超度儀式的舞臺呈現。以較為
古老表現形式的紹興舊抄本，齣目〈焰口〉，儀式性更為濃厚完整：和尚上壇
念誦「大慈觀世音菩薩」、佛號各三次，而後如迎神儀式，奉請上界符官、九
世先宗、中界符官、掌冥府下界符官降臨，再奉請總管十類孤魂的焦面鬼王降
臨，一一點名十類孤魂前來受祭，「我今普度，眾等孤魂，趁此良宵，同歸極
樂」，最後令鬼王速退，再「念佛下壇去五方」，拜辭五方神之後，終於道場圓
滿。整齣戲按照「請神迎鬼」、「普度眾鬼」、「退鬼、送神」程序而來。與目連
戲演出前後的祭祀儀式相同，只是安排在於戲文內容之中，亦是完整祭儀。

　　清宮目連戲以 2－11〈孝子修齋建道場〉、2－12〈高僧施法度焰口〉接連
兩齣薦父和超度十類亡魂。2－11 完全佈置成靈堂道場，僧人吹打法器，詠唱
〔香讚〕，引導羅卜靈前奉香茗祭奠。場上依方位置東、西、南、北、中五方
位神君牌位香案，僧人持手爐引吹打法器僧人於詠誦佛號之中，導引益利捧
靈牌，安童執魂旛，齋童持手爐隨後分別跪拜五方神君，最後繞場到達金橋，
眾人逐一過橋結束法會。過橋儀式為喪禮和盂蘭盆會必有，齋壇齋場，樹立
旗杆之外，亦預設高「橋」：

　　高二、三丈，袤一二十丈，橋門裝束牛頭、馬面、閻羅鬼像。釋僧
　　先執錫杖過橋導眾，拜者隨之。踰橋一步一拜，各有所呼，至齋壇
　　各于祀先祖處，焚疏意、紙衣畢，散。〔註152〕

橋有引渡過關限用意，因此《勸善》過橋之前，大和尚：「此橋迺佛國之通衢，
是人間之正路，到者無非快樂，達者總邃逍遙」言語之後，領眾過橋。與民
間喪禮法會相同，而且在過橋一段，常有法師道士詼諧戲謔言語逗樂喪家，
是過橋之後亡魂必然快樂逍遙認知下的操作結果。

　　宮廷《勸善》2－12 預設施食高臺，同樣大和尚念咒迎請城隍、土地、鬼
王上場對法座參禮，而後才是宣告薦拔十類孤魂之意：「侯王將相，三教九流，
士農工商，佳人才子，併一切水火漂焚，縊梁服毒，九橫孤魂，此夜今時，
俱臨法會」。於〔歎孤調〕中，文臣、武臣、僧、道、陣亡將士、妓女、乞丐

〔註152〕唐胄（明）《瓊臺志》卷七「盂蘭會薦亡」說明，頁318。

分別上場對法座禮拜，散施食與眾鬼魂之後，鬼王引眾鬼魂下，隨即城隍、土地亦下場。

　　不論宮廷或民間演目連戲，就齣目內容而言，為舞臺上的道場與施食法事，迎神、法事、送神的脈絡分明清楚。

　　目連戲另一重要儀式齣目〈掛燈〉，亦是道場法事，鄭本所錄應是最為詳盡的：

> （生）小僧為救苦母，哀求活佛，蒙世尊教以掛燈照破地獄。今思告於天地神明，以求普護。因此敢求師父代為主壇建一道場，不識尊慈肯垂念否？（外）禪宗事屬一家，救母，天下好事。奉承，奉承。徒弟。（內應）有。（外）辦起紙箚，剪起彩幡，寫起對聯，掛起聖像，打起鐘鼓，吹起法器。代目連禪師大建救母拔亡光燈破獄超生道場。須要用心，不可輕易。

念經咒聲中，老僧拜請天曹、地府、水國、陽元四部神聖蒞壇，宣讀「今為西方僧人大目犍連修建光燈破獄度亡道場所有科文」，唱〔佛賺〕十曲，結束時老僧說：「恭喜賀喜，令堂必得超生。」超生者只有劉氏一人，辰河本大致依據鄭本而來，部分文字處理更合乎目連戲救拔母親和其它野鬼亡魂主旨：

> 只得再謁世尊，還求拯拔之緣。蒙賜七七四十九盞之神燈，照破冥冥一十八重之地獄。恐干天怒，再增罪尤。特建光燈破獄度亡之道場一供，上告天神地祇，伏乞大開赦宥，釋哀慈苦母而出苦海，拯孤魂野鬼以脫沉泥。普仗慈悲，同升脫化。（頁684）

皖南道教法事有「光燈」一節，光燈即亮燈，對亡靈做指引，池州穿會本〈光燈〉唱詞有「點起燈來念起經」可為證。〈掛燈〉儀式細節，以鄭本最為詳盡，其它各本簡縮記錄，或根本無此齣。

　　另外，田仲一成對新加坡莆仙同鄉會目連戲演出的〈目連超薦〉儀式特別記載，置於三殿血湖地獄之後，臺下三百多個同鄉逐一將亡親神位和衣服交予臺上的目連，懇求救出地獄中的亡親，〔註153〕整個超薦時間肯定不短，完畢才接著演以下齣目內容。王道提供莆田下花燕飛木偶班演目連戲，依報告人所述演出目的在於超度，超度對象包括亡過的父母、兄弟、妻子、孤魂等。目連戲將結束時，要分別在大路上下、山頂上下、河溝上下進行三次超度，即藝人手提傀儡到這三類事故頻發地點，按照演出地域實際情況，進行

〔註153〕田仲一成〈鎮魂戲劇《目連戲》的形成與發展〉，頁339。

念名超度。接下來才演〈五殿會審〉和〈傅相祈禱〉，實際演出時，五個村民挨個站在戲臺前，等待藝人手牽目連偶人，呼喚亡者的名字，〔註154〕為何要進行三次超度？原因就在於前述與鎮臺一樣，透過一而再，再而三的鎮壓，才能徹底驅逐邪祟；三個地點，分別進行三次超度，更能保證企求超度者的心理認知亡魂已然超度成功。因此，儘管配合相關法事祭儀，但是在人民心目中，演出目連戲能夠超度、驅邪、求得平安的認知絲毫不受影響。

配合民俗節慶中元節的祀先、超度亡魂活動而演出目連戲，那麼，圍繞在喪禮活動，目連戲是喪儀中的一部分。

浙江道士腔法事目連戲，以道教為主，兼以佛教的儀式劇，除參加廟會演出外，大多為喪家邀演，為悼念死者和超度亡魂，演出有一定儀式和程序。首齣必演〈通天接佛〉，扮目連者著道裝扮道士，率眾佛徒或喪家主要親屬向懸掛妥的太上老君、元始天尊、通天教主等神像一一施禮後，急擂鼓，高聲演唱，告知目連其母被打入十八層地獄，急須拯救，同時請九天諸佛合力相助。後目連改穿僧裝，搬演目連戲諸齣。〔註155〕法事區隔超度男、女不同亡魂：超度男性，演三請目連〈破地獄〉；超度女性，演三請目連〈破血湖〉。若是以村落為單位舉辦超度儀式，兩種道場都要進行，為全村已故男女亡靈超薦，使早日升天。〔註156〕

江西民間道士於法事中爭演目連戲，據傳是當地道家祖師襲傳的。〔註157〕清同治間《永豐縣志》卷五〈風俗〉：「居喪亦尊家禮，近亦有召僧誦經，破獄度亡者。」〔註158〕雖未明指演出目連戲，然由破獄度亡一語，知為演目連部分內容。

福建喪禮延僧做功德道場，每七日一祭，稱為「過七」，至四十九日止。功德道場打城形式有兩種，其一是打天堂城，主要是道士表演芭蕉大王巡視枉死城，釋放屈死冤魂的故事，二曰打地下城，是和尚表演地藏王打開鬼門

〔註154〕王馗《鬼節超度與勸善目連》，頁132。
〔註155〕《中國戲曲志·浙江卷》，頁131。
〔註156〕徐宏圖《浙江省東陽市馬宅鎮孔村漢人的目連戲》（臺北：施合鄭民俗文化基金會《民俗曲藝叢書》，1995年3月），頁17。徐宏圖〈浙江的地方戲與宗教儀式〉《民俗曲藝》131期，民90年5月，頁87～112。
〔註157〕《中國戲曲志·江西卷》頁203。
〔註158〕王建中等修，劉繹（清）等纂《永豐縣志》卷五〈風俗〉（臺北：成文出版社《中國方志叢書》760號，據同治十三年刻本影印），頁265。

關，放出無辜冤鬼的故事，而後在打城超度眾生的基礎上發展出打城戲。〔註159〕泉郡喪禮由僧演目連救母直至天明為止。〔註160〕崇禎十年（1637）廣東《興寧縣志》「喪禮」條，鄉花和尚三人分別扮赦官、天王、目連舞蹈為喪葬習俗。〔註161〕鄉花和尚，現今常寫為「香花」，圍繞目連救母進行宗教超度儀式，迄今流行，〔註162〕臺灣喪葬習俗中佛教香花和尚演〈破獄門〉、〈打血盆〉，道士戲演出目連戲片段同樣興盛。〔註163〕

　　江蘇高淳演目連戲有一種情形是打人命，如婦女在男家被虐待致死，或自尋短見，婦家人協議結果常是演目連戲以超度亡魂，〔註164〕湖南辰河本〈耿氏上吊〉後，娘舅眾人打上臺去討公道，最後協議延請高僧、高道：「叫他與女兒做個大大的道場，超度於他也就夠了。」為民間習俗的反應。

二、聞太師或神明驅鬼

　　安徽目連戲演至〈趕散〉，出聞太師走圩口逐鬼，胡樸安記安徽涇縣目連戲，第二夜演東方亮方妻縊死，溺鬼、縊鬼爭替，「有聞太師之逐鬼，逐鬼謂之出神……聞太師隨後驅逐，人聲喧嘩，炮爆連天」，〔註165〕記其盛況。聞太師除走圩口外，或是應請上門驅邪，請吉利話，其儀式為：聞太師率二神將由嗩吶、鑼鼓簇擁而行，至圩口就說：

> 吾神拜圩埂，埂如生鐵凝，千年多吉慶，萬代保太安。吾神來到鐵圩埂上，圩如生鐵。來在此地，倘有一切不正的邪神怨氣，吾神金鞭一舉，清盡趕散，遠去他方，轉保合圩眾等弟子，家門清淨，人員平安，男增百福，女納千祥。田貨茂盛，五穀滿倉。吾神去後，

〔註159〕《中國戲曲志・福建卷》，頁93。

〔註160〕林紓《畏廬瑣記・泉郡人喪禮》（上海：商務印書館，民國23），頁48。

〔註161〕劉熙祚修，李永茂纂（明）《興寧縣志》卷一（中國書店《稀見中國地方志彙刊》44冊據明崇禎十年刻本影印，1992），頁405～406。

〔註162〕王馗〈粵東梅州「香花佛事」中的目連救母〉，《戲曲研究》68輯，頁169～183。

〔註163〕李豐楙〈複合與變革：臺灣道教拔度儀中的目連戲〉《民俗曲藝》94、95期，民國84年5月，頁83～116。王天麟〈桃園縣楊梅鎮顯瑞壇拔度齋儀中的目連戲「打血盆」〉《民俗曲藝》86期，民82年11月，頁51～70。

〔註164〕《中國戲曲志・江蘇卷》，頁11。

〔註165〕胡樸安《中華全國風俗志》下編卷五〈涇縣東鄉佞神記・目蓮戲〉，頁24～26。

永保合圩萬載太平。眾神將，駕起祥雲。(神將答應:「遵法令」。)
〔註166〕

去至人家，自然有另外一番驅邪、吉利話語，這家在接聞太師時，得小心扶護，切忌跌絆。奉請的人家過多，一天走不完，還得延續到第二天。最後，聞太師臉上金粉貼印下來，交由接請人家供奉於梁上驅邪。聞太師走圩口，到了繁昌，則成為走田頭，該地於稻子抽穗時如有稻瘟、蟲害，則請道士打青苗社或演目連戲祈福護莊稼，聞太師走田頭以驅瘟散疫。

若是只演一夜的戲，有配合女吊情節，雷神聞太師由中間門出場，命夜又捉鬼，押到八百里外充軍。〔註167〕儀式自然不如上述挨家挨戶驅邪來得耗時良久，然而對滿足百姓除邪求平安心理與效果是一致的。能夠驅鬼的神明並非只是聞太師，鍾馗、王靈官皆可，置於女吊之後。王靈官手持鋼鞭將誘人自縊的吊死鬼趕下戲臺，王靈官或五猖神在後緊追不捨，後面跟隨幾十個手持火把的男子所組成的趕鬼隊，將鬼趕出村口五里路之外，倉皇而逃的鬼披掛的鎖錢沿途飄落，趕鬼隊將它撿拾起來，連同火把、鞭炮同時燃燒，以示完全將鬼驅逐離開。〔註168〕趕鬼隊趕鬼時候，戲臺上照樣演戲。

木偶目連戲演出時的〈開殿〉要重複演三遍，以示鬼瘟難以驅逐。第三次〈開殿〉又名〈祭中壇〉，由鍾馗挑起布圍，裡面早已擺好供桌祭品，族長或還願人立即上前跪拜，請求祖宗和當方土地神協助驅趕鬼瘟。祭時，又要送上一隻活公雞，由戲班班主拔毛念咒，祭畢，放下布圍繼續演出。趕鬼時，暫停演出，但鑼鼓聲不絕，趕鬼回來再繼續演到日出。〔註169〕

由於目連戲是鬼戲，其中不乏眾多鬼出場的齣目，藉由其中部分戲齣內容，將趕鬼儀式置入加以驅逐，相信能淨化村郭，求得平安。

三、祭叉

目連戲的打叉是凶險的武技展示，或為了營造打叉的危險氣氛而有祭叉

〔註166〕姚遠牧〈南陵目連戲的傳藝、表演及習俗〉《安徽目連戲資料集》，頁 146～147。
〔註167〕梅渚演一夜目連戲，《安徽目連戲資料集》，頁 154。
〔註168〕倪國華〈趕鬼記——栗木目連戲演出紀事〉《安徽目連戲資料集》，頁 164～165。王靈官打吊，由五猖神追趕吊死鬼，見趙景深〈目連故事的演變〉《浙江省目連戲資料匯編》，頁 245。
〔註169〕安徽旌德木偶目連戲演出情形，《安徽目連戲資料集》，頁 140。

儀式。變文中鬼使對鬼犯、鬼囚最常使用的刑具和兵器就是鋼叉，又是鬼犯的死對頭。信鬼神的人視鋼叉爲禳災避邪的神物，演祭祀性戲曲便常常使用鋼叉。目連戲祭叉的齣目名或爲〈請瘟祈福〉，是一場似祈禱非祈禱，似演戲非演戲的祭祀儀式。祁劇祭叉是：五瘟神上場端坐，掌教師上，將三把鋼叉置台中，以五隻蜿擺鋼叉下，會首代表善男信女上台祭菩薩之後，到後台送紅包給打叉演員。掌教師殺雄雞，以血淋碗，以雞血在碗背上畫符，雙手拿碗，分別遞與四瘟神和大瘟神後退場。而後是眾瘟神對話祈福。〔註170〕

　　四川大演目連戲，還發展出更爲繁複的過程，有遊叉、叫叉、祭叉三種。前二者係戲班以經濟爲實在目的而發展出來的民俗，游叉又分爲白日遊叉和夜間兩種，前者由戲班人員扮陽間五猖、雞腳神、無常鬼等持叉押劉氏遊街，後者爲陰五猖、鬼卒持叉於四鄉叫喊，意爲尋找鬼物。叫叉是在夜間三更時，掌陰教師、五猖或鬼卒押劉到荒郊設祭後，陰教喝令發叉，正猖反手發叉，叉得的活物如青蛙等，把叉、活物周圍泥土取回戲台，以黃紙或紅布綑好，放置內場神龕前七星斗中，以香燈供奉。〔註171〕戲齣演捉劉氏當天，內場先祭叉，陰教師收鬼卒所用叉置把子桶中，內放紙叉一把，燒香化符，爲神龕所供正叉啓封，取活物和土置放禁罐內，罐中放鹽、茶、五穀，上用紅布或五色布覆蓋綑好，供於神龕，然後殺雄雞，淋血於刀叉和舞臺四周。祭完之後，還要打卦問吉凶，如非吉卦，預示演出不順利，打叉因此延遲舉行。這是打叉當日掌陰教師例行公事。〔註172〕

　　超輪本祭叉儀式於〈五殿〉齣末透過淨扮五殿閻王作了交代：

> 人間私語，天聞若雷，暗地虧心，神目如電。捉拿犯婆劉氏。缺少
> 生雞血酒，難以起馬。大哥，有一盞心得香主，在大老爺跟前了還
> 香願。派你我，有雄雞一只，去到三岔路口，受他一祭，來此已是，
> 各各下馬。（祭叉）（請神眾白）眾兄弟，生雞血酒吃得醺醺大醉，
> 你我飄揚而過。（頁158）

同樣以生雞血酒爲祭，舉行祭叉地點則是在較爲凶險的三岔路口。祭叉，雖然只是簡略二字帶過，但是依照開演之前的起猖、迎神，想必也是設祭、焚

〔註170〕歐陽友徽〈大打飛叉——祁劇《目連傳》的表演特色〉《戲曲研究》37 輯，
　　　　 頁 121～124。
〔註171〕杜建華〈論川劇目連戲演出的規制和習俗〉，頁 112～113。
〔註172〕黃偉瑜〈川劇目連戲神事活動管窺〉，頁 50。

香、跪拜、念誦咒語等等。宮廷演目連也必須祭叉，5－24 從土地吩咐眾陰兵幫忙捉拿藏身於東嶽廟後的劉氏，整個過程如下：

> 眾陰兵遶場科，仝從左旁門下。五差鬼持叉同從右旁門上，向臺前安設，隨作禮拜祭叉，畢，各持叉跳舞科，仝從左旁門下。眾陰兵仝從地井內上，各遶場，隨意發諢科。雜扮劉氏魂，穿衫，繫腰裙，從右旁門上。五差鬼作趕出，對叉、跳舞畢，作拿住劉氏魂科。

簡單提示在舞臺臺前安設祭桌，並禮拜祭叉，與劉氏「對叉」接近於舞蹈形式，非民間火爆凶猛，但是表演前需祭叉則是相同的。

皖南祭叉齣目名為〈拜神祭猖〉，前一節祭猖為開演前的祭儀，捉拿劉氏亦需祭拜猖神，此齣將祭拜眾猖唱名詳細：

> 拜請東方青旗五猖，西方白旗五猖，南方赤旗五猖，北方黑旗五猖，中央黃旗五猖。遊山打獵五猖，提鷹放鷂五猖。開胸破肚五猖，飛砂走石五猖，拿強捕盜五猖。上不占天五猖，下不撩地五猖。哼歌打哨五猖，鳴鑼吶喊五猖。搭橋過水五猖，巡營瞭哨五猖。跋山過海五猖，拿生替死五猖。追魂捉魄五猖，行船過渡五猖。壇前壇後五猖，壇左壇右五猖。臺前臺後五猖，臺左臺右五猖。村前村後五猖，村左村右五猖。青邑縣五猖，石邑縣五猖，本府本縣五猖。生祭五猖，熟祭五猖，五五二十五猖，六六三十六猖。猖兵猖將，猖子猖孫。（頁 218～219）

拜請猖神之外，尚有多方神明。而後祝賀戲主各式吉祥語詞，說明拜神原因以及祭拜牲禮：

> 今奉玉皇勅旨，閻君所差，捉拿劉氏青提，望大老爺神光朗照，輕捉輕拿，叉鎗棍棒，無破無傷。弟子有高冠龍雞，香燭紙馬，錁錠錢財。錢鈔雖少，火化成多，多者多分，少者少票。三獻以畢，禮不再斟。弟子帶有高冠雄雞，望大老爺歡喜笑納，歡喜笑納。
>
> （頁 219）

五猖去至山叉路口，以肥牲設祭。與演出之前的祭猖相同，如有差異，也應該是念誦祭辭、祝辭些許差別而已。〈公道發鬼〉緊接於後，邋遢相公上場自敘一向魔障惡人，因「梟鬼備得有祭禮，五猖大老爺壇前祭賞，我在旁邊受了一小祭。」約同眾鬼前去魔障劉氏，戲劇內容與祭儀相承相接。

第四節　目連戲的儺化

　　儺是一種古老的巫術祭儀，以驅疫納吉為目的，來源甚早。儺或寫為「難」，以行有節度的儺字，假借為敺疫逐鬼之意，就文字立場探究敺疫逐鬼的本字與產生的地域文化背景，已有多篇論文深入探討。〔註173〕儺由祭而發展出舞、戲；最早分國儺、天子儺和大儺三類。大儺下及庶人百姓，即鄉人儺，祭儀最為盛大。依行儺者身份，儺可分為民間儺（鄉人儺、百姓儺）、宮廷儺、軍儺和寺院儺四類。〔註174〕

　　文獻資料對宮廷儺記載較詳，其它儺儀長期被忽略而散見各書。宮廷儺儀發展大略為：行於季冬之月，天子以迄庶人行之的大儺儀，蒙熊皮、戴黃金四目假面、執持戈盾的方相氏為儺祭靈魂人物，率上百位奴隸而逐疫。東漢擴大編制成為方相氏、十二獸，一百二十位十至十二歲之間的侲子。南北朝勇於創新，侲子擴增成為二百四十人。隋因此增「問事」十二人，「工人」二十二人，其中之一為方相氏，另一為唱師，鼓、角各十人。唐代承襲而又有變化，侲子二十四人一隊，六人一列；執事十二人，工人二十二人（其中一人方相氏，一人為唱帥），鼓、角各十人列為一隊（隊裡有一人是鼓吹令，一人為太卜令），巫師二人。〔註175〕宋代宮廷儺祭於除夕夜，無方相氏、侲子，卻設置將軍、門神、判官、鍾馗、小妹、土地、灶神等，已近於戲，屬於儺祭大變化、喪失傳統祭儀的時代。明朝宮儺由鍾鼓司負責，恢復黃金四目、卻插著野雞毛的方相氏，侲子傳送趕鬼火炬。中國宮廷儺祭隨明思宗自縊亡國宣告結束。〔註176〕

　　雖然民間儺資料不彰不顯，卻以另一方式傳遞出儺植基於原始宗教土壤，巫師行儺、拜神驅邪的普遍與對民間的影響，方志著錄俯拾即是重巫鬼禱祀：四川各地，如渝州「祭鬼以祈福」，開州「春則刻木祈神，冬則用牲報賽，邪巫

〔註173〕陶立璠〈儺文化芻議〉《儺戲論文選》（貴州：貴州民族出版社，1987），頁15；周華斌〈儺與魃——關於「儺」字的考釋〉《民俗曲藝》81期，民國82年1月，頁1～9。以上兩篇針對儺字本意與假借為敺疫的加以探討。

〔註174〕度修明《儺戲‧儺文化》（北京：中國華僑出版社，1990），頁19～20；曲六乙〈建立儺戲學引言〉，《儺戲論文選》，頁2；陳躍紅、徐新建、錢蔭榆等《中國儺文化》（北京：中央編譯社，2008），頁19～28。

〔註175〕以上宮廷儺祭編制，見《禮記》卷十七〈月令〉、《後漢書》、《隋書》、《新唐書》等正史〈禮儀志〉，方相氏見《周禮‧夏官》。

〔註176〕宋明兩代宮廷儺不見於《宋史》、《明史》記載，《東京夢華錄》卷十、《夢梁錄》卷六載宋朝除夕宮廷儺。中國歷朝歷代宮廷儺大要可參考錢茀《儺俗史》第一至第三篇（南寧：廣西民族出版社，2000）。

擊鼓以爲淫祀」，峽州「不知文學，信巫鬼，重淫祀，與巴州同」，嘉州「酷信鬼神」，瀘州「好淫祠」，邛州直隸州「俗尚禱祀」等等載記。〔註177〕湖北鍾祥縣是「楚國南鄙之地，其俗信鬼而好祠其祠，必作歌樂舞以樂神。」〔註178〕江西瑞昌縣「土瘠民貧，信巫好祀」，〔註179〕瑞州府於宋代即有「江漢之俗尚鬼，故其民尊巫而淫祀」的論評，〔註180〕甚至於只重巫而不事醫藥，祭祀情形如下：

> （清江縣）俗頗尚鬼，疾疫則巫進醫退。每有祈禳，必令道士立符，
> 用木三尺許，書符其上，安立室中，祀以香火。〔註181〕

原始巫教祭祀隨社會文明進展，同樣歷經揉合吸收儒釋道三教，變化發展之後繼續爲信仰者服務。並不是儺祭單純接受文化進展下宗教的浸染，同樣的，儺文化的儺祭和巫術意識，也不斷向佛教盂蘭盆會直接浸入和滲透，或間接的通過道教影響及盂蘭盆會。〔註182〕以儺祭、儺戲和目連戲相參看，兩者互有影響，但以目連戲儺化較爲明顯。

一、由迎請神明看目連戲儺化

儺祭受佛道釋三教影響而變化，使儺壇供奉神出呈現出爲數眾多且龐雜的特色，茲舉兩個貴州儺祭爲例。德江縣穩坪鄉黃土村土家族衝壽儺來看，土老師執行法事和演儺堂戲必掛的圖案有三清圖、師壇圖和功曹圖。三清圖五張圖案共有九十九位先祖、仙道和神道畫像，功曹圖有十九個神像，都有姓名和出處。其中有道教元始天尊、北方眞武，有自然神變型的山王、雷神土地閃電仙官、龍王、雲雨將等，尚有李順「鼓師」、張凌「鑼師」等用來驚動天曹地府眾神明降臨法場等特殊作用的「神聖」。〔註183〕晴隆縣白勝村水壩山苗族慶壇儺祭的《總聖圖》共繪神像九十八個，分十二層排列，除太上三

〔註177〕楊芳燦（清）《四川通志》卷六十一（臺北：華文書局據清嘉慶二十一年重修本影印，民國74）。

〔註178〕張仲炘、楊承禧（清）《湖北通志》志二十一〈輿地志〉（臺北：華文書局據民國十年重刊本），頁574。

〔註179〕劉儲（明）《瑞昌縣志》卷一（臺北：新文豐《天一閣藏明代方志選刊》十二據明隆慶刻本影印，民國74）。

〔註180〕趙之謙等（清）《江西通志》卷四十八（臺北：華文書局據清光緒七年刊本影印，民國56），頁1052。

〔註181〕趙之謙等（清）《江西通志》，頁1053。

〔註182〕曲六乙〈目連戲的衍變與儺文化的滲透〉《文藝研究》1992年1期，頁111。

〔註183〕王秋桂、庹修明《貴州省德江縣穩坪鄉黃土村土家族衝壽儺調查報告》（臺北：施合鄭民俗文化基金會，1994），頁22～43。

清、盤古、祖師、歷代祖師、男女兵將外，有四十二位鳥獸兵將，為各種動物頭型。〔註184〕儺祭迎請神明龐雜，反映百姓供祀神明為三教與巫教同混，四川江北縣於民宅舉行祭財神儺儀時，因動響器，驚擾家中所供神靈，因此有「安位家神」插入法事之中，民宅供祀神靈，有老君、如來、觀音、孔子等三教主神和祖宗，還有財神、梓潼、陽戲神三聖、壇神等家庭祀神，神農、五穀、張郎、魯班、灶神、火神、門神、魁神、虎神、冥王、瘟神、星宿、山王、土地、功曹、孤魂、遊司等眾多與生產、生活相關神明。〔註185〕由巫師召喚神明種類與民宅祀神來看，巫儺成長變化是順應社會文化進展的結果。

　　目連戲迎請神明同樣已包含三教，四川陰教迎請主要祀神有玉皇大帝、三清、三佛、觀音、地藏等主神。儺化現象可就書寫更為詳盡的請迎神明名號得窺一二，前引列辰河目連戲演出前請神安位眾神名諱，有些是儺神，像岳王戲祖老郎神君，辰河戲和湘西儺戲的戲神同是岳王，岳王即是儺神，湘西儺堂正本戲，多有把儺神稱為岳王的情形。三洞梅山大王，屬民間巫教系統，如於山林裡得病，一般認為得罪梅山，必須進行「衝儺」巫事。〔註186〕梅山大王奉祀頗為廣泛，湖南、四川、貴州相毗連的苗族、土家族地區盛祀梅山，以「和梅山」巫術祭儀和神退病。〔註187〕安徽黟縣西武、碧山鄉的村子在延聘班社演目連戲之前，要舉行迎接儺神老爺的儀式。一人挑一幅儺神爺繪像在前，跟著一個頭戴子頭形、兩顎可上下張合頭具，俗稱「儺神塔」，再由一人戴一具眼部挖空，牙齒畢露，兩耳如尖刀，頂端並列塑有並排四個小儺神的面具，隨著鼓樂轉遊，一來為演出目連戲渲染氣氛，二來祈禱避邪消災。〔註188〕目連戲演出與迎儺神密切結合，成為特殊民俗，使目連戲逐漸染上儺的氣氛。

〔註184〕楊蘭〈貴州晴隆縣白勝村水壩山苗族慶壇述要〉，《民俗曲藝》94、95 期，民國 84 年 5 月，頁 241～271。

〔註185〕王躍〈四川省江北縣舒家鄉上新村陶宅的漢族「祭財神」儀式〉，頁 110。

〔註186〕李懷蓀〈辰河目連戲神事活動闡述〉，頁 116、128～129。

〔註187〕王躍〈江北縣舒家鄉高洞村的和梅山〉《民俗曲藝》99 期，民國 85 年 1 月，頁 91～125。王躍考察舒家鄉法事種類，其中「跳端公」又名「和梅山」，主要是卻除難治瘋疾、靖宅退邪煞的法事活動。《四川省江北縣舒家鄉上新村陶宅的漢族「祭財神」儀式》（臺北：施合鄭民俗文化基金會，1993），頁 15～16。

〔註188〕趙陰湘、項忠根〈黟縣目連戲史話〉《安徽目連戲資料集》，頁 69。

二、由演出功能看目連戲儺化

儺祭主要為驅鬼逐疫，因此兼有祈祥納吉意味，最後又發展出娛神娛人功用。據各地儺戲調查報告，酬神了願是儺祭舉行重要目的之一，演出功能看來已縮小成「還願」一項，但是考察許還的願，通常不離祭神、驅邪和納吉等項，〔註189〕湖南藍山縣桐村更以「還盤王願」作為祭祀祖先、祈求豐收和免災納吉儀式名稱，〔註190〕廣西環江縣毛南族儺願種類有三：敬神、驅鬼和送終。〔註191〕與湖南藍山縣相同，以還願、「儺願」為名。四川江北縣每逢瘟疫流行期間，就是跳端公祈禳法事應接不暇的時候，另外小孩成長期間的過關、喪葬道場，也聘請端公做法事。〔註192〕

儺祭的舉行，與目連戲有不少重疊之處，尤其是驅鬼逐疫、酬神了願兩項。正如民間對目連戲演出的大量需求，促使戲班將目連戲中的鬼戲穿插入家庭戲劇之中形成平安大戲以代替目連戲；巫儺祭祀興盛，目連戲原本於中元節演出或其它時間超度七世祖、解脫地獄餓鬼的功能隨時間逐漸淡化，乃至湮沒，主要職能轉化為驅鬼逐疫、禳癘去邪、酬神還願、消災納吉。巫儺的古老性，以及目連戲功能的演變，只能說目連戲充滿儺祭氛圍，是「儺化」，而非儺戲「目連戲化」的結果。

儺所逐之鬼，王馗認為即為瘟疫的形象化，就斑疹、傷寒、鼠疫、惡性疾病與流行性感冒等發病時間、流行程度、病徵相似等項，「疫」成為各種疑難雜症的統稱。疫病又與季節替換的流行，亡人淺葬、棄屍草澤等不當屍體處置方式造成疫疾散播有密切關係。基於瘟疫突發性和流行特徵，和縹緲無跡的鬼相互聯繫，一起傳達民眾對疫病極度恐慌心態，無形的病遂轉而成為

〔註189〕毛禮鎂《江西省萬載縣潭埠鄉池溪村漢族丁姓的「跳魈」》，頁35、118～121；王秋桂、庹修明《貴州省德江縣穩坪鄉黃土村士家族衝壽儺調查報告》，頁6～7；庹修明、楊啓孝、王秋桂《貴州省岑鞏縣平庄鄉仡佬族儺壇過職儀式調查報告》，頁13～17；于一、王康、陳文漢《四川省梓潼縣馬鳴鄉紅寨村一帶的梓潼陽戲》，頁23；段明《四川省酉陽土家族苗族自治縣雙河區小岡鄉興隆村面具陽戲》，頁32。以上諸書均見於臺北施合鄭文化民俗基金會出版的《民俗曲藝叢書》。

〔註190〕張勁松〈湖南藍山縣桐村瑤民的還盤王願〉《民俗曲藝》94、95期，民國84年5月，頁273～308。

〔註191〕蒙國榮《廣西省環江縣毛南族的「還願」儀式》（臺北：施合鄭民俗文化基金會，1994），頁40。

〔註192〕王躍《四川省江北縣舒家鄉上新村陶宅的漢族「祭財神」儀式》，頁15～21。

有形的實體。〔註193〕山西曲沃任莊扇鼓儺祭活動，遊村隊伍前面是鑼鼓隊，其後是在「遵行儺禮，禳瘟逐疫」纛旗引導下的十二神家，最後是花鼓隊。纛旗宣告這裡舉行的活動是遵從傳統儺祭禮儀而來，目的在「禳瘟逐疫」。需要特別說明「遵行儺禮」，纛旗的設置與標榜，必然是儺禮發生變化、取消方相氏的宋代才有可能出現。〔註194〕任莊扇鼓儺祭的纛旗顯現儺祭原始用意即是禳瘟逐疫。

目連戲原本用於祭祀超度祖先亡靈，擴及施食於孤魂野鬼，祭祀結束「送」走祖先亡靈，「送」走饗祀孤魂，送逐亡靈之鬼與儺祭驅逐瘟疫之鬼屬本質不同。後來逐漸轉換亡靈鬼祟成為瘟疫，由驅逐人死之鬼變為驅瘟內涵，與儺祭目的靠近重疊，是目連戲儺化的結果。現以五鬼捉劉氏說明儺化情形：

鄭本描繪劉氏花園盟誓為鬼所捉，顛跌而後七孔流血、眼唇斜、手足冰寒等症狀，應驗劉氏誓語：「劉氏青提若還背子開葷，又將白骨埋在此間呵，七孔皆流鮮血死，重重地獄受災愆」而來，為鄭氏理解受報應者自食其果該有的症狀，以泉腔本安排〈花園咒誓〉、〈掠魂〉、〈還魂〉三齣和相同症候，鄭本所寫為民間認為違誓遭致鬼祟的結果。清代以來某些地方演出本此處已經轉換成為瘟疫病症：

> 一霎時，頭病腹脹口流泉，四圍牆壁團團轉，想今生當報劉四真。悔當初不聽我的嬌兒話，到如今何人救拔？（五方贊介）這背前向後鬧喳喳，列拜著西天羅剎。看了鉞斧金瓜勢不佳。他道我開口開葷麼，霎時血流咽喉下，到如今受此波查（又）。（搧介）凍得我渾身筋骨痛酸麻，怎禁得寒風凜冽？又不是臘月霜天，是這等牙打牙！夢魂兒死在刀頭上，戰兢兢把不住攞頭話，我今冷颼颼凍得我咽喉啞（又）。（燒介）好熱，熱得我身上似火燒，燒得我身上如湯澆。
>
> 〔註195〕

浙江目連戲詳盡描繪劉氏被五方鬼作祟之後頭暈、腹脹、筋骨痛、酸麻，忽冷忽熱與一般瘟疫如瘧疾是相同的。安徽諸本描述症狀顯然介於鄭本和浙江

〔註193〕王馗〈超度〉《鬼節超度與勸善目連》，頁157～160。

〔註194〕黃竹三、王福才《山西省曲沃縣任莊村《扇鼓神譜》調查報告》（臺北：施合鄭民俗文化基金會，1994），頁30、119～120。

〔註195〕《浙江省新昌縣胡卜村目連救母記》，頁190。此書抄寫時間不詳，但是在1950年之前演出以此為主。症狀描述相同者尚有調腔本、紹興救母本同，足見詳盡的疫病描寫具有地區性。

本之間：「戰兢兢寒如冰火，火焰焰熱如刀剁，心內似銅拳搥，頭痛不止，不知東西。」〔註196〕宮廷 5－19 五瘟神決意讓劉氏罹頭疼、背痛、身上寒、身上熱、肚疼等瘟疫症狀，對照 3－9 黃彥貴行商被雨淋溼後生病症狀：「腹內似錐刀，渾身似火燒，栗栗增寒似水澆」，僕人因此說：「你老人家又是寒冷，又是發燒，莫不是瘧疾？」由於辰河本依循鄭本，超輪本全身如刀刺的疼痛，保留原本亡靈為祟，可見目連戲除了保留原有人死為神為鬼，迎祭超度之後需送逐離去，尚增添了驅逐瘟疫之鬼的作用。

　　為驅疫、還願而演目連戲，與為驅疫、還願而演儺戲有何不同？儺戲與目連戲演出功能可以相互取代，對邀演主家而言，除了以當地俗信、一般習慣性、方便性和個人喜好、經濟能力為決定前提外，作為宗教文化載體的目連戲，在常民心目中應該比巫教載體的儺戲來得更為文明與受歡迎。此由歷代對「信巫不就醫」與重淫祀的斥責與禁止，可見原始巫教籠罩下的祀神行為普遍被視為落後與迷信。當選擇相對文明、有宗教基礎的目連戲演出之後，應該很難回歸選擇較原始的儺祭。於是巫儺跳神祈禳成為目連戲諷刺對象，湖南辰河將〈請醫救母〉改為〈請巫救母〉，在觀眾中找一位真正的巫娘，請她上台為劉青提跳神。她不得不上台，神魂附體的跳神，後來一位演員由觀眾中氣喘噓噓奔上台，直呼仙娘日常生活中的姓名，說她兒子落水了。仙娘立即停止跳神，成為一位真正的演員，直奔回家。〔註197〕祁劇〈請巫祈福〉毛師公由丑扮，作法不靈，反而被鬼戲弄，無奈請妻來捉鬼，亦不能勝任。對巫娘、師公和所施巫術給予辛辣無情的諷刺。演目連戲有道士、和尚、藝人和巫師，基本上目連戲演員羞與巫師同列。然而稍具矛盾現象是四川掌陰教師由藝人擔任，亦有聘請端公、道士。端公屬於儺儀巫師，因熟悉梨園教、巫教、道教、佛教神和各類法事做法、程序成為掌陰教師。端公任掌陰教師，對宗教祭儀熟稔已讓他超越被諷刺的跳神巫娘、巫師，而倍受尊敬重視。

　　另一目連戲能夠取代巫儺法事原因：目連戲藝人表演能力超越巫師，清人劉獻廷於郴州看巫師登刀梯為人作法禳解，說：「刀梯之戲，優人為目連劇者往往能之，然其矯捷騰躍，遠勝於巫，非奇事也。」〔註198〕法事功能可以互

〔註196〕安徽池州大會本、皖南高腔本描寫相同。

〔註197〕李懷蓀〈耐人尋味的喜劇穿插──辰河高腔目連戲探索之二〉《目連戲論文集》（懷化：湖南省懷化地區藝術館，1989 年 10 月），頁 37～49。

〔註198〕劉獻廷（清）《廣陽雜記》卷二（臺北：世界書局，民國 56），頁 103。

相取代，表演能力有高下之分，邀演禳解的選擇性上，目連戲顯然佔了上風。

三、由巫術論目連戲的儺化

儺既然是原始宗教、巫術信仰下的產物，儺文化所用最多的巫術為驅逐巫術。弗雷澤提及原始人類努力清除他們的一切煩惱，所用形式是大規模驅除或趕走妖魔鬼怪，隨時驅邪轉變為定期驅邪，最常見送走邪魔的工具是輕舟，[註199] 早在《周禮‧夏官》對方相氏執戈揚盾，率百隸，聲勢浩大的索室毆疫的記載，為驅逐巫術的運用。沸沸揚揚，喧噪不已的祭儀，與目連戲演出中眾人吶喊逐鬼的用意、聲勢是相同的：

> 驅逐巫術……反映到目連戲的演出活動中，最突出是起五猖、捉寒
> 林、劉氏逃棚等場面。[註200]

河南目連戲甚至有三次逃棚，一是劉氏逃棚，二為劉甲逃棚，三是眾鬼逃棚。福建莆仙演到五鬼捉劉四真，眾鬼卒須在「棚下」追趕劉四真，一直追到村裡，環繞房子捉鬼。眾人執器械一起打鬼，趕逐出境，並不限於劉氏逃棚，還視情形安插於其它類似齣目，江西、四川上演女吊即是插入驅逐有形鬼魅離去：兩個吊神和一個大吊神出場，欲以金氏當替身，因金氏受屈，於是普化和猖神從台內衝出，舉著鋼鞭趕吊神。在台上追幾圈後，三吊神跳下台，普化、猖神也追下台，頓時台下人齊聲吶喊，舉桃木棍、竹帚、叉矛打鬼。

用輕舟將妖魔送走，各地儺儀常有此項神事活動，四川省重慶市巴縣接龍陽戲「造船送神」，法事唱詞有「要得五瘟離此境，除非造下五瘟船」之句，[註201] 前述辰河戲班演目連戲結束時除送神之外，尚有「送茅船」一項，當地不論道教或巫教，都有「攆瘟」神事活動，利用輕舟送走瘟疫。目連戲將送瘟船祭儀稍加修改納為己用，以達驅邪目的。如以弗雷澤探討的原始巫術來看，以輕舟送走妖魔的巫術驅邪在先，後來為道教所利用成為醮儀中的一

〔註199〕弗雷澤（Frazer, J.G.）著，汪培基譯《金枝》（臺北：桂冠，1991），頁 797〜825。

〔註200〕曲六乙〈目連戲的衍變與儺文化的滲透〉，頁 113。

〔註201〕胡天成《四川省重慶市巴縣接龍區漢族的接龍陽戲　接龍端公戲之一》（臺北：施合鄭民俗文化基金會，1994）名為「造船送神」，頁 348；于一、王康、陳文漢《四川省梓潼縣馬鳴鄉紅寨村一帶的梓潼陽戲》（臺北：施合鄭民俗文化基金會，1994）將為主家驅趕出去的妖魔鬼怪裝入茅船「蕩下揚州」，頁 41；另有茅船送神如前述貴州德江縣衝壽儺，頁 68。

部分。貴州安順九溪村每年正、二月間舉行太平清醮,同時延請僧道念經文做法事,第七天以紙紮龍船漫村各戶遊走,名「參灶」、「掃蕩」以驅邪鎮妖,村民也稱「巡儺」。最後將龍船燒掉丟入河中。〔註202〕這個事例,恰好可以看到佛道與儺結合密切的例子,卻有「巡儺」古名,可做為道教吸納儺祭輕舟送妖魔的例子。

由演員扮演,起五猖捉寒林,村內村外四處奔跑捉拿,喊聲四起,與儺祭時逐房逐室驅趕一切妖魔鬼怪類似,差別在於屋室與村莊內外,小大範圍相距甚遠。驅逐巫術配合索拿住邪祟野鬼的寒林之後,以稻草紮的人形作為寒林替身,殺雞、點血、黏雞毛於其上,暫時被封禁釘在戲臺柱上。稻草寒林與承載所有妖魔的輕舟具有相同作用,結束演出後焚毀,依然是驅逐巫術的運用。

目連戲的〈靈官鎮臺〉與劇情內容無關,王靈官純是為鎮臺、掃臺而設,巫儺法事亦有王靈官前來掃邪歸正,保衛壇場以及事主家屋清吉,百事順遂的程序,在民間許多儀式中也常請靈官鎮臺,如寺廟中的戲臺落成,要舉行踩臺儀式,「鎮臺」是其中必不可少的節目。民間俗信如不鎮臺或未做好,就會出事故。靈官揮鞭掃除邪魔,據四川江北縣端公法事王靈官臺詞如下:

> ……手執金鞭一舉,鎮宅行事。吾神一鎮天開,二鎮地裂,三鎮人長壽,四鎮鬼消滅……打動鑼鼓驚動,宅前宅後不正之神,不正之鬼,吾神金鞭一齊打在車腳下……靈官臺前開慧眼,諸神惡鬼不敢來……〔註203〕

與方相氏驅逐疫鬼,在墓室以戈執擊的動作和對屋宇內所有房舍驅逐手法如出一轍,先以鑼鼓驚動不正神鬼,再用金鞭擊打,威嚇驅趕,可以相信靈官鎮臺應該原屬儺祭體系而為各類儀式所吸收應用。

禁忌是極原始的觀念,《山海經》記載著:朱獳,見則其國有恐;鳴蛇,見則其邑大旱;化蛇,見則其邑大水;狙如,見則其國有大兵;聞㹢狼,見則天下大風。〔註204〕描繪一些事物不可見,遇見則有惡果,既有惡果必然成為禁忌。禁忌的武斷性異常突出,往往不表現禁止和忌諱原因,只強調必須遵守的規定和違禁後果,一如《山海經》所述只列遇見之後的惡果。禁忌一

〔註202〕謝振東〈貴州省安順市九溪村小堡地戲考察〉《貴州安順地戲調查報告集》(臺北:施合鄭民俗文化基金會,1994),頁336。

〔註203〕王躍《四川省江北縣舒家鄉上新村陶宅的漢族「祭財神」儀式》,頁260。

〔註204〕《山海經》(臺北:金楓出版社),頁84、96、96、126、128。

語最早出現於中太平洋波利尼西亞土語，原始含義是：人類生活在最平常的世俗世界，和所謂各種神聖世界之間還沒有經過協調，所以絕不可任意接觸，否則就是違禁，就導致危險。〔註205〕現在的禁忌是針對「神聖物」和「不潔物」不得接觸的武斷性概念，人們確信只要不去衝犯、玷污神聖物，同時不被不潔物玷污崇惑，就會獲得持續性的吉祥平安，求得好命好運的長存。儺祭舉行前數天，戒葷禁行房事，並掃除居家污穢，以乾淨身心展示對神靈的崇敬與不容妖邪藏匿。民間大型建醮與目連戲演出前，同樣有天數不等的合村吃齋禁葷、禁屠殺，成立查葷小組糾察違禁者而給予公定處罰。從象徵學的立場上論，齋戒禁屠象徵平常日子與神聖日子（做醮拜拜）的分開，齋戒期的「空白」手法，為了實現所要表達的意願。〔註206〕

　　對神靈、鬼魂、妖魔的恐懼與求得生活上的順利，促使民俗認為如未遵行禁忌，可能遭遇邪祟，甚至引鬼上門等災禍。因此，相對演出目連戲禁忌不少。屬於戲班演員的禁忌：扮男吊、女吊的，一旦化妝之後，即禁止開口，直到放過焰火出場後才准開口。啞目連演出，表演者如果不慎開口出聲，被視為不吉利，演出結束，要燒令牌化解，求神明寬宥，脫晦消災。皖南出吊神配合演出日期，雙日出雙神，單日出單神。喜神、辣椒相、地方眾鬼出場時，東家要給名為「喜包」的紅包，讓他們唧在嘴裡，使不得開口傷人。甚至推廣到演《大劈棺》、《大上吊》一類戲，演員上前要焚香祈禱，上場時要揣上神碼子；武行真刀真槍上台須祭刀槍等。

　　屬於觀眾的禁忌：浙江建德凡是供灶司菩薩的人家，看目連戲回家必須有個儀式，拿一張或半張黃表紙點著，到灶前在自己頭上、身上旋舞燒完為止，再向灶司菩薩作揖行禮。否則，犯了居民大忌，認為引鬼上門。婦人和小孩頭上插遍桃樹枝、桃樹葉去看戲以避鬼，某些地區看目連戲必須天亮才歸家，否則會將鬼帶回家裡。當晚做戲時，又有多人以冥鏹紙錢等沿路向有墳墓之處焚化，俗稱燒孤墳。

第五節　目連戲其它民俗事象

　　作為一種慣習演出，目連戲內容包括家庭生活，於是舉凡人生經歷的各

〔註205〕烏丙安〈「俗信」：支配中國民俗生活的基本觀念〉《民俗學的歷史、理論與方法》（北京：商務印書館，2006），頁164。

〔註206〕李亦園《信仰與文化》（台北：巨流，民國72），頁167。

種民俗禮儀，由出生以至婚嫁、死亡無不或多或少演出。戲曲反映人生，民俗活動多少呈現於戲劇中；而又由戲劇盛演，從而創造發展出相關的民俗，因地因情不同。

一、民俗進入目連戲的演出

民俗進入目連戲演出，僅分爲三類進行討論：一是婚嫁、出生禮俗；二是關於疾病、死亡等民俗事項；三爲日常生活方面的民俗。

（一）婚嫁出生禮俗

與婚嫁相關民俗的呈現，四川〈嫁（娶）劉氏四〉最爲特殊，徐珂載清朝蜀中演目連從劉氏幼小開始，至長大成人請媒議嫁，完全依據當地風俗，瑣事畢備，內容到此已演出十天：

> 嫁之日，一貼扮劉，冠帔與人家新嫁娘等，乘輿鼓吹，遍遊城村。
> 若者爲新郎，若者爲親族，披紅著錦，乘輿跨馬以從。過處任人揭
> 觀，沿途儀仗導前，多人隨後。凡風俗宜忌及禮節威儀，無不與眞
> 者相似。盡歷所宜路線，乃復登臺，交拜同牢，亦事事從俗。〔註207〕

「事事從俗」是當地婚嫁民俗的呈現，出嫁前，劉氏妝扮地點或於廟宇內，拜別爹娘之後，要舉行「踩斗」儀式，即劉氏在父母和金童玉女簇擁下站上一個民間常用的斗，將手持的一把筷子向後甩過頭頂。這時舅子便可背起劉氏，上轎啓程。斗的前後貼有「豐富」二字，意味著將爲婆家帶來豐盛、富足；甩筷子寓意快生兒子。〔註208〕「回車馬」是蜀中嫁娶風俗之一，新娘出嫁，死去的祖宗也要車馬相送。祖宗既然來了，就得設祭送回。目連戲演出時，原由廚倌主持回車馬儀式，後專屬於陰教師工作，舉行於劉氏轎子至戲台下的時候。某些地區有〈劉氏哭嫁〉齣目，對禮俗反應，突出不是講究吉慶，而是哭的藝術。至於四川蓬溪縣儺戲本有此劇目，內容與目連戲完全無關，而是利用既有的人物另外創造出逗人發笑的生活小戲。

誕生禮節，辰河演傅羅卜出生時，娘舅前來盡禮祝賀，觀眾參與演出，完全是當地「打三朝」，即名湯餅會的民俗再現。演出當天，請當地有聲望紳士夫婦充當羅卜的外公、外婆，由扮劉賈的演員陪同，上台祝賀，公堂首事

〔註207〕徐珂（清）《清稗類鈔·戲劇類·新戲》，頁20。
〔註208〕杜建華〈論川劇目連戲演出的規制和習俗〉《文藝研究》1993年4月，頁111。

事先備辦嬰兒衣帽鞋襪、圍裙墊布、果品、三四百個紅蛋，裝在盒內，送上戲台。

（二）疾病、死亡民俗

〈請巫祈福〉完全是湖南、四川地方家裡人口欠安，於是請巫師跳神或沖鑼治鬼。四川目連戲將〈請醫救母〉改為〈請巫禳解〉，為當地民俗生活反應，由端公或掌陰教師主持，進行跳神、請神、招魂、卜卦、勸茅、送花盤等儺儀，還插進童子數花的儺戲表演。重慶府《涪州志》巫師應民家所請，歲暮時跳神卜一歲吉凶：

> 是日必延請親友鄰里相聚而觀，饜之以酒肉。巫師作歌舞態，復以
> 通草花散遞在觀之婦女，名曰：散花盤。〔註209〕

散花盤之後接演童子數花，自然順理成章。祁劇〈羅卜拜香〉即是湘南「燒拜香」民俗反映：善男信女為保佑長輩長壽康泰，闔家清吉，常許下燒舉香願，至期先行齋戒沐浴，然後自家門前起程，三步一跪，七步一拜拜到南嶽了願。〔註210〕演時羅卜為母解罪，身背馬鞍沿途化緣，辰河本因此有〈太白贈鞍〉，益利：「奉東人之命，買一馬鞍與母消罪」。越東「送夜頭」是一種送鬼民俗儀式，浙江演目連戲，劉氏得病，〈瞎子卜課〉得家有惡鬼，須「送夜頭」。由舞臺演出知道儀式大略為以供品在郊外設祭、焚化紙錠。

辰河〈耿氏上吊〉後，扮演耿氏娘家父、母、兄弟的藝人們，早已先混雜於觀眾之中，等耿氏上吊後，這些藝人一擁而打到台上，找方卿算帳。抱被窩、抬櫃子、趕牛，抄方卿的家。表演是依辰河地域如有女子屈死，娘家必往追究，俗稱「請舅爺」的風俗而產生的，四川亦有此俗，名為「作人主」。〔註211〕

回煞：民間認為人死後三天或七天要回煞。至期，孝子須通宵達旦守靈，還要從靈堂到臥室一路灑石灰，藉以察看死者足跡，驗明死者是否歸來，此於鄭本、宮廷本都有〈劉氏回煞〉的民俗描寫。四川於門口街沿上立一竹竿，竹竿上隔一尺貼一張錢，以招亡靈進屋。又因門神把守，鬼魂不能進入，於

〔註209〕董維祺修，馮懋柱纂（清）《涪州志》卷一〈風俗〉（中國書店《稀見中國地
　　　　方志匯刊》五十，1992），頁530。
〔註210〕劉回春〈祁劇目連戲縱橫談〉，頁36。
〔註211〕臺灣禮俗，女子出嫁後死亡，必得稟告外家，待舅家查驗過後才得以入殮，
　　　　與「作人主」、「請舅爺」意義相同。

是房頂揭去陽瓦三匹，以便於亡魂出入。劉氏進屋後，吞食靈桌的大蠟燭和當地巫師「打梅山」儀式相似，天快明時，劉氏登上弓馬桌，順鬼卒所打的又跳躍落地，表示由屋頂出煞，與鄭本描述相近，鄭本門神拒絕讓劉氏入內理由有二：

> 豈不聞佛語云：「生從大門入，死從大門出。」你從大門出了，豈肯放你再入。況近來家鬼反取家人。決不開門。……如今世上訛傳：謂之雌雄破射煞，或東或西，必要傷人；有高有下，一定害物。不思有生有死，人道之常，安有一人回煞，又傷數人？陽世訛傳，所以不開門也。

原來鄭氏寫作當時民俗認為回煞將傷及家人，門神「近來家鬼反取家人」和世上訛傳兩相對照，不無矛盾處，但目的則一：拒絕劉氏入門。經過鬼卒和門神爭鬥打架，門神得勝，鬼卒只好吹起業風，讓劉氏乘風而起，望空而落，從屋漏中下去，最後依然以「一陣天風從地起，騰空飛出舊庭幃」方式離去。鄭本「訛傳」用語，或許鄭氏寫作時即有人死回煞傷及家人，以及人死為人道之常，為有回煞傷人的兩派不同爭論。由結果來看，回煞傷及家人的認知逐漸淡化，代之而起是回煞展現對亡者的依戀。紹興一帶人死入殮時，死者的長子必得穿起死者衣冠，遍拜門神，使門神記得形象，俾使回煞時不被阻於門外。〔註212〕門神被改換成雖然不讓劉氏從大門進入，卻指點從後窗進入的便宜門路，〔註213〕甚至於劉氏哀求時直接讓她進門，因金雞報曉而離去，再無「一陣天風」的表現。〔註214〕

　　民間出喪、吊孝禮節繁複，舞臺演出只能得其大略。浙江啞目連〈敲紙銅鑼〉演劉氏出喪，兩名鑼夫敲鑼關目。當地舊時衙內告示、民間出喪，均差鑼夫擊銅宣揚，戲劇演出為現實寫照。

　　謝孝，辰河本傅相死亡下葬後，〈羅卜謝孝〉一齣：「為前日做齋，叨鄰舍相助，今日閒暇，不免稟告老母前去謝孝，方為人子之道。」謝孝、謝齋，鄭本有所記載，附於〈勸姐開葷〉，劉賈詢問為何不見外甥？劉氏回答：「我兒為前日做齋，感蒙鄰里相助，今日作謝去也。」

（三）日常生活民俗反映於戲中

〔註212〕肇明對調腔本回煞校訂1文字，頁330～331。
〔註213〕浙江胡卜村本，頁206。
〔註214〕皖南高腔本，頁241～242。

　　清明節至親人墳頭掛紙錢，爲年間大事，鄭本〈曹氏清明〉上墳時先掛紙錢，而後三上香、再奠酒、插柳、焚紙錢完成祭掃過程。明代安徽《池州府志》載「清明掃墓、插柳」風土俗尚：

> 清明掃墓，季春朔日後，士女詣墓所祭掃。祭畢，加土于塚，掛楮標其上，餕餘而返。插柳，士女戴柳枝及插門之左右，俗云辟邪。
> 〔註215〕

清明於墳上掛白習俗，爲廣大地區共有習俗，貴州「豕嗁（蹄）盂酒陳設荒郊，少婦村童禮瞻古墓，新鬼舊鬼共薦清醪，大丘小丘均標白紙」。〔註216〕四川涪州是「飲食於墓側，至墓乃還」祭掃拜墳方式，〔註217〕湘目連本、皖池州大會本此齣目爲〈掛白〉，江蘇超輪本名爲〈踏青〉，其它臺本名爲〈清明掃墓〉或〈上墳〉，同是公子過清明齣目爲〈公子遊春〉。這些齣目共同參看，可見清明節時一般百姓的民俗活動方式。

　　紹興日常生活渡河方式被目連吸收進入表演之中，舊時紹興水多橋少，爲方便行人，便在河上浮一方形木斗（或船），無撐渡人，裝有兩條略長於河面的纜繩，分別固定於河兩岸，渡河者自己拉繩過渡。〈發牌〉中的小鬼，或夜牌頭、女無常，過河身段「走矮步」取自於生活中的渡河方式，船至河心，「蓬」，船繩斷了，只好想辦法用手、用傘代槳。〔註218〕這是觀眾最爲熟悉的現實生活的舞臺化演出，因此具有濃厚生活氣息。〈弄蛇〉一齣再現民間某些「隋民」所操賤業。〈交租〉王老大一口氣念出紹興地區十種水稻品種及其特徵；〈茶坊〉茶店家一口氣念出十一種茶名及其屬性，都是當地民俗生活情形。川北目連戲結尾是劉氏變成金毛獅子猁，目連成爲笑和尚，有笑和尚戴面具逗金毛猁的獅子舞表演，爲舞蹈、跟斗的熱鬧戲，很明顯是民俗遊藝生活的寫照。

　　同樣是目連戲，隨地域民情不同處理各異，閩人重佛教，爲了維護釋家神聖形象，莆仙本沒有「男思凡」、「女思凡」和「僧尼會」情節，此三者是

〔註215〕王崇等修（明）《池州府志》卷二（臺北：新文豐《天一閣藏明代方志選刊》八據明嘉靖刻本印），頁240。

〔註216〕蔣深（清）《餘慶縣志》卷七〈風土〉（中國書店《稀見中國地方志匯刊》五十，據清康熙五十六年刻本，1992），頁676。

〔註217〕董維祺修，馮懋柱纂（清）《涪州志》（中國書店《稀見中國地方志匯刊》五十，據清康熙五十四年刻本印，1992），頁531。

〔註218〕羅萍〈古老的民族傳統啞劇——上虞南湖「太平會」調查〉《浙江省目連戲資料匯編》，頁336、358。

作爲日常上演的散齣，而不在目連戲中插演。而且爲了表現目連虔誠歸佛的禪心和取經救母的孝行，莆仙本對傅、曹結姻線索盡量予以淡化，僅剩〈入庵遇妻〉一齣。安徽石臺目連班可以演〈和尙下山〉、〈尼姑下山〉，卻絕對不演〈僧尼會〉，無論鄉村東道主如何央求都不演，甚至班社演員都不許看其它班社演，以示對鄭之珍的尊敬和紀念。實際上鄭本有僧尼會情節，只是附屬〈和尙下山〉齣目而已。於四川青堤鎮自清代起便有不准演「大開五葷」和「打叉戲」傳統，此地居民世代以目連聖僧故鄉人自居，劉氏被視爲歷史典範人物：樂善好施、曾修會緣橋、積善橋，冬夏救濟寒衣或食用，關於大開五葷和大斗小秤的內容情節，根本是誣蔑之詞，〔註219〕因此，絕不演劉四娘挨叉的戲。三項屬地區性禁忌，禁忌亦是民俗信仰之一，與外地做了比較之後，民俗才有意義。

二、由目連戲發展出的民俗活動

　　民俗活動於戲齣中得到反映，有地區性。民俗亦如生命，有出生、茁壯和消亡。經過目連戲盛演，多少形成一些新的民俗，有些僅見於演出期間，演前齋戒、鎮臺、發猖等等，演後掃臺、送神送猖爲民俗祭儀的一部分，已見於前節。演出期間隨內容不同而產生相應民俗；演出之後，形成或加強部分民俗；另外形成相關諺語的口頭民俗。

（一）演出期間創發的民俗活動

　　川劇團演目連戲必演〈劉氏產子〉一齣，戲臺上劉氏吃蘿蔔後分娩，土地婆婆與土地公公前來幫忙，饒富風趣，戲臺下是戲班人員端著酸蘿蔔於觀眾中叫賣，以期食用後可懷孕生子，這是戲班爲增加收入而以目連戲做爲包裝增衍出的民俗活動。其它各地多有此種慣習，或改爲劉氏切蘿蔔，除劉氏自吃一塊外，其餘供觀眾需求。南陵班演至〈掛號〉，劇中扮送子娘娘的演員手抱布或紙紮娃娃，應無子嗣人家約請送子，娘娘由鑼鼓班接引。這是因應戲劇內容額外爲部分觀眾所做的服務，因應祈求而成演出慣例。

　　上列爲劇情之內的合理安排，亦有額外安插與劇作無關的片段，已成民俗。安徽梅渚每年固定演目連十五齣，必定於〈傅相升天〉後插入一段〈過閻王關〉，因應鄉民百姓爲小孩求平安、過關煞的需求，閻王、判官、牛頭、馬面出場，

〔註219〕于一〈「目連故里」考〉《民俗曲藝》77期，民國81年5月，頁234。

群眾抱十二歲以下小孩上臺過「關」，免病消災。閻王以朱筆在小孩眉心處點紅，邊點邊說：「長命百歲過關去。」戶主給與紅包答謝，這是專屬於梅渚目連戲演出的民俗活動，由「過閻王關」當地俗話以說債主逼債，即源於此。許多地方有為十二歲以下小兒除關煞的民俗活動，福建建寧與中元相結合：

> 中元，祀先以素饌。巫師、女巫跳覡誑惑婦女，云：為小兒除關煞。
> 此信鬼之一端也。〔註220〕

四川資陽河目連戲放猖捉寒之後，掌陰教師以紅、藍、白、青四色布為寒林開光舉行相關儀式後，善男信女爭相購買教師手上布片，據說以此製鞋，可消除災害，因為一切孤魂野鬼均踩在腳下。遊叉，選於白日，戲班人員扮陽五猖、雞腳神、無常鬼等持叉押劉氏遊街，屆時各家各戶在門前擺一盆水，裡面丟幾個小錢，點上香燭，遊叉者過來將水裡的錢摸走，俗信摸走錢等同於將霉運帶走，可保一整年除邪免災。「搶喜財」即放猖、捉寒時，掌教師扯斷雞頭，將雞身甩下戲臺，眾人齊搶雞身，據說搶到此者，今年要走鴻運，添人進財。演出結束後，陽陽兩位掌教師拿著未用過的掃把，挨家挨戶象徵性的掃去，將霉運和妖邪掃走，相當簡化的驅邪儀式。

靈官、聞太師的臉譜為最具避邪的神威，拓印下來以張計價，或用來治瘧，或張貼在家裡、或做成香袋掛於小孩胸前以避邪。演出中聞太師走圩口、田間或進入民房驅邪，亦成為民俗活動之一。劉氏逃棚，眾鬼隨後追趕，這批人可以在戲臺下任意捉東西吃，且吃且逃，被吃到的人家以為運氣好，沒被吃到的反而快快不樂。背後原因應該同樣認為劇中人物同樣具有驅邪納吉效果，吃了東西，自然得保護此家的心理因素所致。

對民眾而言，目連戲種種民俗活動無一不是合乎驅邪納吉、求平安、求子添財的基本心願。切中基本心願的民俗，只多花些小錢即能獲得；對戲班而言，則是實質經濟上的收益，有不少民俗是戲班千方百計設想出來滿足民眾心理的，可說兩全其美，各自滿足心中所求。

（二）盛演之後形成的民俗

與目連戲演出相關布片、拓片都能成為辟邪用品，某些地區甚至產生相距遙遠的少數認知，如祭壇的公雞頭，賭博人偷去可贏錢；祭壇的油燈，取來放置牛欄、豬羊圈內，能保六畜興旺。因此演出結束後，人們爭先恐後索

〔註220〕何孟倫（明）《建寧縣志》（上海：上海書店《天一閣藏明代方志選刊續編》
　　　　三十八據明嘉靖刻本印，1990），頁423。

取。種種民俗認知，都是屬於實際生活層面的實用觀點，沒有精神層次的。

鄭本〈六殿見母〉趁著四月八日六殿閻君赴龍華大會的空檔，夜叉班頭大開方便之門，讓目連與母相見，目連將飯送與母親，卻被餓鬼搶吃，於是用缽盂盛「烏飯」，使餓鬼誤認劉氏吃的是目連在鐵爐邊撿的「鐵屎」。明清以來四月八日浴佛節吃烏飯為眾多地區民俗之一，傳說源出目連救母故事，受影響而成俗，〔註221〕以下僅以清代以來方志著錄可見情形：

> （浙江宜興）四月八日為浴佛節，造烏飯相遺，即青精飯，僧人尤尚之。〔註222〕

> （湖北）近各邑作浴佛會，多以南燭葉漬米為飯供之，謂之青精飯，亦曰：烏米飯。寺僧亦作以餉檀越，謂之送福。蓋舊典也。〔註223〕

僅舉二地方志為例，其它安徽、湖南等地亦多有浴佛節吃烏飯習俗。〔註224〕據考證浙江建德吃烏飯的風俗出自於道士一派的目連戲，而且典故日益增多而神奇，「據說」吃了烏飯，夏天不會被蒼蠅釘，因為蒼蠅「據說」是餓鬼投生的，〔註225〕由總總傳聞，可見四月八日烏飯民俗經過目連故事流播而加強，咸信從目連故事而來。鄭本〈六殿見母〉究竟是將當時浴佛節吃烏飯寫入戲劇？或者憑空創造一個新的故事，進而形成民俗。查閱鄭本寫定的萬曆十年（1582）之前方志，發現浴佛吃烏飯已然相當普遍。由於廣大地區皆演目連戲，因此盡量多方採錄方志：

> （安徽池州府）四月八日浴佛，造青精飯（取南燭木葉搗汁和水漬米成紺色，蒸以食，且各相饋）。〔註226〕

〔註221〕程秉榮〈梅城的烏飯麻米兹〉《浙江省目連戲資料匯編》，頁 310。安徽繁昌亦有此認知，當天食用烏梅糕，劉西霖〈繁昌目連戲習俗與民歌〉《安徽目連戲資料集》，頁 148。

〔註222〕宵楷（清）等撰，《重刊宜興縣舊志》卷一「風俗」（臺北，新興書局），頁 50。

〔註223〕張仲炘、楊承禧《湖北通志》卷二十一〈風俗〉（臺北：華文書局據民國 10 年重刊本印行），頁 591。

〔註224〕僅舉烏飯記錄數本方志：張海、萬橚（清）合修（清乾隆十五年修）《當塗縣志》卷七「風俗」（臺北重印本，無出版社名，民國 69），頁 123。余誼密、徐乃昌（民國）等，《南陵縣志》卷四，頁 61。曾國荃等（清）《湖南通志》卷四十（臺北：華文書局據清光緒十一年重刊本印，民國 56），頁 1074。

〔註225〕戴不凡〈目連戲和道士〉《浙江省目連戲資料匯編》，頁 328。

〔註226〕王崇（明）《池州府志》卷二〈風土篇〉（臺北：新文豐《天一閣藏明代方志

　　（安徽銅陵）四月八日……人家有採烏桐葉染爲烏飯，以相饋遺者
　　　　　　　　　。〔註227〕

　　（浙江淳安）四月八日或作烏糯飯爲節物。〔註228〕

　　（江西建昌）四月八日，浮屠作浴佛會，有烏桐飯、香水。〔註229〕

　　（湖北黃州）四月八日烏飯（民俗於是日取烏飯葉搗碎漬米爲飯，
　　　　　　　　　染成紺青色。或相遺送，或留至一年間以和飯，延客
　　　　　　　　　爲敬）。〔註230〕

　　（福建建寧）四月八日造烏飯，親戚相遺。〔註231〕

萬曆之前明代方志風俗著錄廣大地區都有食用烏飯民俗，再往前考宋、元浴
佛日，禪院齋會煎香藥糖水，名爲浴佛水贈送。〔註232〕宋孝宗淳熙九年《三
山志》載「上巳」節時活動有「青飯」一項：

　　　南梡木冬夏常青，取葉搗碎漬米爲飯，染成紺青之色。日進一合，
　　　可以延年。《本草》云：「吳越多有之。」今上巳青飯以此。舊記任
　　　敦仙去，取梡葉染飯。閩俗効之。〔註233〕

南燭木，又名烏飯花，此處南梡木或許即爲南燭木。三山爲今福建福州地區，
至少知道吳越、閩地於上巳節日吃青飯，另有禊飲、競渡二項民俗活動。上
巳爲介於寒食和四月八日之間的節日，曾國荃等《湖南通志》載：

　　　楊桐葉細冬青，居人遇寒食采其葉染飯，色青而有光，食之資陽氣。
　　　道家謂之青精乾石飢。〔註234〕

　　　選刊》八據明嘉靖刻本印，民國74），頁241。
〔註227〕李士元修，沈梅撰（明）《銅陵縣志》（臺北：新文豐《天一閣藏明代方志選
　　　　刊》八據明嘉靖刻本印，民國74），頁629。
〔註228〕吳福原修，姚鳴鸞重修（明）《淳安縣志》（臺北：新文豐《天一閣藏明代方
　　　　志選刊》六據明嘉靖刻本印，民國74），頁15。
〔註229〕夏良勝（明）《建昌府志》卷三（臺北：新文豐《天一閣藏明代方志選刊》十
　　　　一據明正德刻本印，民國74），頁37。
〔註230〕盧濬等（明）《黃州府志》卷一（臺北：新文豐《天一閣藏明代方志選刊》十
　　　　六據明弘治刻本印，民國74），頁20。
〔註231〕何孟倫（明）《建寧縣志》（上海：上海書店《天一閣藏明代方志選刊續編》
　　　　三十八據明嘉靖刻本印，1990），頁423。
〔註232〕孟元老《東京夢華錄》卷八「四月八日」條。
〔註233〕梁克家（宋）《三山志》（臺北：大化書局《宋元地方志叢書》十二，民國69），
　　　　頁8080。
〔註234〕曾國荃等《湖南通志》卷四十「時令」，頁1074。

於古寒食節日食用青精飯，與宋代上巳日期接近。上巳、寒食節日逐漸消失，而吃烏飯的民俗依然保留下來，又與四月八日浴佛相互產生瓜葛聯繫，加上目連故事推波助瀾，付與新的傳說和生命，爲舊民俗食品找到新的解釋。

四川射洪縣青堤鎮，梁時原名「倚川渡」，元帝時改名「清平渡」，唐改名青堤鎮。當地人俗傳爲目連故里，於是鎮內有許多古蹟，包括兩座石碑，一書「唐聖僧目連故里」，是清光緒年間所立，一爲劉氏四娘墓碑。關於傅、劉兩家事的傳聞與目連戲文雷同，相似度高，劉氏四娘墓碑有一說係一武旦演員於打叉、滾叉時不幸去世，就將她當成目連母親下葬立碑。〔註235〕當地人對所居地是否爲目連故里，有截然不同的兩派說法，或信或否，信者恆信。以「偏頗附會」的局外人眼光看待目連故里的形成，可以鉤勒過程大致如下：因鎮名「青堤」與目連戲劉青提相同而進行第一次附會；因打叉而死的演員被當成劉氏四娘下葬，墓碑上寫著「劉氏青堤之墓」，逐漸認同墓中人即是目連之母，葬於此即爲當地人，爲第二層附會。漢民族尊敬父母長上，不容瑕疵在身的心理，逐漸美化，故而認爲開葷、大斗小秤等項不合實情，爲更深刻認同。既認同劉氏爲同鄉中典範，更不允許打叉挨叉，其間隱衷或者是曾經打叉出人命的過去。層層附會，光緒年間「目連故里」石碑宣告劉氏傳說的塑造完成。

（三）因演目連出現的日常俗諺、語詞

諺語並非失去意義的遺留物，而是談述者的實際觀念，爲實際生活的哲學或行爲原則。許多諺語起於環境、職業、和社會制度，種族或國民特性常表現在諺語中。〔註236〕目連戲演出，於民間產生許多諺語或順口溜，不少爲押韻文字，便於記憶、背誦和流傳。相關諺語大約有以下數類：

第一、用來說明某些地區目連戲演出頻繁。安徽黟縣西武鄉古築村演目連戲最頻繁，故上下村有「古築古築眞可憐，三年兩頭打目連。」此語韶坑稍加轉換，成爲「韶坑可憐可憐眞可憐，三年兩頭唱目連。」三年兩頭指凡閏年閏月皆演目連戲。歙縣長標轉換成爲譏諷當村王姓人家：「王姓可憐可憐眞可憐，三年兩頭唱目連。」王姓則嘲諷邵姓：「邵姓現世眞現世，三年兩頭

〔註235〕于一〈「目連故里」考〉。
〔註236〕林惠祥《民俗學》，頁81～82。

唱土戲。」兩姓相譏，總不願落居下風。「江南人眞愜意，出門就看目連戲」諺語，是正面肯定目連戲盛行與娛樂。

　　第二、用以說明目連戲演出實際情況。浙江芳村：「芳村演目連，吃喝兩邊沿。」針對吃齋禁屠，葷食需在村落外緣周邊的實際情形。安徽「三本目連到涇縣，分作七本唱。內容不夠，就用耘田歌補湊。」耘田歌是繁昌民歌的代稱，指出目連戲可長可短的演出體制，不乏鬆散，臨時補湊，同時說明目連戲吸收民歌進入戲劇的靈活性。「一年目連三年熟」，指演目連耗費金錢不少，需有三個熟稔豐年的積蓄，才能供一次目連的開銷。「栗木人教目連戲，唱肯教，演肯教，放猖不教；栗木村有目連傳，唱有書，演有書，放猖無書」的通俗說法，其實不是無書，而是不肯輕易示人，「不教」則是保留一手，以免落人之後的自重心態，雖是指栗木村，但是也可擴及至廣大的民族性。詛咒罵人：「你家裡唱目連戲」，基於目連戲常用來超度亡魂而來。更爲惡毒的罵語是「你家裡唱三本頭（訛成三百年）目連戲。」家中一定有凶事，且連唱三百年，已至完全家敗、不得翻身悲慘境地。

　　第三、用以說明目連戲具教化意義和影響深遠。「不作聲，不吐氣，肚子裡還有三本目連戲。」安徽繁昌「要唱山歌也不難，自來詞兒目連腔。」以目連曲調隨心改辭演唱的即興歌，見景生情即興演唱表現個人創造性，曲調雖非原創，但是歌手文字創造智慧和演唱作用，無疑推動當地山歌發展。受歡迎的山歌，又成爲「補湊」目連戲唱調的內容，兩者相互循環影響。

　　第四、借用目連戲中人物指稱現實人事。這類型最多，目連戲影響深遠最能密切感受到。越諺「目連行頭」四字用以指服裝極爲簡陋陳舊，或是衣冠不整，源出於許多目連戲班演員爲半職業性，平日務農做工，演期到了則集合演出，所穿衣服極其簡陋而有此諺語。另外，借代目連戲的人物稱呼現實社會同類型人事，站在民眾普遍熟悉目連故事基礎上而得。〈王阿仙嫖院〉爲浙江目連戲特有齣目，塑造一位隨時因學藝不成而轉行的王阿仙，於是「王阿仙」一詞成爲學不成手藝，導致百事無成、遊手好閒者的代名詞。「夜牌頭」爲小鬼或女鬼卒，後來成爲罵街撒野潑婦的代稱，可見某一地區夜牌頭演得十分潑辣，令人印象深刻而有此語。「劉二舅」一詞是紹興對別人的妻舅，凡認有些行爲不端，都以此名稱呼，可說極盡撻伐能事。安徽地區俗諺如「三本頭目連，拖煞個益利」指一些不關緊要的人被牽連在繁瑣的事物中，只爲益利在目連戲中不是那麼重要，但卻時常要出場。形容女人忙得不可開交，

這裡趕到那裡，就用「就像拿劉氏」來指稱。而「像爬杆子一樣」形容做極難極危險的事，「過閻王關」說債主逼債，「老馱少」詞語形容老人背孫子不離肩，是屬於演出內容的直接借代以敘說現實人生。

　　張貼於戲臺兩側的對聯，平仄、詞性方面的高度要求，戲劇內容的高度概括性，與士夫文人的對聯或有俗雅不同境界，但是同樣屬於較高的文學表現。明清以來不乏諸多目連戲演出對聯流傳，僅隨意舉民間目連戲張貼於舞臺上的兩幅聯，「天堂極樂，看來天堂皆善事；地獄最苦，說到地獄盡惡人。」「白馬馱金，語語道破身前事；烏鴉啄玉，句句喚醒夢中人。」都可以看到對聯和戲劇內容相互表彰勸化善惡的用意。

小結

　　目連戲民俗性的展現，首先是演出時間的固定，成為歲時節日活動之一。作為祈求農作少蟲災病害或是慶秋收的生產性祭祀演出，歲時節日的中元節超度，各地所供奉神明的壽誕廟會，對一地區而言，都是相當固化的時間，民俗常因固定時間、固定活動而形成。非固定時間演出，卻有固定的目的性，如喪葬、水旱疾疫、新戲臺啓用等項而臨時演出，顯然民俗信仰中，目連戲超度、禳災功用深植民心。

　　作為固化民俗演出，期間於戲臺外的僧道祭祀活動，自然屬目連文化一部分。演出前搭建神棚、齋壇與相關設置，體現民俗信仰的神鬼觀念，由藝人和當地主事者迎請神明、啓猖祭猖、靈官鎮臺，以及結束的掃臺、退猖等和劇情內容無關的神事活動，隨規模而有詳簡不同做法，這是屬於民俗信仰之下的祭儀。

　　戲劇演出中，目連戲不乏與祭祀相關齣目如施食超度，因劇情再擴大而為村鄉舉行驅鬼儀式，聞太師驅鬼為典型事例。戲劇中的祭祀，為民間法事內容舞臺化。本為驅邪納吉而演，又於戲劇情節一再強化此作用。祭叉，同樣值基於驅鬼信念而衍生祭鬼神以保護演員演出成功，演員順遂演出，又保證該地演戲動機目的圓滿，一切在民間信仰支配下進行儀式。

　　原屬佛教的目連，除納入道教神明系統，也祭拜儺公儺神等原始宗教信仰下的神明。演出功用、驅逐鬼疫方式與儺祭的重疊性，驅逐、禁忌巫術的表現，讓目連戲逐漸取代原始普遍流傳的民俗儺祭，能夠取代的標記就是讓

自身儺化。

　　目連戲民間習俗的呈現，嫁娶出生禮如打三朝、踩斗嫁俗和哭嫁；疾病災疫請巫師跳神，為出嫁女兒作人主、請舅爺；死亡後喪葬道場、回煞等民間信仰與做法，多少呈現不同民俗。盛演結果也創造不少民俗活動，劉氏生產前分食蘿蔔，送子娘娘滿足祈求子嗣者的送子活動，過閻王關為觀眾舉行除小兒關煞儀式，為因應民眾需求而產生的演出民俗。原本浴佛節吃烏飯的民俗反映於劇作，而後又得到加強，甚至產生目連故里的城鎮，以及產生目連詞彙和相關俗諺，是演出之後形成的新民俗。

第五章　目連戲的藝術性

　　劇場表演的藝術性，唱唸做打各項涉及腳色行當不同而有不同程度要求；服裝道具、舞臺裝置藝術和舞臺工作人員等項，於戲情、人物身段動作的設計無不相關；於固定廟臺或臨時戲臺演出，宮中戲臺另有不等作用而有特殊形製，對表演或多或少有不同影響。因此本章先述各地目連戲腳色行當，再論唱唸做打的表演藝術，第三節討論舞臺形製與目連戲表演之間的關聯性，第四節則是舞臺道具、美術、檢場工作人員所形成的演出效果。

第一節　目連戲腳色行當

　　目連戲腳色行當各地略有不同說法，以臺本記錄而言，莆仙本以劇中人名註記，僅一孝婦記爲「占」，最爲簡略。〔註1〕再次爲泉腔本，僅記錄了生、公、笑生、旦、貼五個名目，其餘皆記劇中人物名。〔註2〕「公」扮李厚德、許通，爲年長者，「笑生」扮據地爲賊的張循佑，爲傀儡名色，〔註3〕公、笑生二者是其它目連戲未見腳色名目。傳統戲曲主要女性人物通常由旦扮，次要由貼扮，泉腔本卻兩者倒置，重要人物劉世眞由「貼」扮，旦則扮陳孝婦、阿婆次要人物。如旦、貼同時出場，〈卻柴引賊〉、〈造土獅象〉旦扮觀音，貼扮勢至菩薩，兩人臺詞份量相同；劇中良女於〈收捕駁佛〉、〈良女試雷有聲〉

〔註1〕　莆仙本，頁28。
〔註2〕　〈坐寨〉、〈普陀境〉李純元記「賊」，〈小挑、搶經〉黃眉童子記「沙僧」，爲身份標記，並非腳色名目，因此不列於其中，頁58、60、158。
〔註3〕　泉腔本〈守墓招朋〉註2，頁90。

為主場人物，亦是貼扮；且為主場人物僅見於〈四海賀壽〉、〈觀音試羅卜〉二齣。以全本而言，貼的演出份量超過旦。

由於各地目連戲的腳色行當有詳略不同，茲依省分敘述如下：

一、江蘇目連戲腳色名目

上海目連全會本腳色計有：末、外、生、小生、正旦、占、小旦、夫、丑、淨、雜、眾等十二種。貼旦或省為貼、占，扮觀音、金奴，小旦扮玉女、金奴，足見占、小旦所扮人物類型相近，而小旦尚有年輩幼小之意。

高淳陽腔目連戲一般演員說法有十大行當，《戲曲志》考察後有十四行：外、末、旦、生、丑、淨、老生、花旦、小丑、小生、二面、老旦、武行、紅生。〔註4〕紅生專門扮飾關羽。

以臺本作考察，超輪本有：外、末、生、老生、小生、旦、老旦、小旦、占、丑、小丑、淨、花、小、打手共十五個名目。註明「小」者，有小生、小旦、小丑之別，〔註5〕應該可以去除「小」的腳色名，使歸屬於本有的行當，成為十四名目。花指「二面」，打手又註明「四花臉」，即為武行。〔註6〕高淳兩頭紅本列的腳色名目是：外、末、生、小生、旦、老旦、小旦、占、花旦、丑、淨、雜、卒共十三名目。其中「占」又註明小旦，「卒」所扮有神將，〔註7〕為人物名稱；無小丑、老生兩個行當。由於超輪本、兩頭紅臺本並無關羽登場情節，自然無紅生。

二、安徽目連戲腳色名目

班社錄下的目連戲腳色行當，安徽石臺大宇班社主要腳色行當是：傅相、劉氏、傅羅卜、益利、金奴、大花、二花、三花、老旦，另加兩位：司鼓、師傅。大花即是淨。〔註8〕傅相、劉氏、羅卜等人直接以劇中人物名為代表，

〔註4〕《江蘇卷》，頁493。

〔註5〕「小」指小丑者有〈五殿〉扮牌頭、〈回煞〉扮猖鬼、〈四殿〉牛頭，頁157、170、238；指小旦有〈訓妓〉賽芙蓉，頁133；指小生並未特別說明，但由金童「小生」扮，有時簡省為「小」可知，頁40、42、48。

〔註6〕花指二面，扮判官、孤悽夫，超輪本，頁157、202、214。打手為四花臉，見〈夜店〉扮雷公，頁82。

〔註7〕高淳兩頭紅本占指小旦，扮玉女，頁61；卒扮神將，頁56。

〔註8〕蘇天輔〈石臺目連戲〉《安徽目連戲資料集》，頁66。

可見是典型的腳色行當。貴池目連班分九腳十行，即目連生、武小生、員外生、末、淨、丑、且、貼且、老旦，另有配腳，叫小腳。〔註9〕銅陵萬福堂目連戲班十大行當爲：末、淨、正生、正旦、丑、外、小生、老旦、貼旦、花旦。〔註10〕長標目連戲班腳色原來有九個，後擴充爲十一個：生、旦、淨、丑、外、夫、末、占、老、小、花。由所扮飾人物表，「小」扮仙童、書童；手下、小鬼、和尙等。「花」是花臉，扮神將、判官、關主、土地、啞官等等。〔註11〕南陵目連戲班有十個行當，另有四個雜腳，四個樂隊場面和管衣箱的人，打手另外聘請。十行當與扮飾代表人物爲：一末扮如來佛、二淨扮頭陀、三正生爲傅羅卜、四旦爲劉氏、五丑是小僧、六外即傅相、七小生係穆敬、八老旦扮王婆、九貼旦爲曹賽英、十花旦扮龍女。〔註12〕

《中國戲曲志》記皖南目連戲腳色行當以末、淨、生、旦、丑、雜等六大行當細分成許多小類，形成：一末、二淨、三正生、四正旦、五丑、六外、七小生、八老旦、九貼旦、十花旦，外加四個雜行，打手另請的規範。〔註13〕正旦，有時省稱爲「旦」，貼旦省爲「占」，正生省爲「生」。

臺本標記較爲龐雜多樣，各本略有差異，皖南高腔本：末、外、正生、小生、正旦、貼、小旦、丑、小丑、淨、付、雜、眾等十三行，眾扮多人，且常爲龍套性質，聽命行事，附和吶喊製造氣勢之用，〔註14〕與雜扮不重要人物相當，只是雜有時只扮一人，如〈公子遊春〉的祖宗，若雜扮多人，亦和「眾」相當，明顯例子是〈奉佛談空〉註記「雜、眾：頭陀」，〈傅相辭世〉「雜、眾：和尙」，〈曹公弔慰〉「雜、眾：僕人」。

郎溪本分：末、外、生、小生、正旦、老旦、小旦、丑、淨、花、眾等十一行。

安徽池州大會本：末、外、生（正生）、小生、旦、貼、小旦、夫、丑、小丑、淨、雜、眾、鬼、兵等十五項，「鬼、兵」與「眾」同類，只是眾所扮類型更多，包括鬼，亦包括打手、嘍囉：〈劫金〉，兵扮眾嘍囉，〈搶親〉眾扮

〔註9〕彭文廉〈貴池目連戲〉《安徽目連戲資料集》，頁79。

〔註10〕姚介平、姚德成〈銅陵萬福堂目連戲班〉《安徽目連戲資料集》，頁88。

〔註11〕高慶樵〈長標目連戲特色臉譜〉《安徽目連戲資料集》，頁119～122。

〔註12〕姚遠牧〈南陵目連戲的傳藝、表演及習俗〉《安徽目連戲資料集》，頁142。

〔註13〕《中國戲曲志・安徽卷》，頁364。

〔註14〕皖南高腔本〈見佛團圓〉扮頭陀，〈慶賀元宵〉扮僕人，〈公子搶親〉的搶親者，〈追解二殿〉的小鬼，總是多數，頁263、271、327、340。

打手；〈殤亡〉眾扮孤遊魂，即是「眾鬼」，與〈四景〉、〈觀音點化〉眾扮四強盜，〈十友見佛〉眾扮十友意義相同。

穿會本內容較為簡省，註明腳色行當稍有差異：末、外、生（正生）、小生、旦、夫旦、夫、貼、小旦、丑、淨、花、雜、眾、鬼、手下等十六行，後三項「眾、鬼、手下」可歸納為「眾」扮。兩個本子腳色行當的重要差別在於穿會本有夫旦、花兩種腳色，大會本是多了小丑行當。

鄭本的腳色行當和其它臺本相較，無疑來得整齊、規範多了，計有：生、末、外、夫、旦、貼（占、貼旦）、小占、小旦、丑、淨、小、眾。其中小旦、小占和眾都只出現一次，〔註15〕行當代表性不夠。重要的劉氏由「夫」扮，兼扮人物只有鬼犯一次，「生」扮羅卜，另於他齣扮飾玉皇、手下、馬帥，與其它行當扮飾多人情況相較，襯出羅卜、劉氏兩位人物唱做份量的重要性，讓他們分身無術。

以上安徽目連戲關於腳色名目，茲將民間說法與臺本之間的差異，分「花」、「夫、夫旦、付」、「小丑」、「小」小項說明如下：

（一）花

皖南高腔本與池州大會本無「花」腳色名。穿會本「花」：扮強盜、閻羅、鬼使，郎溪本扮天神降福、文星和判官，當為「花臉」的省稱。

（二）夫、夫旦、付

「夫」作為腳色名目見於鄭本、穿會本、大會本；「夫旦」只見於穿會本；「付」只見於皖南高腔本。現將臺本所扮飾人物、身份羅列出來：

鄭本「夫」：劉氏、鬼犯。

穿會本「夫旦」：尼姑（即華真）。

穿會本「夫」：土地婆。

大會本「夫」：釋迦牟尼、尼華真、乞丐瞎妻、北極玄天上帝李洪、尼、曹夫人、張煉師、罵雞王媽媽、善女、曹信女（鬼）、行蜜蜂頭計的王辛桂。

皖南高腔本「付」：釋迦牟尼、尼華真、乞丐瞎婆、北極玄天上帝李洪、尼姑、曹夫人、張煉師、罵雞王媽媽、王母、喜神（女吊喪鬼）、妮脫空、金奴。

四本相互比對之後，鄭本的「夫」顯得特立突出，扮戲中最重要的人物

〔註15〕小占扮玉女，小旦扮鬼犯，眾扮十友。實際上十友僅三人扮飾，有時淨、丑、小，有時淨、末、丑扮。

劉氏，其它都是邊配腳色，須兼飾其它多樣人物。皖南本的「付」和大會本的「夫」應是相同的腳色名稱，付、夫兩音相近。「夫」扮飾人物較多樣化：只有兩位男性神，其它皆為女性，年齡偏向於中年，神、鬼、凡人兼具，除一位王辛桂性行惡劣為反面人物外，其餘都是正面人物。金奴於皖南高腔本僅一處為付所扮，其餘皆是「小旦」，王辛桂歸丑扮。因此高腔本「付」所扮形象、性情較為統一，都是屬於正面人物。對照穿會本唯一例子，似乎「夫」即是「夫旦」的省稱，卻無法解決付、夫扮釋迦、李洪的問題。考察其它各地臺本，僅上海目連全會本的「夫」行扮飾人物，與皖南、池州大會本相同，但無「小丑」行當。

（三）小丑

四本皆有「丑」行，而「小丑」見於皖南高腔本和大會本，小丑為另一丑腳之稱，或年輩較小的丑，歸小丑扮飾。

高腔本小丑扮女僕、放牛娃、乞丐、家僮、撿螺螄漁夫、和尚等人；大會本「小丑」扮安童、家僮、賣螺螄者、僕人來旺。「丑」扮：強盜、牧童、乞丐何有名、乞丐、天神趙將、僧人海慧、鬼門關差官、拐子段以人、打父趙甲、豬八戒、求濟瞎子、土地公、不守清規和尚、沙和尚、鬼醫馬郎馳、梅香、媒婆、司獄官等，包含神鬼，兼正反面人，亦可飾女性。倒是「小丑」目前只見扮男性人物，所扮人物總數不如「丑」來得多，可見「小丑」為丑之外再加一丑，如需眾多丑腳，才增加「小丑」一行。但是，若丑所扮人物的年輩小，就以小丑應工。因此小丑的「小」，有時含年輩小的意思。

（四）小

此為鄭本所獨有腳色行當，扮飾人物有年輕的書童、安童、三保、徒弟、曹公子、孝子；有年紀較長的道人、手下、十友、泥工、和尚、院子、轎夫、兵師、細人；有神鬼的社令、拾得、鬼使、馬帥、判官、善才、夜叉、獄官；有動物的白猿、鶴、驢。幾乎是無所不扮的腳色行當。值得注意是鄭本無「雜」腳，「眾」只出現一次，幾乎是不存在的腳色行當，其它安徽臺本都有眾、雜，[註16] 鄭氏應該是將戲班常用的雜腳整理成「小」的行當。

〔註16〕僅郎溪本無「雜」，其餘眾、雜兼具。

三、湖南目連戲腳色名目

　　湖南目連戲腳色行當以《湘劇目蓮記》十二行當最簡：末、外、生、小生、旦、占、夫、小旦、丑、小丑、淨、雜。

　　《大目犍連》本有外、末、生、小（生）、老（生）、旦、夫（旦）、占、丑、淨、付、雜等十二行當。「小」主要扮傅林、安童等幼小人，兼扮書香、按院、旗牌等男性次要人物，是「小生」省稱；「老」主要扮太白金星、寶誌公等年長者，為「老生」省稱；「夫」主要扮有鄭氏、肖氏、華眞靜等女性人物，應是「夫旦」省稱；「付」扮張長腳、陶銓、洪鈞、趙奇等男性人物，與安徽地區「夫」、「付」扮飾人物不同，以「夫」扮女性，「付」扮男性，兩種腳色名目有所區隔。

　　辰河本體製最為龐大，大部分以劇中人物姓名註記，正目連出現的腳色行當有：末、外、小生、正旦、貼、夫（旦）、丑、淨、武、副、雜、眾。「武」扮雷公、李純元、泥工、鬼、善才等人，除了泥工之外，為武行；「副」扮忘八、鬼、里正，和《大目犍連》本相對照，應該即是「付」。最特別是辰河本無「生」，羅卜以「小生」應工，或者是因為劉氏為旦扮，故而其子由小生扮。

四、浙江目連戲腳色名目

　　腳色名目最多，複雜多樣是浙江目連戲，四臺本記下行當情形如下：

　　紹興舊抄本：末、外、正生、小生、正旦、老旦、小旦、占旦、丑、中丑、小丑、淨等十二行，

　　紹興救母本：末、外、老外、正生、小生、老生、武生、正旦、老旦、占老旦、小旦、花旦、小花旦、武旦、付旦、丑旦、小丑、中丑、二丑、四丑、淨、付，共二十二行。

　　胡卜村本：末、外、老外、正生、小生、老生、正旦、老旦、小旦、占、花旦、丑、小丑、中丑、二丑、淨、付、眾，共十八行。

　　調腔本：末、外、正生、老生、小生、武生、正旦、老旦、占旦、小旦、花旦、丑旦、丑、小丑、中丑、二丑、四丑、淨、付、手下，共二十行。

　　其中以丑、旦孳乳分化最為多樣，救母本〈放星宿〉小丑扮散財星甲，二丑扮散財星乙；〈交租〉二丑是王老大，小丑為王老二；〈鬧茶坊〉二丑扮傅金哥，小丑扮其弟傅銀哥，四丑為僕人傅窮；〈焚香〉四丑為小和尚甲，付

旦爲小和尙乙，小丑扮老和尙；〈天門〉小丑爲溫元帥，二丑扮張道陵；〈偷雞〉二丑爲李媽媽，小丑扮李媽媽之子阿免；〈出雷〉小丑扮雷部神將，中丑扮西天雷公；〈六殿〉中丑、小丑同扮禁子；〈男齋〉中丑、小丑扮廣東官，二丑、小丑扮廣東富翁。〔註17〕這些丑行的年輩、身份、性情難以區別有何不同，只能標記一場中至少有兩位不同的丑腳人物。

　　由於行當分科細，若以男、女分別付、付旦二個行當，也非實際情況，救母本付旦全本竟然只出現一次，即前述〈焚香〉付旦扮小和尙乙，爲男性。既有丑旦，那麼丑是否還扮飾女性人物？還是扮，但爲孤例：〈假霸〉丑扮木氏三娘，爲乞兒妻；〈偷雞〉二丑王媽媽又特別註明：「又作丑旦」，眞正註明丑旦也只見於〈回府〉扮曹夫人一例；小花旦、占老旦也是孤例，於〈鬧龍船〉扮船婆。以上種種腳色行當，於臺本卻有不少孤例，代表性不足，顯現民間對腳色行當規範性不夠統一。

　　以內容較爲豐富的調腔本來看，「小丑」所扮女性人物計有：〈回罵〉扮勸解的李媽媽，〈元宵〉、〈辭婚〉、〈逼嫁〉、〈追尋〉、〈歸家〉小丑扮曹夫人王氏，戲份相當重。「丑旦」專扮女性：老道（女）、木三娘、張媒婆。其它丑行皆扮男性，計有：

　　丑：東方朔、五方、春夏景中人之一、岳元帥、落山小和尙、拐子段義仁、安童、種田戶、呂仁元（賊、十友）、小鬼、鬼判、黑蠻、孫猛張（猴）、土地、家丁、過路人。

　　中丑：西天雷公。

　　二丑：散財星、王老大、金哥、羅漢、張道陵、段義、段氣、段奴、解差、禁子、奧裡官、奧裡富翁。

　　四丑：傅窮、和尙、叫花子。

　　「丑」於劇中扮飾人物如五方、孫猛張、段義仁、安童，所佔情節重要性居於丑行之冠。扮中丑僅有一例，其它三本的中丑扮飾人物較多，〔註18〕「二丑」扮解差、禁子應是指「兩」位解差、禁子，都是「鬼」，其它二丑指一人時，所扮爲小丑、丑的副腳，「四丑」又是再其次的副腳。

　　「付」扮花園土地、喜眞星化身、家院、傅窮、何不義、老相公、溫元

〔註17〕　調腔本以小丑、二丑先扮奧裏官，後扮奧裏富翁，頁93。
〔註18〕　胡卜村本扮罵雞調解的李媽媽，舊抄本除李媽媽外，尚有何不義、包得窮、張天師等人，救母本有西天雷公、禁子、廣東官。

帥、拐子張賢友、沙和尚、伍官王、家丁、過路人、公差、泰山王、判爺。〔註19〕有花臉的閻王、判官，有如外、末所扮的老人家。

由「丑」茲生出小丑、二丑、四丑、中丑等名目，而以丑最為重要，其次為小丑，再次則為四丑、中丑。總歸浙江目連戲，各行當都詳細分化為更細的腳色，如武生一行，救母本〈鬧茶坊〉扮張有大，有打出手情節，此人於〈起兵〉、〈遇盜〉改由淨扮；調腔本〈背父〉、〈借銀〉扮孫國清，因父死求濟。「外」原本即扮飾中年以上男子，又增出「老外」一腳，〈放星宿〉扮應雲使者；武生、老外兩個行當，都只有一個扮飾例子，顯然針對人物表演特質給予的「俗稱」，於此顯現民間戲班對行當區別以行話加以描述的普遍現象，只要自己人能懂得如何扮飾這些人物即可。

五、宮廷《勸善金科》腳色名目

《勸善》腳色行當更形整齊：生、小生、末、外、淨、丑、副、旦、小旦、老旦、雜，共十一行。地方目連戲的老生於《勸善》歸屬於外、末行當，貼旦消失，而依人物年齡、性情歸類進旦、小旦、老旦之中。

生、旦扮羅卜、劉氏與一般目連戲無異。清宮最突出、眾多的腳色行當為「雜」，常在同齣中扮飾多人，集體出場，同唱以營造壯大氣勢，以 7－23 火焰山鐵扇公主試羅卜為例，雜扮十二護山小妖、四農人、四小妖、四魔女；8－13 一殿閻君由雜扮，烘托閻君聲勢威容的，計有雜扮：牛頭、馬面、八小鬼、八鬼卒、八動刑鬼、八侍從、二判、金童、玉女、五長解鬼、二解鬼等四十五人；除了明確的人次之外，尚有以「眾」代表的不明人次：9－3 雜扮了判、眾男女傷鬼和地獄眾鬼卒。

以許子漢論主場、副場、襯場分析腳色任演份量：「主場」指在該場中表演份量最重的，可能有一位，或幾位，可能所有腳色份量平均；擔任「主場」腳色名為「主腳」。「副場」指有表演空間，如唸白、科諢、唱曲，但份量不是最重；任「副場」腳色名為「副腳」。「襯場」為陪襯腳色，無實際表演空間，可能全無賓白，更無需唱曲，只是答應、吆喝之類；任「襯場」的腳色

〔註19〕此為調腔本「付」的所有扮飾人物，胡卜村本扮何不仁、沙和尚，救母本扮茶店家、花園土地、喜真星化身、曹茂（家院）、師兄、何不仁、老相公、拐子張賢友，並未脫離調腔本的範圍。

名為襯腳。〔註20〕由於戲曲腳色有名為「副」腳，因此如以「副場」、「副腳」稱呼，將和眞正腳色名目混淆，因此將次要腳色的「副腳」改為「次腳」，「副場」改為「次場」。以主、次、襯場分析《勸善》腳色於整本的任演份量，得到以下結果：

〔表5-1〕宮廷目連戲腳色任演場次統計表

腳色名	主　腳	次　腳	襯　腳
生	103	26	5
小生	26	29	15
末	34	47	17
外	53	10	2
淨	59	18	4
丑	44	44	19
副	38	19	8
旦	94	15	4
小旦	23	19	27
老旦	29	10	3
雜	59	80	166

由於許多人物同任主場的情形居多，使大多數腳色行當擔任副腳、襯腳的場次較少。主場以「生」最重，「旦」次之，兩門腳色擔任副場、襯場次數銳減。「淨」、「雜」任主腳齣目相等，同時排名第三。除了雜之外，丑、末任副場比例較重，為重要的配腳。

雜眾腳色所扮人物原無固定範圍，各式極不重要的人物都可扮，面目模糊，無特定性情，但在明傳奇發展最後，開始擔任主場腳色，才有人物面目呈現。〔註21〕《勸善》的雜任主場既多，在副、襯場亦佔最多比例，幾乎已是宮廷目連主要腳色行當。雜可扮一人，也是一組人馬，有面目呈現，也維持著極不重要人物的模糊面目本態。以 2-16 齣而言，所有登場腳色都是

〔註20〕主場，指該場中表演份量最重者，而表演份量最重者可能只有一位，也可能有幾位，也可能所有腳色份量平均，則共同主場情況。凡是主場的腳色，是該場的「主腳」。許子漢《明傳奇排場三要素發展歷程之研究》（臺北：臺大出版委員會，民國88），頁69〜70。
〔註21〕《明傳奇排場三要素發展歷程之研究》，頁109。

「雜」，主場的雜一人，扮採訪使，襯場的雜扮四將吏、二判官、一金龍神；4－8 外和雜任主場，雜扮四位人物：張巡、許遠、南霽雲、雷萬春，襯腳的雜為金童、玉女、八仙、四電母、四雷公。這裡雜扮四人，與 6－11、6－19 等齣以末、小生、旦、淨、生、老旦六腳色扮六善人，同時登場，同白同唱相同，只是六善人配置了腳色行當之名而已。

十殿閻君於各地目連戲通常由「淨」扮，宮廷除五殿閻君外，一律以「雜」扮，當十位閻君同時出場，面目不顯時，全部雜扮，大量運用雜，登場腳色眾多，營造出富麗龐大的演出聲勢。

「副」為「副淨」的省稱，扮人物有男有女，〔註 22〕有如寒山、拾得、地獄班頭、達摩、豬八戒、摸壁鬼、水鬼等神鬼人物，有臟廚、里長、瓦匠、駝醫等平民人物，亦有拐子、謀財害命、花花太歲等反面人物。淨腳於宮廷目連的表演份量重，由此分化出副的腳色以分任部分腳色。淨所扮通常位階較高，如來佛、關聖帝君、東嶽大帝，為惡者亦居領導地位，如叛臣李希烈、張捷等人。

六、目連戲腳色總結

目連戲隨地區不同，腳色名目繁複有別，相當紛歧，皆緣於俗稱。大致上可資鑑別在該行中的輕重地位，和用以說明扮飾人物身分或性情。名目雖然大部分取自傳統，但劇作家、演員出於劇情需要出於一己創造，觀眾又有自己的俗稱，如調腔本有「老外」腳色。主要腳色因之有所不同，生、旦通常為主要腳色，分扮羅卜、劉氏，但是湖南辰河羅卜以小生扮，鄭本劉氏以夫扮、泉腔本以貼扮。同一腳色名目在不同地區所涵蓋的意義有別，如湖南「夫」扮女性，「付」扮男性，安徽「夫、付」同時兼含男女性別，「夫」扮飾人物性情有正有反，付以正派為主。〔註 23〕

綜合以上各地區目連戲腳色，正生（生）為生行之首，扮正派、有身份的男子，如不掛鬚的青年羅卜，和掛鬚年紀稍長的玉帝。小生、老生通常以年輩區分：小生扮青少年男子，有文、武之別，賣身的朱子貴以唱做見長，〈白馬馱金〉的高勸善或「武生」張有大、孫國清，以動作剛柔兼濟的造型美為

〔註 22〕副扮女性，僅見於 8－12 齣的女案主。

〔註 23〕此段腳色繁衍孳乳規律，參考曾師永義〈中國古典戲劇腳色概說〉《說俗文學》（臺北：聯經出版社，民國 69），頁 233～295。

要求。老生指年輩長，如太白金星。外、末所扮人物區別不大，扮中年以上男子，如傅相及其好友李厚德以外扮，管家益利、城隍由末扮。

正旦扮具有一定身份地位的中年婦女，如劉青提，以唱做為主。老旦或夫旦扮更為年長的婦女，如〈齋尼〉中的老尼姑、〈罵雞〉的王媽媽。貼旦扮飾為另一旦腳人物。

小旦、花旦兩者時而混淆，以「小旦」較為普遍使用。臺本有花旦腳色者，高淳本僅一例，扮電母；紹興救母本扮丫鬟、船婆（小花旦）、思凡小尼姑、上吊的董院君；調腔本扮金奴、思凡下山小尼姑、偷雞張菊娘、捨釵上吊陳氏、妓女水花、試節的觀音化身、梅香、丫鬟；胡卜村本〈開葷〉的勸解劉氏開葷的尼姑、〈爭朝〉太監。如以在場上任演份量來看，思凡尼姑、試節的觀音化身、偷雞張菊娘、上吊陳氏、金奴可稱得上是某齣「主場」的腳色，裡面有性格活潑、風流或辛辣的青少年女子，這些人物於胡卜村本一律代以「小旦」之名，而以小旦名目較為常見，可見花旦為後來增衍。

統計目連戲淨、丑所扮飾人物總數最多，類型最為多樣化；其次是外、末。〔註24〕淨所扮大多為勇猛剛強男子，如〈觀音點化〉強盜張佑大、閻王、鍾馗，或和丑搭配演兄弟、大小乞丐；淨為醫生，丑則為徒弟，要求的嗓音比生行來得寬厚明亮。

丑行分化最多，所扮人物上至天神，下至富貴人家、販夫、乞丐、拐騙

〔註24〕即以鄭本而論，「淨」扮有：僧人、棍子、貧子、天師、閻羅、魁星、夜叉、強人、和尚、劉貫、拐子、牙人、把戲、乞丐、監齋、店主、十友、強盜、家人、木匠、漁翁、醫人、鬼犯、鬼使、善女鬼、差人、里正、信女、媒婆、天師、鼓手、錦羅王、餓鬼、虎、小鬼、段公子、夜叉、賊婦、姐姐、小尼、轎夫、惡人、鍾馗、秀才等四十四人。

「丑」扮金奴、棍子、貧子、趙帥、小鬼、王母、馬、鶴、和尚、關主、拐子、賣人、惡婦、細人、寒山、十友、強盜、石匠、瞎子、虔婆、土地、徒弟、門神、里正、趙帥、手下、龍精、蛇精、沙和尚、梅香、趙甲、鬼犯、媒婆、獄官、奶娘、繼母、婆婆、財主、餓鬼、差人、惡人、犯人、解人、龍保等四十四人。

「外」扮人物除了重要的傅相之外，尚飾真武、和尚、雷公、僧人、李公、道人、老人、雲橋道人、活佛、灶司、善人鬼、縣官、善男、關帥、忠臣、活佛、曹京兆、秦廣王、楚江王、院子、手下、鬼使、老僧、差人、餓鬼等二十五人。

「末」除了扮益利，尚扮天官、城隍、強人、把戲、道士、細人、十友、土地、頭陀、社公、判官、溫帥、鬼使、鼓手、院子、餓鬼、手下、夜叉、獄官、轎夫等二十人。

人物，重在插科打諢的說白、唱小曲表演，扮部分插科打諢女性。先孳乳出小丑名稱；二丑、中丑、四丑隨之而來，應為劇界俗稱，表示有多位丑腳上場之意。

雜、眾行，所扮分知名、不知名兩種，雜有時扮一人，有時扮多人，扮多人時常被稱為「眾」，不知名者有手下、衙役、強人等等。

臺本呈現孤例很多，腳色行當代表性不足，當時戲班行話俗語記錄而下使然。各本中腳色行當最為整齊是《勸善金科》，再次為鄭本，顯示文人整理的工夫較民間流傳本來得有規範，重要證據在於同一省籍的安徽目連戲腳色紛歧，而鄭本名目如「小」不見於各本，各本有的雜、眾於鄭本卻是孤例。以省份區隔，安徽目連戲行當中的「夫、付、夫旦」，由扮飾人物，應是相同腳色名目；「小丑」一項由丑行中另增一丑。湖南目連戲的以「夫」扮女性、「付」扮男性，「副」由扮飾人物類型來看，為「副淨」省稱，或寫作「付」，與安徽不同，但同於宮廷、浙江。浙江目連戲腳色最紛歧多樣，其中旦、丑衍生而出種種名目最多，一種名色劇本中只出現一次，當為戲班俗稱，而非固定腳色行當。

由於目連戲出場人物眾多，以超輪本統計，約有一百七十個人物登場，調腔本有二百二十人，皖南高腔本接近二百四十人，辰河本有四百人，〔註25〕這麼多人物，卻僅有十幾個腳色行當搬演，因此每個行當必然都得充任其它陪襯的腳色，僅部分有稀少臺詞，或是類同於雜、眾。這也就是為什麼統計各行扮飾人物時，有明顯清晰如羅卜、劉氏，卻也有不明性情的和尚、店家、夥計和丫鬟、妓女之類的人物。

第二節　目連戲的表演藝術

傳統戲曲表演藝術簡單扼要歸納成唱、唸、做、打四項。民間熱鬧演出兩頭紅本或幾日夜的目連戲，重在各齣串聯成本，構築出大致無差的情節內容。戲班自有技藝高超的演員，然而留在觀眾心目中的整體印象，火爆熱烈刺激性高的「做打」雜技可能勝過「唱唸做」的表演。

〔註25〕這是十分粗略的統計，即以「鬼」而言，部分齣目只出一鬼，有些齣目卻有五鬼，雖則兩齣鬼的造型應該不同，但既未區隔鬼名、鬼的性情，就簡單記錄五鬼，而刪去一鬼。所選擇臺本以省份卷帙較多者，辰河本僅就目連全傳統計，含《前目連》、《花目連》五段和《目連傳》三部分。

　　都市戲園內的目連戲，通常是獨立散齣，文人雅士論評演員於「唱做唸」技藝之外，常兼及聲容、性情、儀態等項。不同評賞角度，恰可回證這些散齣於目連戲中所要求的技藝特點。由於有技才能有戲，可說不論唱、唸或打，都以「做」爲共同基礎，因此以「唱唸做」、「做打」兩項作爲討論目連戲表演藝術小項。

一、有技才有戲的唱做唸藝術

　　目連戲最重要的兩個演員腳色除辰河本由小生扮羅卜、泉腔本貼扮劉氏外，其它臺本羅卜皆由生扮，劉氏由旦扮。此二腳色唱、做皆重，要有一定的功力。以唱而言，〈劉氏憶子〉、〈過滑油山〉、〈三殿尋母〉、〈六殿見母〉諸齣爲旦腳重頭戲，三殿訴婦女三大苦的長篇「七言詞」，臺上演唱，臺下觀眾常隨之而唱，唱出婦女養兒育女的辛酸血淚，爲各民間本所承襲，只有莆仙本將之減縮成一大苦，並移置於〈一殿受審〉處；宮廷本 8－23 以中呂〔石榴花〕、〔鬥鵪鶉〕、〔上小樓〕籠括三苦，屬於呵護子女總體性的愁煩：「兒倘是疾病淹纏，父母的愁眉莫展，喜則喜依人纔學步，愁則愁指物未能言」，欠缺市井百姓「兒若生瘡娘一樣，手難動也腳難行。頭要梳時梳不得，蓬鬆兩鬢裏色巾」生活體驗。鄭本〈過滑油山〉以〔一江風帶過跌落金錢〕爲主曲，宮廷曲詞依鄭本而稍做修飾，曲詞之間加人大量「滾白」文字以堆積情感。屬於劉氏的戲齣，於京劇中改爲老旦扮飾，成爲老旦的代表劇目。

　　生腳唱工爲主的齣目有〈羅卜月夜思親〉、〈羅卜描容〉、〈挑經挑母〉、〈目連坐禪〉等齣；〈才女試節〉、〈過黑松林〉、〈思凡〉、〈下山〉、〈啞背瘋〉等爲花旦、小旦重頭戲，唱、做皆重，但是更講求身段情韻。

　　各門腳色都有唱、做、唸，富地方風味情調的目連戲齣目，顯然唸白勝過曲文，以超輪本而言，〈打匠〉淨、丑、小，〈趕妓〉占、丑，〈焦先生扛轎〉，〈四殿〉淨、末爲主，於曲文之前或之間有大段方言說白；〈五殿〉二面、淨、外、小丑，〈買牲〉小生、外、末，〈打狗〉外、小，〈孤悽埂〉淨、末、丑、老，只有對白而無曲詞。以腳色而言，除生、旦外，各門腳色幾乎都有唸白爲主的齣目情節，特別是淨、丑兩門，以說、念爲主，或出之於方言，彰顯出濃厚地方情味。

　　徐珂論戲，不分文戲武戲，講究戲必有技：「戲之難，非僅做工，尤必有

技而後能勝其任。」〔註26〕武戲有打叉、拋椅、疊羅漢等等，可以聘請專門打手參加演出，然而居於主體的文戲部分，都需一定功力方能勝任，許多出色演員精彩表演被記錄下來，都一再展現做工技藝對人物詮釋的重要性。

清末南陵藝人李德祿在〈新年〉中扮演傅羅卜，在表演時向父母拜壽時，不用手牽袍後擺，僅用右腳後跟朝後輕輕一踢，袍後擺就似手牽般地平展卷起，跪後再落地，堪稱一絕。〔註27〕這是強調「做工」一項，而且僅以最優秀、特出作為例證說明。

同光間南陵目連戲萬福班的小生谷長青，以唱工聞名，時人給予的評論是「調高而雅」。〔註28〕秦腔，漢調二簧演目連戲有專用目連杖，以木製作，杖高約一點五米，上裝方盒一個，邊角雕繪圖案，四周吊以小金環，內裝小珠子，晃動可沙沙作響，為目連僧專用法杖。〔註29〕浙江道士腔法事目連，高舉懸掛籠的錫杖，上下左右揮舞自如，隨之飄盪的燈籠內點燃的蠟燭始終不熄。〈挑經挑母〉一齣，扁擔的兩頭，一頭挑著寫有「經」字的經筐，一頭挑著活生生的劉氏，邊挑邊唱，頗具寫實性。〔註30〕倘若燈籠內的紅燭熄滅，或肩未橫挑經、母，臺步有未橫斜著走的時候，均要受罰。整個目連戲演出，臺下有專門人審視、校對總綱，若發現有唱錯一句，必罰戲一晚的舊規，印證目連戲的普遍與不可改變處，同時展現對表演技藝的嚴格要求。〔註31〕

江蘇里河徽班演目連戲，常以武生反串劉氏，以應付劉氏唱、做表演凡間、地獄種種情境。例如楊炳奎扮演的劉青提非常著名。他的反串，被評述為：「文武兼備，唱做俱全。」以〈拜佛〉一場而言，點香、磕頭、放燈、添油、點燈、吊燈等等的動作精細。誦經時口齒流利清晰，伴著木魚的節奏，時快時慢，時高時低，念中帶哼，哼中帶念，抑揚頓挫，十分耐聽。又如〈打僧罵道〉展現似瘋似癲情態，以發洩內心怨恨。至〈活捉〉一場，四鬼卒使鋼叉刺捉，劉氏的擋叉、接叉、回叉，動作乾淨利落。到〈遊六殿〉以唱為主的部分，以大段皮簧罵六殿閻君的各種刑罰，並唱勸世良言。〈過滑油山〉

〔註26〕徐珂（清）《清稗類鈔·戲劇類·新戲》，頁27。

〔註27〕《中國戲曲志·安徽卷》，頁364。

〔註28〕《中國戲曲志·安徽卷》，頁94。

〔註29〕《中國戲曲志·陝西卷》，頁482。

〔註30〕《中國戲曲志·浙江卷》，頁131。

〔註31〕徐宏圖《浙江東陽市馬宅鎮孔村漢人的目連戲·演出團體》（臺北：施合鄭民俗文化基金會《民俗曲藝叢書》，1995年3月），頁49。

時，登上三張檯子搶背下來倒僵屍，還作各種翻、跌、撲、打動作，無不驚險，令人讚賞。〈救母〉一場，運用「眼火」特技，即在酆都受刑時，口銜環形鐵鏈，鐵鏈兩端插上點亮的小蠟燭，蠟燭正好安放在雙眼的位置上，整個舞臺陰森恐怖。〔註32〕

南陵目連戲萬福班於做工方面，淨腳荀道一頗受稱道，動作粗獷靈便，有鬼怪氣；司鼓謝昌祿，鼓條下手輕、重、緩、急，靈活善變，兼能背誦劇詞和教戲排演。〔註33〕福建打城戲興源班道士出生的吳遠明（1877～1938），位至中尊，做齋醮時，以魁偉身材和莊重的容貌舉止，表現出宛若神明的肅穆威儀。以劍拍桌案，桌案即離地震顫，道行圓熟。專工老生，聲音宏亮如鐘，動作瀟脫，做戲情感逼真，名聲響亮一時。〔註34〕

北京戲園演目連戲多為折子，〈六殿〉、〈滑油山〉為常演劇目，是皮黃老旦重頭戲，常排於戲園開演的前四齣的「散演」位置，〔註35〕不為時人所重視。戲園演戲有中軸子、大軸子之稱：

> 京師樂部登場，先散演三、四齣；始接演三、四齣，曰「中軸子」；
> 又散演一、二齣；復接演三、四齣，曰「大軸子」。而忽忽日暮矣。
> 貴人於交中軸子始來，豪客未交大軸子已去。〔註36〕

散演位置並非一成不變，玉成班曾置〈六殿〉、〈滑油山〉於兩天不同戲目十齣中的第六齣，已進入「中軸子」或是中軸子之後的散演位置，前者長春班還置於十齣中的第九齣，光緒三十二年雙慶班演出〈滑油山〉排於八齣戲目中的第六齣，〔註37〕顯然已提升到「大軸子」的地位。戲簿列演此二劇演員有龔雲甫、陳文啓、王玉山、文亮臣、李菊儂、文榮壽等人，以龔雲甫（1862～1932）演出場次最多，也最為人稱道，劇目有時直接列名《目蓮救母》或《救母》，〔註38〕《菊部叢譚》載：

〔註32〕《中國戲曲志·江蘇卷》頁578。
〔註33〕《中國戲曲志·安徽卷》，頁94。
〔註34〕莊長江《泉南戲史鈎沉·打城戲的發祥地——興源村》，頁105。
〔註35〕〈滑油山〉、〈六殿〉等演出順序，見《五十年來北平戲劇史料》。
〔註36〕道光八年（1828）《金臺殘淚記》，《清代燕都梨園史料》，頁250；道光二十二年（1842）《夢華瑣簿》有相似說法，但多一「壓軸子」，稱客皆未集，草草開場的數齣戲為「早軸子」，《清代燕都梨園史料》，頁354。
〔註37〕《五十年來北平戲劇史料》，頁328。
〔註38〕《五十年來北平戲劇史料》後編所載至民國二十一年，詳列主演者名字，龔雲甫主演〈滑油山〉有元年九月，排於十一齣中的第七齣，三年一月〈目蓮

老旦、武旦，初不爲時所重。自龔雲甫採青衫調自成一家，爲老旦
始重……老旦戲唱後三齣者，獨龔雲甫耳。人謂雲甫非老旦正宗，
不及謝寶雲正路，此説誠然。惟謝寶雲不肯賣力，故有「謝一句」
之稱。……陳文啓如乞丐叫街，至不堪矣。〔註39〕

恰好將兩位演出目連戲齣的老旦演員加以對比，可見演唱技巧的提升與藝術
成就、演出態度，彼此相關。

　　龔雲甫唱腔新穎，做功細膩，1900 年之後成名，曾爲内廷供奉。梅巧玲
（1842～1882）於光緒六、七年間，曾於筵席連唱〈釣金龜〉、〈六殿〉數大
段，探問座客擬由花旦改唱老旦是否可行？當時梅已然四旬年紀，大約自思
不宜再唱花旦，而謀求改行以合年齡。這段唱被形容爲「調高響逸，餘味曲
折，眞有穿雲裂石之概」，〔註40〕只是試唱作爲探路之用，卻可見目連戲劉氏
唱工繁重，以及出色演員隨時鑽研求進的歷程。

　　北京戲班常演以丑腳爲主的〈定計化緣〉一齣，應是目連戲〈拐子相邀〉
之類的齣目，以張爲有、叚以仁造假銀向羅卜行騙爲内容，清朝最後三十年
間計有十一戲班曾演此劇，〔註41〕演於前四齣，亦有演於後三齣，〔註42〕演
此劇最有名爲武丑王長林（1858～1931）。武丑又名「開口跳」，武功與口白
並重，王長林念白清脆爽利，武功靈活見長，被稱爲「能品」。〔註43〕光緒十
八年起，爲内廷供奉，賞賜豐厚，更能悉心探討劇藝，無外務紛擾，於是得
以稱霸劇壇。〔註44〕

　　〈思凡〉、〈下山〉、〈戲目連〉爲花旦重頭戲，北京戲班演者無不色、藝
雙全，藝指唱工與做工體態，茲舉《日下看花記》評演〈思凡〉：

（陳桂林）靈心慧齒，如聽百囀林鶯，體段亦停勻合度。

救母〉排於八齣中的第七齣，三年二月〈六殿〉排於八齣中的第七齣，三年
三月〈救母〉爲七齣中的第六齣，已是「大軸子」的演唱地位。由民國初年
龔雲甫地位，可以推知清末已然唱大軸子了。頁 572、585、587。
〔註39〕羅癭公《菊部叢譚》《清代燕都梨園史料》，頁 786。
〔註40〕倦遊逸叟《梨園舊話》，《清代燕都梨園史料》，頁 825。
〔註41〕《五十年來北平戲劇史料》，頁 419。
〔註42〕《五十年來北平戲劇史料》，演於前四齣者見頁 3、8、144、202；演於五、六
齣者，見頁 194，承平班置於十二齣中的第八齣，頁 248，演於後三齣有同春
班、三慶班、同慶班、復慶班，頁 62、67、282、285；亦有註明「小」字，
爲童伶演出，頁 241。
〔註43〕陳彥衡《舊劇叢談》，《清代燕都梨園史料》，頁 873。
〔註44〕張次溪《燕都名伶傳・王長林》，《清代燕都梨園史料》，頁 1201～1204。

（彭桂枝）姿容清麗，態度便娟，無限情波含蓄於恬靜中。玉塵繾
　　　　　揮，憑欄而望者，「好」聲鴉亂。

（劉鳳林）音未極乎柔細，韻尚清圓，姿莫媲夫韶華，情殊惜嬝。

（朱麒麟）初見其〈思凡〉，音韻態度已自不凡，尚嫌其學力未到。

〔註45〕

其中不乏包含容貌、身段、體態的「容色」欣賞，對唱腔與人物詮釋以便娟、清圓等詞彙形容，是文人士夫文雅特徵的評賞。

各劇種戲班幾乎都保留了此一劇目，作爲折子戲上演，理性分析〈雙下山〉僧尼相會後的表演技法，分別用碎步、雲步、矮椿鴨步等步法，結合圓場、內翻、外翻、移位、高矮椿等形式，配以各種舞蹈、身段造型，完成劇情的表演。〔註46〕無技自然不能成戲，然而有技，也需唱腔、體態、容貌各方面的搭配，以及對扮飾人物心態的詮釋描摹相配合，方能演出精湛。

〈啞背瘋〉又名〈老背少〉、〈一枝梅〉、〈老漢馱妻〉，與〈思凡〉同爲旦腳功夫戲。原爲目連戲一齣，後來成爲散齣折子上演，或是成爲民間舞蹈於農閒、春節、元宵節及廟會時演出。由旦行演員胸縶老漢頭，腰後縶婦女腿腳道具，上半身做旦腳身段，下半身邁老漢步伐，儼然如老漢背負一婦女。下身動作要求：沉、穩、屈。

「沉」指步子踩下去有力，整個身子有沉重感，不能輕鬆、虛浮。「穩」指步子堅實穩當，不可搖搖晃晃。「屈」兩膝始終稍屈，雙腳呈八字狀，表現老人背有重負、行走緩慢之感。贛劇此折戲有弋陽腔、昆腔、文南詞三種路子，表演大同小異。贛劇演員楊桂仙用昆曲演唱此劇，運用腹部起伏收縮，使這一男一女，一老一少，一瘋一啞，一眞一假的人物栩栩如生。他們的一顰一笑，一問一答，一走一站，一靜一動，無不緊絲密扣。臺下觀眾，無論從那個角度看，都似兩個眞人。這種以假亂眞的表演，達到二合一，一分爲二的藝術境界。〔註47〕

浙江目連戲女吊，穿著大紅衫子，黑色長背心，長髮蓬鬆，加上石灰般

〔註45〕《清代燕都梨園史料》，頁 59、69、75、92。
〔註46〕《中國戲曲志・四川卷》，頁 354。
〔註47〕《中國戲曲志》載〈啞背瘋〉的表演十分詳細，幾乎各省皆有此齣目，如《湖
　　　　南卷》，頁 142；《江西卷》，頁 481～483；《廣西卷》，頁 363；《四川卷》，頁
　　　　346。

白臉，漆黑濃眉，腥紅嘴唇，以兩肩微聳，四顧，傾聽，似驚似喜似怒的特有表情，配合臺詞，加上呼天搶地的動作：突然揮袖用手使勁擊地，迅速俯身下去的同時，狠命將披在腦後的散髮摔到前面，遮著臉部；迅速起身時，立刻將頭向後一抬，把散髮摔向腦後去，從而表現怒火萬丈的心情。無常鬼形象是粉面朱唇，眉黑如漆，頭戴方巾，魂身雪白，腰間束草繩，腳穿草鞋，手拿芭蕉扇一把。嘆世嘲諷，自敘身世，詼諧風趣得輕輕揮動手中破芭蕉扇，輕輕用雙腳不斷舐著地，用一種奈何我不得的輕蔑神情唱「一旦無常到，看你再逍遙」詞，〔註 48〕無情嘲笑人世偽善者，而令觀眾感到淋漓酣暢，覺得欣慰痛快。

種種例子，經過藝人揣摩扮飾的人物性格，結合唸白、唱腔、身段動作，使目連戲的演出，即使只是一小折子，依然得到觀眾讚賞與喜愛。

二、目連戲做打藝術

目連戲有許多特技演出，以查閱資料整理出，安徽南陵目連戲有度索、翻桌、翻梯、筋斗、蜻蜓、蹬罈、蹬臼、跳索、跳圈、竄火、竄劍、拋叉、滾釘板、踩球、疊羅漢、爬竿等雜技表演。〔註 49〕河南目連戲有盤叉、滾叉、金鉤掛玉瓶、挖四門、玩水蛇等動作，有金剛拳、武松采花拳、五龍出洞拳等七路拳術及吞火、噴煙、開膛剖肚帶彩特技。〔註 50〕江蘇高淳陽腔有堆羅漢、爬竿子、鑽布眼、盤桌等雜技性武場。這些雜技表演，有時與劇情結合成為戲劇性因素濃厚的例子，有時單獨存在，游離於戲劇之外。

（一）打叉、滾叉、盤叉、戲叉

鐵或鋼製真叉運用於目連戲演出之處很多，表演技法有打叉、滾叉、盤叉、戲叉等不同名目。

「盤叉」是兩個表演者站在舞臺的兩側，兩叉對拋，後增至五人，六桿叉。分別於舞臺中站成五角形，拋時叉頭向前，弧形拋擲，每隔一人拋一叉，受叉者於接叉同時，亦將手上叉拋出，由慢到快，周而復始，要求膽大心細，

〔註48〕 戴不凡〈說女吊，話無常〉《百花集三編》（杭州：浙江文藝出版社，1983），頁 467～479。

〔註49〕 《中國戲曲志・安徽卷》，頁 94；施文楠〈漫談南陵目連戲——兼探目連戲「陽腔」源流〉《民俗曲藝》77 期，民 81 年 5 月，頁 267～287。

〔註50〕 《中國戲曲志・河南卷》，頁 130。

眼明手快。〔註51〕「戲叉」、「耍叉」表演時，演員以雙臂將鋼叉轉動，或在肘、肩、背部不停翻滾，或拋向空中背手接住，帶叉翻滾；或從頸、臂、腰、腿滾下，用腳勾踢；或飛叉擲向遠方目標，用以表現驚險場面。劉氏過十殿，有鬼卒耍叉、拋叉的驚險表演。〔註52〕飛叉擲向遠方目標，又名打叉、殺叉，江西東河戲有時以耙代叉，故名爲「釘耙」，〔註53〕受叉的目標有翻、滾、撲、跌、接叉等對應表演的技巧動作，名爲「滾叉」。

廣西目連戲用三把鋼或鐵製三股叉，每叉用淨重 1.75 公斤的鋼材製成，刀口長 26.5 公分，鐵把長 26.5 公分，合計 53 公分，硬木爲柄，全長 1.36 公尺，總重量爲 2.5 公斤，刀口爲卷羊角形，尖利筆直，可輕易插進地板和舞台木柱之上。〔註54〕祁劇鋼叉形狀吸收湖南虎叉特點，短柄，中間叉舌是眞的，兩旁叉舌向內彎；〔註55〕或因應安全考量，改良成兩邊叉舌是眞的，正中較長的叉舌爲活動式，可縮入中空叉身的套筒內。〔註56〕

叉技打法運用於目連戲之處很多，辰河本〈二奴下陰〉只打幾叉難度不高的，〈過金錢山〉、〈過奈何橋〉、〈過滑油山〉等齣也有「打劉一叉」、「鬼使打叉」的記錄，甚至〈劉氏回煞〉都有回煞之後，「副、武逼劉氏，劉氏出門，副、武打叉，劉接叉下。起五更，雞叫」的打叉文字，戲叉、耍叉、打叉的運用於目連戲中隨時存在。

集中表演殺叉是在〈劉氏下陰〉五鬼活捉劉氏的齣目，因爲表演熾烈，所以如河南將目連戲又稱《五鬼拿劉氏》。祁劇打叉安排於〈過滑油山〉之後，爲打叉安排了〈請瘟祈福〉、〈大打飛叉〉兩齣；江西東河戲釘耙安排於〈滑油山〉劉氏逃走之後。

河南〈五鬼拿劉氏〉的過程是：最先，大鬼持叉拿劉氏，猛刺劉氏，劉氏側身躲過乘機抓住叉柄；第二是五鬼持索鏈拿劉氏，第三是地方鬼以繩拿劉氏，爲單拿。最後是眾鬼群拿劉氏，眾鬼持馬叉、套板、索鏈團團圍住。

〔註51〕　《中國戲曲志・河南卷》，頁 363。

〔註52〕　《中國戲曲志・安徽卷》，頁 95、381。

〔註53〕　《中國戲曲志・江西卷》，頁 468。

〔註54〕　《中國戲曲志・廣西卷》，頁 334、365。

〔註55〕　歐陽友徽〈大打飛叉──祁劇《目連傳》的表演特色〉《戲曲研究》37 輯（北京：文化藝術出版社），1991 年 6 月，頁 130。

〔註56〕　文憶萱〈三湘目連文化（九）〉，劉氏接叉時，兩手握住兩邊叉舌，中間活動式叉舌輕碰劉氏胸口即縮進套筒內，好像叉入劉氏胸腔一般，《藝海》2009 年 2 期，頁 34。

四鬼舉套板套住劉氏脖子，三鬼用馬叉抵住腰，大鬼、二鬼用叉叉住劉氏雙腳，將劉氏舉起。當陰曹官吩咐：「打進酆都，牢牢把守」後，眾鬼舉劉氏下場。〔註 57〕劇中以叉、索鏈、繩、套板等各色不同道具捉拿劉氏，展現不同武藝特色。

其它地區盡力發揮叉技，套路招式隨時變化，依演員技藝水準高低、演出性質的重要性而有不同叉數打法，依動作特徵和叉數，叉叉皆有名目。有「小打三十六，中打七十二，大打一百零八」說法，一百零八叉即是打叉特技的全部。〔註 58〕祁劇一般打七十二叉，名目有：殺四門、二獅滾球、捆柴、倒掛金鉤、美女梳頭、鯉魚上灘、挾手、挾腳、隔山打子、黃龍出洞、三炷香、雙飛燕、草內尋蛇、埋頭叉、火叉，總計發叉數目恰為七十二，〔註 59〕此外尚有梅花椿、兩邊柱、坐蓮、單背劍、射叉、出場叉、蘇秦背劍、倒插楊柳、拋花叉、拋飛叉、連升三級、龍擺尾、三鏢叉等名稱，〔註 60〕廣西桂劇有掛牌叉、四門叉、埋頭叉、連升三級、觀音坐蓮、美女梳粧、隔山打子、黃龍出洞、獅子滾球等名。四川有名叉法為鎖喉叉、釘門神、滾五叉。

除劉氏外，其餘均扮鬼。整個演出過程沒有唱白，純係民間武術動作，表演優劣決定於演員的武功功底。打叉多由淨、旦演員表演，淨腳手握鐵叉或鋼叉數把，向旦腳不斷擲去，旦腳根據擲來的叉，運用不同身段技巧或躲或接，於驚險氣氛中，還要展現優美身段、畫面。僅介紹幾種打叉名目，以見險處。

「三柱香」又名「連升三級」，據稱是最為凶險的打法：劉氏身靠台柱，鬼卒第一把叉擲出，向劉氏頭頂飛去，劉氏頭一低，鐵叉緊貼頭頂釘在身後的台柱上；第二把叉向劉氏胸部擲去，劉用雙手接住，第三把叉向劉氏胯下飛去，劉雙腿略微分開，鐵叉釘在胯下的台柱上。這種打法於四川名為「釘門神」。更技高一籌是「打五叉」，或名「滾五叉」，擲向劉氏頭頂、兩肩或左

〔註57〕《中國戲曲志・河南卷》，頁 393。

〔註58〕 文憶萱〈三湘目連文化（九）〉《藝海》2009 年 2 期，頁 33。廣西桂劇目連戲亦有此說法，見《中國戲曲志・廣西卷》，頁 334。

〔註59〕 歐陽友徽〈大打飛叉——祁劇《目連傳》的表演特色〉《戲曲研究》37 輯（北京：文化藝術出版社），1991 年 6 月，頁 127～131。文內有七十二叉詳表。

〔註60〕 打叉名目雖多，其中有同一打法，卻有不同名稱，如最為凶險的「連升三級」即「三柱香」。此處補入叉法名稱，分別見文憶萱〈三湘目連文化（九）〉，頁 34；和《中國戲曲志・湖南卷》，頁 322。

右耳旁、兩脇，連發五叉，每發一叉，滾叉者必須有個姿態動作，如竄毛落地、飛崩子滾翻等。〔註61〕

「隔山打子」，鬼王與劉氏背靠背站立，分別作搜尋、躲避狀，隨著鑼鼓點子的交換，二人同時發現對方，劉氏即向前翻骨碌毛，鬼王不轉身，不回頭，僅憑感覺即同時向身後擲叉，劉氏的骨碌毛翻完，叉正好插入劉氏雙腿間台板上。「黃龍出洞」的表演，劉氏奔逃中，鬼王同時投擲三把叉，劉氏聽腦後風聲躲過飛叉，三把叉即同時插入台旁大木柱上。〔註62〕同時投擲三把叉屬於難度更高的表演技巧。

「殺四門」，劉氏四面翻滾，四叉均殺於兩腿間。「二獅滾球」劉氏、鬼二腳色打筋斗後，叉殺劉氏兩腿間。「火叉」指紙錢在叉舌上焚燒，祭叉，三叉插台柱上。「雙飛燕」雙叉交錯抵劉氏頸部倒地，左右各一次。「黃龍抱柱」，鋼叉被劉氏接住，氣惱下反殺解鬼；解鬼慌忙上柱抱緊，劉氏叉殺解鬼彩褲，急下。解鬼拔下叉，作驚恐狀：好險。然後背叉滑稽地下。〔註63〕「鎖喉叉」，挨叉者頭部略為後仰，喉部前突，打叉者發叉穿過喉結前端邊緣釘在預定目標上。〔註64〕

各類叉法套數，運用時根據劇情需要，不論單獨或成套運用，要求極為嚴格，擲叉者必須輕重緩急有序，打的部位十分準確，受叉者必須眼明手快，接叉躲叉技藝嫻熟，兩人配合達到天衣無縫，才能準確無誤。如川目連〈活捉劉氏四娘〉，當鬼在上馬門追劉氏時，劉氏突然跌倒在地，鬼一叉打去，恰從劉氏頸旁釘入台板；繼而追至台口，劉氏慌忙抱柱，鬼又一叉打去，恰釘在抱柱的兩指間；再逃至下馬門，鬼再一叉，將劉氏衣袖釘在馬門門柱上，劉氏脫衣逃下。藝高的叉手能一手發雙叉，叉一左一右釘在劉氏頭頸兩側。發叉不是直擲，而是使叉出手後在空中掉頭，然後叉尖著木釘入，稱之為「翻叉」。〔註65〕劉氏逃跌與鬼發叉，無不緊張驚險，而叉準確無誤，比起徐珂所記劉氏以苫束身，任由鋼叉前擲後拋穿入其身，以插中苫而不傷皮膚為尺度的表演，〔註66〕是精進刺激多了。

〔註61〕《中國戲曲志・湖南卷》，頁322；《中國戲曲志・四川卷》，頁313。

〔註62〕《中國戲曲志・廣西卷》，頁334。

〔註63〕歐陽友徽〈大打飛叉——祁劇《目連傳》的表演特色〉，頁127～128。

〔註64〕《中國戲曲志・四川卷》，頁313。

〔註65〕《中國戲曲志・四川卷》，頁491。

〔註66〕徐珂《清稗類鈔・戲劇類・新戲》：「怠後子死開齋，死而受刑地下，例以一鬼牽挽，遍歷嫁時路逕。諸鬼執鋼叉逐之，前擲後拋，其人以苫束身，任其穿入，以中苫而不傷膚為度。」（臺北：商務印書館，民國72），頁20～21。

　　隨演員武技高低與創作，叉法時有變化不同，如劉氏低頭躲過一叉的表演，江西吉安戲另有「飛叉插辮」，即打叉者將叉擲出後，接叉者將頭一擺，髮辮往上甩去，飛叉不偏不倚恰好將髮辮牢牢釘在身後的臺柱上。〔註67〕「埋頭叉」一般打法是：劉氏被追至下馬門左柱邊，不回頭，鬼三叉齊發，插在劉氏頭頂柱子上；另一種打法是解鬼高舉三柄鋼叉向劉氏殺去，劉氏朝前跑不回頭，反手將三把鋼叉全部接住。有些技高者，不是殺在台柱上，而是三叉齊發後，殺在下馬門的門楣上，門楣不過兩寸寬，三叉齊上，一字排開，不上不下。或有用腳連發三叉，又準確無比；或以追飛叉聞名，對台下觀眾放出一叉，立即凌空而起，飛身追趕，將剛出台口的鋼叉抓回來。〔註68〕種種表演，堪稱絕技。

　　資料論及浙江目連戲時，時而被稱道提起的絕技並無「打叉」項目。明末張岱筆下和各種文字記錄中，萬餘人齊聲吶喊的〈招五方惡鬼〉、〈劉氏逃棚〉，場面雖然火爆熾烈，亦未見打叉、滾叉，紹興救母本〈逃台〉或為真實情形：全齣無一唱詞，僅書簡要對白，對動作提示較多：「四五方吊劉氏上」、「（劉氏）逃下。出白神」、「白神、劉氏打上，又下」、「白神、劉氏打上，又下」、「白神吊劉氏打上，又下」、「四五方上與白神科白，白神叫堂表，科白介下」，這是一個展現武技的場子，無「打叉」的表演。胡卜村本記錄：

　　　　（鬼白）你看劉氏果然利害，不免拿了長叉提他便了。（劉氏逃臺，
　　　　叉上。搬叉。五方下）。（頁194）

搬，為搬演之義，因此「搬叉」是表演叉技之義，此處無文字記載，可能因武技演出繁複與否隨藝人技藝高下做調整而不書。捉劉氏，是目連戲重要場次，紹興戲以黑面、花臉二鬼手拿鋃鋃響的鋼叉，跳下台追趕劉氏。〔註69〕

　　劇團於外埠演出時，觀摩吸收其它劇團受歡迎的表演，為生存之道，於是某些戲班於逃臺後穿插打叉，浙江新老義和本於此之後，尚有一段對白和打叉表演；〔註70〕調腔抄本〈捉場逃臺〉往復三次的劉氏逃臺之後，接無曲白的〈盤叉〉一齣，簡略記登場人物為「正旦劉氏。丑：五方」，動作為「捉拿劉氏」，可視為胡卜村本和新老義和本的綜合體。〈盤叉〉齣目透露的訊息，

〔註67〕　《中國戲曲志・江西卷》，頁468。
〔註68〕　歐陽友徽〈大打飛叉——祁劇《目連傳》的表演特色〉，頁127～131。
〔註69〕　趙景深〈目連故事的演變〉，《浙江省目連戲資料匯編》，頁245。
〔註70〕　民國三十年新昌新老義和班手抄浙江新昌《目連戲總綱》，簡稱新老義和本，
　　　　《紹興舊抄救母記・校訂說明》註六，頁9；《紹興救母記》，頁230。

表演形式當是相彷於祁劇、川劇等驚險場面。參考徐宏圖、叢樹桂 1985 年 9 月 3 日觀看上虞《啞目連》演出的錄影資料，已然將激烈驚險的武打簡化許多，再以文字記錄成為：

> 台正中斜放一張台子，五鬼翻桌上（竄貓）。一鬼持鋼叉上，舞介，並從上場門引劉氏出。小圓場，摟旦頭，旦垛子爬虎，鬼打鋼叉於台上，拔叉介。又一鬼上，舞介，引劉氏從下場門上，打鋼叉與第一鬼同。第三鬼舞上，引劉氏從上場門上，打鋼叉介。三鬼從左、右、中三面打鋼叉叉劉氏，劉逃下。三鬼舞介引第四鬼上，圓場。牌頭引無常上，五鬼跟上，圓場。擺陣。劉氏上高台，摔下，被捉，眾擁劉氏下。〔註71〕

象徵性打幾叉，文章稱「表演只能到如此程度」。由現今重新排練資料，可推測明清時期的演出，必然也是激烈的打叉情景。

目前唯有福建莆仙、泉腔未見打叉、滾叉的文字記錄。

有別於民間祭叉、打叉營造的熱烈刺激氣氛，宮廷以「叉舞」表演捉劉氏，5－24 記載演出情景：

> 五差鬼持叉全從右旁門上，向臺前安設，隨作禮拜、祭叉，畢，各持叉跳舞科，全從左旁門下。眾陰兵全從地井內上，各遶場，隨意發諢科。雜扮劉氏魂，穿衫、繫腰裙，從右旁門上。五差鬼作趕出，對叉、跳舞畢，作拿住劉氏魂科。

此齣未對叉之前的劉氏魂由「旦」扮飾，有唱、滾白，對叉時改由「雜」扮，展現武、舞技術，與民間演出時打手另聘的意思相同。以宮廷富貴氣氛，以及高高在上的權勢地位，如有以鐵叉而又精準高超叉技進行「危險」、直接威脅及於帝后性命的表演，必然在禁止之列，因此也只能象徵性對叉，實際上應該是舞蹈性強的團體性武舞表演。

（二）吊辮、盤彩

浙江目連戲最有名氣特技是「男吊」，紹興本〈男吊〉大概為獨有雜技性武場，有七十二吊，現今尚能演出。胡卜村本、調腔本、紹興舊抄本、紹興救母本、上虞啞目連都有打吊齣目，特技名稱是「吊辮」、「大吊辮」，只要有上吊身亡情節均能運用。各地目連戲有此表演者湖南祁劇、辰河本、目犍連

〔註71〕徐宏圖、叢樹桂〈上虞的《啞目連》〉，原載《浙江戲曲志資料彙編》，本文亦收錄於《浙江省目連戲資料匯編》，頁 418～419。

本；江蘇超輪本；安徽皖南高腔本、池州大會本、池州穿會本；廣西桂劇、邕劇、牛娘劇；川目連；江西弋陽腔本；莆仙本。

表演方式綜合起來有三種形式：〔註72〕其一，表演前演員將頭髮梳得根根得力，並加繩盤髮辮，全長約一尺八寸。表演時，將辮子繫於舞臺前沿橫梁的繩索上，身體離地三尺多高，使身體前後左右晃動，表現上吊身亡情形。

其二，在演員（多為旦行）前胸捆紮一塊帶鉤的薄鐵板，以勾掛繩索，外穿一件青帔，遮住鐵板，舞台疊放兩張桌子，桌上置一單凳，演員爬上高台後，站在單凳上，隨拋繩上吊的動作，即由舞台工作人員自台側斜置的大楠竹竿上垂下成圈套狀的繩索，演員在身段中轉身背向觀眾，迅速將繩索套掛於胸前鐵板彎鉤上，並有青帔遮擋好，然後轉身向觀眾，並踢掉腳下單凳，身體旋即懸空。此後由舞臺工作人員將大楠竹前後左右晃動，演員配合作僵尸狀表演，甚至銜上假舌頭，形狀甚為恐怖。

其三，受上述表演方式啟發，經發展成為技巧性表演。表演時，舞臺頂垂下大布帶一根，演員手執布帶，作倒立翻上、手攀上、布帶纏腰上、突然下降等動作，類似雜技表演，或單獨表演吸黃煙，或盤膝而坐，或吊二郎腿，技巧高者還可以端椅子，椅子坐一人，負重再懸蕩幾個來回。此技又名「盤彩」，布帶或留三個活結、活套，在網洞中穿來穿去做各種表演，除吊腳、吊辮外，還有將後腦勺仰懸於布套內，四股划動的吊腦表演。

不論是〈耿氏上吊〉、〈海氏懸梁〉或〈銀奴吊〉，觀眾哪能仰視其間竅門？此段戲自吊上橫木，女吊禮拜、靈官驅鬼、至丈夫見屍，為時不過五分鐘，且腳都能支持。不過垂死蹬腿、屍身僵硬的表演也得有點能耐。

紹興男吊有七十二吊名號，吊的動作從頭到腳，先吊下肢：腳趾、腳踝、腳彎；後吊身軀：腰、脅、腋；再吊上肢：手指、手腕、肘彎；最後吊頸部。吊出各種名目：老鷹鑽天飛、倒種荷花、童子拜觀音、蜘蛛放絲、金錢釣蝦蟆、青蛙劈水、鯉魚跳龍門，最後一個動作是太公釣魚。以「老鷹鑽天飛」來說，是雙手拉住布圈，一個筋斗套進腳趾，再雙腳分開，各踏著一個布圈，人向前俯，頭昂起，兩手向兩側撐開，人在空中打轉，形以雄鷹飛翔。〔註73〕

〔註72〕大上吊、吊辮、盤彩的表演技巧，於《中國戲曲志》各卷介紹或詳或簡，請參考《廣西卷》，頁335；《湖南卷》，頁321；《安徽卷》，頁95、385。

〔註73〕裘士雄、黃中海、張觀達〈社戲〉《浙江省目連戲資料匯編》，頁377。

最能顯本領為「蜘蛛放絲」，就是爬到懸著的布頂上，突然連人帶布放下來，仍然吊著。〔註74〕

目連戲原本只有女吊而無男吊。男吊納入紹興目連戲的演出時間為清同治末年，為金新友父親開始，〔註75〕其它地區目連戲男吊表演計有：祁劇〈海氏懸梁〉中增加散齣〈鬼打賊〉，賊由武丑扮演；弋陽腔「打布」是在台口處搭一架子，一條白布懸下，人在上面翻吊作各種造型，突然從半空中急墜，似跌地卻是懸著。〔註76〕；安徽目連戲盤彩安插於〈下山〉之後，即是男吊。江蘇陽腔目連「鑽布眼」由名稱推測應該即是打布、盤彩的表演。於繩或布帶上表演名目可見尚有打秋千、撥繩花、連升三級、倒卷珠簾、懶人睡覺、鯉魚翻白等。〔註77〕

《勸善》3－19丑扮討替自縊鬼與雜扮陳桂英遊魂相遇，旦扮陳桂英自縊場面提示：

> 作上桌向佛龕下拴繩自縊氣絕科。自縊鬼與陳桂英搭魂帕，陳桂英
> 遊魂旋從右旁門下。

吊死至解下屍體之間，應該如民間一般使用機關障眼法吊著，多了魂帕指示死亡，以及先前利用同樣穿著，但搭著魂帕的「遊魂」遇見縊鬼，明場展現陳桂英自縊的必然性，與民間縊鬼做總總身段「教導」上吊表現手法不同。

（三）爬竿

又名「爬柱子」，江蘇高淳目連戲演員在三丈以上高竿頂端盤旋倒立，動作驚險，令人目眩。〔註78〕安徽目連戲純以雜技性表演，安插於〈奈河橋〉之後。搭臺演出前，先在舞台前左側豎立一根約五至七丈左右的高竿，表演時，畫猴臉的演員徒手攀登上竿，在竿上做各種猴形動作，表演正爬、倒爬、倒滑等驚險動作，取形於動作命名：「烏龍纏柱」是雙腳盤柱，雙手懸空做摘桃狀；「金雞獨立」以單腿立於柱端，手搭涼棚遠眺和環視；「哪吒探海」用雙手抱柱，兩腿倒立；「扯順風旗」是雙手撐竿，讓全身呈水平狀；「老鷹展

〔註74〕 欽文〈活無常和吊死鬼〉《浙江省目連戲資料匯編》，頁259。

〔註75〕 裴士雄、黃中海、張觀達〈社戲〉，指金新友父親創造傳承，再傳與金壽康兄弟，由原來十八吊發展為三十六吊，再發展成七十二吊以上，《浙江省目連戲資料匯編》，頁379～380。

〔註76〕 毛禮鎂〈弋陽腔的目連戲〉，頁74。

〔註77〕 劉回春〈祁劇目連戲縱橫談〉，頁38～39。

〔註78〕《中國戲曲志・江蘇卷》，頁156。

翅」單手、單腿盤繞木竿，另一手、腿伸開，如鷹展翅飛翔；「倒掛金鉤」即雙腿盤竿，頭朝下昂起遠望，雙臂伸開呈一字狀；「烏龜划水」又名「烏龜曬背」，以腹部抵柱，四肢平展呈划水狀；「童子打坐」雙手合掌，一腿盤柱，一腿盤起坐柱端呈睡狀；「羅漢顯聖」將頭朝下，雙腿夾竿滑下，雙手呈打躬狀。〔註79〕

（四）打羅漢

大打羅漢又名疊羅漢、堆羅漢，為祁劇相當有名的表演，亦見於安徽南陵、江蘇陽腔、浙江紹興、川劇目連戲中。

祁劇目連戲中穿插一段饒有趣味的「打羅漢」表演，先出大肚羅漢，做完掃殿、擂鼓、撞鐘、點香等功課後，轉動蒲團（也叫逗仙袋），放出若干小羅漢來，開始疊羅漢。形式有：五子加官、童子拜觀音、扯順風旗、擒三、抱三、站三、吊三。然後出長眉羅漢，眾小羅漢輪番打長眉羅漢，接著做：打四門、跌三慢、倒筒車、蛇脫皮、砌牌樓、砌寶塔、擺碟子、開蓮花、耍雙獅、滾黃龍、一根蔥、倒大樹的表演。其中「砌牌樓」有大小之分，砌大牌樓，須有一大力士作柱心，眾羅漢逐一踩在作柱心者的身上，多至九人，少至五、七人，負荷極重。〔註80〕

「倒大樹」為祁劇《目連傳》中大打羅漢的專用特技，桌上置一椅子，椅子上放檢場箱，箱上站一個人，人肩上疊站一人或數人；另有十餘人在桌前站成兩行，面對面成對拉手，形成一道「手槽」。檢場箱上站的人成直線向後自然倒下，平倒在桌前眾人拉成的手槽裡。〔註81〕

安徽韶坑目連戲《摸羅漢》是一齣逗趣啞劇，扮演摸羅漢者頭戴大頭娃娃面具，依次表演起床、洗臉、掃地、拜佛、擊鼓、撞鐘、打烏梅等動作，表演風格質樸本色，極易引人發笑。〔註82〕為祁劇疊羅漢最前置的表演項目。

川目連疊羅漢置於《觀音慶壽》一齣，布袋羅漢上場耍魔術，從袋子裡掏出各種東西，再有幾個武僧上場，表演疊羅漢、童子拜觀音以展示少林功夫。

〔註79〕《中國戲曲志·安徽卷》，頁385。
〔註80〕劉回春〈祁劇目連戲縱橫談〉，頁37～38。
〔註81〕《中國戲曲志·湖南卷》，頁320。
〔註82〕王靉〈韶坑目連戲演出中的宋金戲劇遺存〉《中國戲曲學院學報》第27卷第3期，2006年8月，頁47～50。

（五）盤桌、盤台子

高淳陽腔名盤桌，安徽名盤台子、盤台，都是利用桌子進行表演。安徽目連戲此技法穿插在第一本戲文〈掛號〉之中，表演者一人，畫蝴蝶臉，在倒置的方桌腿上拿頂倒立；又作面朝上，手和腿分別按置於四條桌腿梢上，身腰與頭部均懸空的「繃頂」，然後在每條桌腿梢上拿頂或作蹬罈表演。〔註83〕

（六）上刀山

僅見於青海民和縣麻地溝目連戲，最後一齣〈刀山地獄〉黃風鬼追劉氏上刀山。刀山是四排粗圓木組成兩排高5丈8尺的刀梯，每排綁上58把微成彎狀的鋒利柳葉刀，每刀相距1尺，刀是直上直下的綁，刃口朝上。每層刀梯的兩端，均留有手抓的繩環。兩梯對接的頂端，平置木板一塊，稱「天橋」。每排刀梯之下，各擺放2把鍘刀，稱鐵門檻。上刀山的黃風鬼和劉氏，並非專職的武術演員，而是家中遭災，疾病纏身，或缺兒少女而許願上山，於頭年的多至進能仁寺排練目連戲，靜修，同時上寺的還有保山的陰陽。排練目連戲的人可以回家，唯保山陰陽和上刀山的兩個腳色不得回家。最後一齣上演至宣判「劉氏夫人倒埋當陽古佛，造下罪孽，將之打入刀山地獄」時，所有演員一齊下台，舞台轉換至刀山，「黃風老大人，把潑那鬼打上刀山」命令之後，四個小鬼和黃風鬼追著劉氏，圍看刀山左三圈、右三圈的轉，最後劉氏被逼分別從南面、北面上下刀山，黃風鬼在後追趕，兩人一上一下，表演踩鐵門檻、踩刀刃的絕技，直到結束。〔註84〕

三、技與劇本內容能否結合的藝術考量

演員唱念做打功夫是為表演較好的戲劇藝術，雜技演出，歸屬於做打範圍，如與情節內容銜接扣合，自然有較高的藝術呈現。上列著名雜技的打叉、上刀山等搏殺鬥狠技藝，以五鬼奉命捉劉氏，或被判上刀山地獄的目連救母重要情節包裝，怪不得會成為目連戲的代稱。

打叉又不只限於用叉，還可加用其它「凶器」道具以展現武藝變化。安

〔註83〕《中國戲曲志・安徽卷》，頁95、385。

〔註84〕勁草、胡文平〈遠去的記憶：麻地溝刀山會口述史調查〉頁111～112；《中國戲曲志・青海卷》，頁439。按：筆者於2005年7月至廣西桂林旅行，曾親眼目睹上刀山的表演，刀刃的確銳利，表演者赤足上下刀山而無礙。

徽池州穿會臺本擲叉、拋叉於〈悔誓〉齣末，分別以鐵鎖、叉捉拿劉：「拿叉來捉，一叉叉不到，兩叉，兩叉叉不到，三叉，三叉叉不倒，叉，叉，叉。走吓。」（頁 135）前述河南目連戲捉劉氏動用了叉、繩、馬叉、套板、索鏈。或者動用「刀」，將手掌貼於台柱上，飛刀插入五指指縫中，與用叉釘在劉氏抱柱的兩指間實為性質相近的驚險特技。目連戲提供相當多類似捉劉氏的火爆場面，如捉劉賈、金奴、李狗等，可以用不同的武技展現工夫。只是戲班斟酌那個場面是較大、較熱烈的，

　　如無適當劇情為背景，單獨看「砍五刀」特技描述：「被砍人將白蔥頭或蘿蔔含在嘴上，刀手連砍幾刀，一節一節砍去，直至唇邊但不傷肌膚。」〔註85〕和「技藝高超者，不乏各式各樣不同技藝展現，如尖刀拋飛插入貼於台柱上的手掌五指指縫間，還有手持南瓜、蘿蔔，以飛刀刺中；甚至向台下柱子飛刀的賣外彩」的誇讚式的技藝說明，〔註86〕就成為賣弄武技而非為戲劇內容情節增色加分的表演。

　　祁劇「打三官堂」益利燒香言及「好事不出門，壞事傳千里」，劉氏聽了十分忿怒，將碗往地上一甩，操起椅子向益利打去，益利接住轉拋給羅卜，羅卜拋給檢場人，檢場人將椅子放在桌案上，四人如此輪翻拋椅三次，加上大鑼、大鼓渲染氣氛，顯得十分緊張。〔註87〕辰河臺本記錄丟椅表演，和劇情緊密扣合：

　　　　（劉氏白）羅卜兒看家法來，打死這老狗。（羅卜白）孩兒受了戒。
　　　　（劉氏白）兒是受了戒。（繫袖，取索珠打益利，丟椅三次。唱）哎！
　　　羅卜兒，今日若不打他幾下，倘若外人聞知，道為娘全無家教。你
　　　與我把惡奴戒懲，你與我把惡奴戒懲（打益利，丟椅三次）使他自
　　　　知警省，庶家庭，是非內外無紊，貴賤尊卑分自明。（頁 554）

場面火爆緊張，演員輪流拋接椅子，非有硬工夫不可，加深刻畫劉氏惱怒、潑辣情境。特技演出是為充實劇情和使人物形象飽滿之用。

　　再以上吊身亡的女吊、男吊而論，紹興本〈男吊〉安排男吊、女吊爭著「討替代」，由相爭到動武，後來王靈官趕走男吊，由女吊取得「替代權」，

〔註85〕《中國戲曲志・四川卷》，頁 314。
〔註86〕杜建華〈波詭雲譎，蔚為大觀：從一次盛大的川劇目連戲演出活動談起〉《戲曲研究》37 輯（北京：文化藝術出版社，1991 年 6 月），頁 79。
〔註87〕劉回春〈祁劇目連戲縱橫談〉，頁 39。

這段表演由於穿插在男、女吊爭替情節之間，雜技性因素和戲劇性因素結合得較爲密切。〔註88〕祁劇〈鬼打賊〉散齣，賊見女鬼誘使善良的海氏懸梁自盡，跑去占住吊繩，鬼死命不讓賊上吊，在人鬼爭鬧中，賊在吊繩上有祁劇安插的男吊和劇情結合在一起，與紹興目連一樣屬於藝術因素比較濃厚。打叉表演與「捉劉氏」等同，安徽池州大會本〈五殿接旨〉之後，接〈請五猖祭叉〉、〈殤亡〉、〈公差行路〉，而後是〈益利掃堂〉，打叉置於〈請醫救母〉和〈城隍起解〉之間。調腔本〈悔願〉、〈捉場〉、〈請醫〉、〈捉場逃臺〉、〈盤叉〉五齣相連，雖然表演之際類同於街巷賣膏藥的吹擂，爲營造聲勢，而有拖沓、只重技而無內容的感受，但是以整體目連戲內容而言，依然是貫串的。

若如弋陽腔目連戲「打布」，安排於〈小鬼開司〉閻王、獄官上場前，小鬼們的翻撲雜技性表演；〔註89〕安徽目連戲盤彩安插於〈下山〉之後，表演者一人，畫貓臉，超輪本〈奏事〉結束之後，標註「上高，即爬杆子」，安徽爬竿安插於〈奈河橋〉之後。福建興化演目連戲，特別於戲臺和對面高廠之間設一高五、六丈木柱，上綰繫布匹，特別延請專業表演者於既定時間演出種種縊死情狀。可惜施鴻保記錄這段演出時，並未詳加說明這段穿插與目連戲有何相關，只知這段演出是興化目連戲最爲驚險高潮的表演。〔註90〕大概等同於打叉即是演目連戲一樣。

之所以出現雜技表演與內容關聯性低的情形，是因爲目連戲的演員需有好的武功底子，如無好叉手和雜技演員，各戲班常有不同應變之道：江蘇里河徽班以武生反串老旦；四川的叉手是專門練打叉技藝人。南陵目連班則請專職藝人爲劇中雜技、武打、筋斗之類的表演出力，習稱「打手」。這些打手，不專屬於某一班社，不擔任劇中任何腳色，只在戲演到盤彩、火圈、飛叉等

〔註88〕徐斯年〈漫談紹興目連戲〉，《目連戲學術座談會論文選》（長沙：湖南省戲曲研究所，1985），頁86。若以出版的臺本而言，較古老的紹興舊抄本無男吊，胡卜村本、紹興救母本、調腔本依照〈男吊〉、〈女吊〉、〈打吊自歎〉排列齣目，男吊部分無言語臺詞，註明「調吊」特技演出。徐文所述安插男、女吊爭替代的情節，是在臺本基礎上，經過演出實踐，加上藝人們體會創造之後和劇情綰合在一起的結果。

〔註89〕毛禮鎂〈弋陽腔的目連戲〉，頁74。

〔註90〕施鴻保《閩雜記・普度》：「于正中豎木柱長五、六丈，上綰足帛，諏定時刻，雇善緣者一人至柱巔，以帛作種種縊。四圍撾鑼擊鼓，雜放爆仗，至作縊頸時，則看者皆助喊，聲震數里，其人自柱巔縱下，直奔神座前，沃面易衣冠而去。聞必海舶上梔工，故能緣高，又能從高縱下。」（清咸同間著者手抄本）。

專門技藝表演時，才出演獻技。他們原是民間武術愛好者，翻、打、撲、跌，各有所能，形成一支單純的武技表演隊伍，專爲目連戲演出服務。不論戲班內或外聘的叉手，都與扮劉氏的演員有長期合作關係，默契良好。打手與戲班的依存關係，造就更多出色的雜耍武藝的精進，班社之間又互相影響借鏡，精益求精，險中求更驚險的表現，讓雜技一時難以和劇情縮繫密切。

演員藝人們熟練各種身段動作，原是爲了表現劇中人物性格，加強演出效果之用。以湖南地方大戲綜合歸納「跳」的身段，有三十五種，一是爲表現神鬼形象，二是爲表現禽獸形象。以目連戲而言，因地域而有不同鬼神上場，出場時跳魁星、跳鍾馗、跳靈官、跳判官、跳和合二仙、跳土地神、跳羅漢、跳無常、跳功曹、跳雷公、跳閃母、跳桂枝羅漢。以跳土地而言，由演員分別頭戴土地公、土地婆的面具，穿褶子，持拐杖、雲帚，合著特定的鑼鼓點子表成套的舞蹈。〔註91〕〈埋骨〉金奴、安童將豬羊犧牲骨頭和土地公、土地婆埋在一起，言詞各有不同程度的羞辱科諢，爲鄭本刪去，只以土地敘劉氏埋骨事。〔註92〕泉腔本〈跑靈官〉僅王靈官一人演出，云：「駕雲馬起身」的走馬動作，是跳、是舞的形式。鄭本〈閻羅接旨〉判官、小鬼以「舞」方式上場，〈城隍掛號〉淨扮魁星「上舞介」的動作說明，〈肉饅齋僧〉淨監齋使者「笑舞介」，〈遣將擒猿〉馬溫趙關四帥上場各有持特定器械道具「舞上」、「且舞且行」，〈八殿尋母〉淨扮鍾馗「上舞介」。跳魁星、跳鍾馗是特定的舞蹈動作。

爲了表現鬼王形象，川劇、桂劇有「耍獠牙」特技演出，所用獠牙道具以大野豬犬牙製作而成。牙，長二寸餘，爲半月形，前端尖利，後部圓滑。表演時演員將一副獠牙分別含在口腔內左、右牙床外側，獠牙前端相對吻合，頂住上唇。隨劇情腳色情緒變化，表演者依靠牙關上下左右運動，及舌尖靈活攪動，以推頂牙根部棉線凸面，迅速將獠牙推出口腔，在雙唇外形成各種造型。如雙牙尖朝上、朝下、水平交叉、左右外翻、左右尖一上一下外翻等。耍獠牙要求動作敏捷，技巧熟練，稍一側身，或配合身段中的轉身，即變化

〔註91〕《中國戲曲志·湖南卷》，頁322。

〔註92〕安徽池州大會本、皖南高腔本〈花園埋骨〉丑、貼扮土地夫婦；紹興救母本外扮土地，老旦扮土地婆；辰河本生扮土地，夫扮土地婆。浙江胡卜村本、超輪本僅上外扮土地，但臺詞涉及土地婆；莆仙本〈發現骨殖〉上土地。鄭本〈劉氏自嘆〉末扮土地，敘埋骨事，未如以上諸本實際演出。目前埋骨齣只有泉腔本未上土地，但於〈神司會〉有土地公出場。

出各種獠牙造型。耍獠牙還有一對、兩對、四對之分，耍時依據演員的功夫而定。〔註93〕

　　踩高蹺的技能表演與無常形象結合，成為身高八丈形象，滇劇〈公作上路〉、祁劇〈無常引路〉扮無常演員須在腳腿上捆綁一對有丈餘長的高蹺，然後從台口起，須繞戲坪走一周，邊走邊做舞刀、弄槍、耍扇、逗笑等表演動作。〔註94〕

　　弄蛇的表演，江西地區演戲，凡是扮乞丐就要玩蛇。目連戲傅相、羅卜父子分別有濟眾行為，插演許多小戲，不乏乞丐專場：〈二何〉、〈鵝毛雪〉、〈打罐別妻〉。浙江紹興救母本、調腔本卻有〈弄蛇〉一齣，傅相會緣橋濟眾：

　　　（眾白）還有降龍伏虎。（外白）好，你將降龍伏虎耍上來。（眾白）
　　　曉得，格末要弄蛇哉。（調介）（付唱）〔撲燈蛾〕小小花蛇三寸長（又），
　　　慌忙行過幾村莊（又）……（調蛇介）（調腔本，頁135）

弄蛇，即玩草繩蛇，用稻草搓成約一百公分長、直徑約四公分的草繩，頭粗尾細，用紅布剪丫形作蛇舌。表演時手捏繩尾，快速抖動，使蛇左右搖晃。〔註95〕玩蛇是小把戲，為人物隨身道具。即使無任何臺詞，乞丐上場把玩草繩蛇，也是不錯的表演方式，若是專門加入臺詞，並以〈弄蛇〉為齣目，再加上唱曲，自然更貼近劇情。

　　各戲班千方百計於目連戲演出中穿插各式雜耍、絕技以吸引觀眾，贏得喝彩。〈劉氏開葷〉有時加上吞火、吐火表演，劉賈於僧尼前故意端碗肉湯喝，忽然碗中起火，特技叫「碗底開花」，劉賈卻能連火帶湯地喝，喝一口吐一口火，吐一口火讚嘆一句。〔註96〕或將之處理成打叉、火彩結合的特技：李狗捧狗肉碗置條凳頭上，騎馬式跨坐正要吃肉，雞腳神暗上，立於兩張桌子疊起高處，一叉飛下從李狗後腦擦過釘碎肉碗、釘入凳頭，叉尖藏禮炮，肉碗藏硝磺，碗碎火起。〔註97〕無技不成戲，戲需以技為基礎，因此各式身段動作需配合劇情內容，或於戲情之上，設計各種身段動作、將某些特技融入表演之中，以塑造表現人物性格，增加戲劇演出效果，自然比起單純武藝展示更為人稱賞。

〔註93〕《中國戲曲志・廣西卷》，頁334～335；《安徽卷》，頁380。
〔註94〕劉回春〈祁劇目連戲縱橫談〉，頁37。
〔註95〕《中國戲曲志・江西卷》，頁469～470。
〔註96〕甘犁〈落地生花說目連（四）〉，頁42。
〔註97〕歐陽平〈舊重慶目連戲揭秘〉，頁54。

第三節　目連戲舞臺形製與表演之間

民間目連戲演於祠堂、廟台和臨時搭設的舞臺；宮廷自有不小不等的各式戲臺。清朝民間盛演、大演目連戲時常搭三層臨時戲臺，或許受到宮廷三層戲臺的啟示。因此先行論述宮廷目連戲演出戲臺形製，再及於民間舞臺。

一、宮廷演出目連戲戲臺形製

由於檔案殘缺，宮中《勸善》僅一見演於重華宮漱芳齋庭院大戲台。〔註98〕同為連台大戲劇本，都是針對具體演出場地使用而編寫的，一類供普通戲台用，一類專門供三層大戲台使用。依劇本提示和場地指示名詞，《勸善金科》、《忠義璇圖》、《封神天榜》演於普通戲台，《鼎峙春秋》、《昭代簫韶》和《昇平寶筏》專門為演於三層大戲台而加說明。〔註99〕

清宮戲台位於重華宮中有庭院中的漱芳齋戲台，以及室內風雅存小戲台；寧壽宮有暢音閣大戲台、閱是樓小戲台、倦勤齋室內小戲台。今北海、中南海的西苑有漪瀾堂東側晴欄花韻院中戲台、純一齋水池戲台、春耦齋戲台。於頤和園內有聽鸝館戲台、德和園三層大戲台。承德避暑山莊有如意洲一片雲裡建有浮片玉戲台、福壽園裡清音閣大戲台、澹泊敬誠殿後的煙波致爽戲台。位於北京海淀區的圓明園內，至少建有四處戲台：一在敷春堂附近，一於武陵春色附近，另一在同樂園內，名清音閣戲台，一在壽康宮。位於南長街南口以西、中南海旁南府，有戲台一座，供內侍學習唱戲以備宮中演出。〔註100〕

圓明園始建於康熙四十八年（1709），原為雍正皇帝登基前的藩邸賜園，以後乾隆、嘉慶、道光、咸豐諸皇帝都長年居住於此。〔註101〕依據道光年間檔案說明，每年從正月初三到十五日，昇平署就將全部人馬從城內搬到圓明

〔註98〕王芷章（1903～1982）《清昇平署志略·分制》（北京：商務印書館，2006），頁80。

〔註99〕廖奔《中國劇場史》，頁141。

〔註100〕戲台資料據以下各書整理而成：廖奔《中國劇場史》，頁137～140；朱家溍〈清代內廷演戲情況雜談〉《故宮博物院院刊》1979年2期，頁22～24；陳芳《乾隆時期北京劇壇研究》，頁142～144。

〔註101〕楊雲史《檀青引》載：「初，高宗建圓明園於京師西北，園景宏麗……歲以首夏幸園，冬初還宮。歷仁宗、宣宗以為例。」《清代燕都梨園史料》，頁1079。

園內，準備承差，〔註102〕至十一月才返回城中，說明圓明園戲台是清宮戲台裡面使用率最高的。中國第一歷史檔案館保留了一冊原封面無存，經整理注明「無朝年」的《旨意檔》，朱家溍、丁汝芹據該檔案七月二十六日記「拿住」白蓮教重要首領苟文明，對照《清仁宗實錄》卷一〇一，考得《無朝年旨意檔》應是嘉慶七年檔案，〔註103〕十二月承應戲俱在重華宮，其中：

> （十二月）十一日至二十日承應《勸善金科》，輪流插軸子，大小班
> 一日。二十八日重華宮帶回子，外邊承應《餞臘迎新》。二十九日元
> 旦日按例伺候。正月初二日著裡邊伺候，外邊人不必進內。初三日
> 至初五日外眾陸續下圓明園。初六日駕幸元（圓）明園……十五日
> 同樂園承應《昇平寶筏》。〔註104〕

《勸善》演於歲末，當時皇帝已回重華宮，故而只能於漱芳齋普通大戲台演出，而非使用三層大戲台，故而劇本提示未見福、祿、壽三層戲台的使用。

漱芳齋為普通大戲台，台基用磚石壘砌，平面方形，周圍有木製欄杆，立柱十二根，重檐攢尖頂。戲台上面有樓，天花板設有天井，可以安置井架轆轤等機械設備，供演出升天入地的神佛劇使用。台板下有一口大井，用以形成聲音共振，加強音響效果。〔註105〕

即使是普通戲台，建築結構和設備也不同於民間戲台，有著特殊發展，如增加上下場門的數量。〈凡例〉：

> 從來演劇，惟有上下二場門。大概從上場門上，下場門下。然有應
> 從上場門上者，亦有應從下場門上者。且有應從上場門上，而仍應
> 從上場門下者，有從下場門上，仍應從下場門下者，今悉為分別註
> 明。若夫上帝神祇、釋迦仙子，不便與塵凡同門出入，且有天堂必
> 有地獄，有正路必有旁門，人鬼之辨，亦應分晰，並註明每齣中。

劇中有多個上下場位置：普通的上下場門、昇天門、靈霄門、酆都門、旁門、佛門。天井、地井有時亦用於特殊時候上下場之用。

〔註102〕道光皇帝駕幸圓明園時間不定，道光六年十二月十五日《恩賞日記檔》載來
　　　　年正月十五日行程，由天壇至圓明園時候晚，只唱小戲、尋常軸子；道光八
　　　　年在二月初八。兩則資料轉引自朱家溍、丁汝芹《清代內廷演劇始末考》，頁
　　　　170、185。朱、丁一書摘錄宮廷檔案資料，量大而詳細，十分認真而紮實的
　　　　抄錄，幾乎可以當作資料匯編加以運用。
〔註103〕《清代內廷演劇始末考》，頁74。
〔註104〕轉引自《清代內廷演劇始末考》，頁89。
〔註105〕廖奔《中國劇場史·宮廷劇場》（鄭州：中州古籍出版社，1997），頁137。

理論上神佛從昇天門上下場，然而如果出場者都是神佛，那麼依位階高低，交互使用各種門道出入：神格高者由昇天門上，與人間關係密切的地上神靈由上場門上，如1－2負責探查人間善惡風俗的採訪使、功曹、城隍、土地由上場門上，高高在上的三台北斗神與隨從、扈衛則從昇天門出入。偶而劇中出現更為高階者出入的靈霄門：2－1〈靈霄殿群星奏事〉為眾神場面，四嶽由上場門上；馬趙溫劉四帥、六丁六甲由昇天門上；四仙官、千里眼、順風耳、四星官、四宮娥、四宮官從靈霄門上。當金童玉女傳達玉帝旨令後，四嶽由兩場門下，馬趙溫劉四帥、六丁六甲由昇天門下，金童玉女等從靈霄門下。這裡很清楚將場上門分為三等，第一等是靈霄門，由代表玉帝身份的天宮供職者出入，昇天門為第二等，係由護衛天宮的神將出入，普通上下場門是第三等，供地上山岳神出入。將二百四十齣人物上下場方式作統計，通常利用普通上下場門，1－16、2－7兩齣出場人物皆是神佛，但未利用昇天門以彰顯身份。

酆都門供地獄班主、閻君上下場之用，5－1〈顯威靈十殿親巡〉十位分掌十殿的閻君於侍從鬼陪侍烘托下由酆都門上場，而最後「全從下場門下」。而後劉氏遍遊地獄時，閻君都由酆都門上下場，還包括8－12審眾女鬼犯的女案主及隨從亦然。

旁門供鬼卒、鬼犯上下出入，5－18奉命捉拿劉氏的五差鬼從「右」旁門上，由下場門下，經過劉氏花園立誓，「五差鬼復帶劉氏遊魂從上場門上，遶場，從左旁門下」。是旁門亦如上下場門分左右，眾鬼通常由右旁門上，左旁門下。3－12被害身亡陳榮祖魂由右旁門上，等仇人張捷被殺之後，陳榮祖魂捉張捷魂遶場後從右旁門下。張捷未亡前，由上場門上。

佛門用於如來佛出場，8－7眾菩薩由上場門上，如來佛於侍者、張佑大等十人、阿難迦葉陪侍下由佛門上，賜與羅卜目連法號之後，全部由下場門下。8－10如來佛由佛門上下場，算是較為統一的出入方式。

《勸善》某些齣目利用天井、地井作為出入。7－23場上原本設有火焰山以及「山洞門」，護山小妖、魔女、鐵扇公主於山洞門上下場，待羅卜行過火焰山，受災受苦之際，鐵扇公主「從天井乘雲兜下」救助羅卜之後，「仍從天井乘雲兜上」。2－8、2－9傳相歸天，金童玉女前來迎接即是由天井乘雲兜下上。

天井並非神仙上下的專屬品，部分鬼怪亦因應劇情而由天井上下，3－18丑扮縊鬼從天井「跳下」，副扮水鬼由地井跳上，出場方式合乎兩鬼身份；8

－3 也同時利用天井、地井作爲出入，副扮蟬蟟精「從天井跳下」，丑扮蚯蚓精、淨扮蜣螂精、外扮烏龜精「各從地井內跳上」，最後四精全部由地井下，隨即羅卜從上場門上。精怪可由天井跳下，卻未見由天井升上而下場的。統計整部戲利用天井只有十二齣，〔註 106〕一用於神仙下降凡間、返回天庭；二用於垂下切末道具，如紅蝠以示慶賀。

　　地井使用較天井頻繁，計有十八齣使用。〔註 107〕如前文用於縊鬼或精怪出入，或因劇情需要，如 2－24 遭雷打死的十惡人被吹入河裡，即由地井下；10－8 目連等人挖掘墳壙，劉氏復活亦是由地井上場。或需使用「障眼法」，有場上演出人物的遊魂、替身，改用替身切末時，即使用地井作爲出或入的通道：8－21 地獄行刑，「眾動刑鬼作簇李文道魂暗從地井下，隨捉李文道替身切末上，作入磨磨科」。有替身時，地井爲替身、正身出入通道，5－18 有劉氏遊魂暗從地井上，爲五差鬼暗中捉拿鎖住，遶場下。

　　劇本提示由地井出入，然而漱芳齋戲台下依據研究，並未提及戲台下有地井，台板下僅一口大井作爲聲音共振的加強效果。擁有地井設計爲三層大戲台，如寧壽宮暢音閣大戲臺，建於乾隆三十六年（1771），下層爲壽台，中層祿台，上層福台。壽台天花板上有三個天井，台板下地井五個，井口蓋板可以掀開，地井通後台，實際爲地下室，地下室內地面有水井一口，亦有蓋板，既可供演出時製造噴水效果，又可借水音增加演唱的共鳴效果。〔註 108〕由寧壽宮地井和水井不同，漱芳齋台板下方大井應該不是當作地井使用。那麼現行版本的《勸善金科》究竟演於何種戲臺？

　　正如〈凡例〉所說，有該從上場門上，仍應從上場門下者的情形，各門使用常因排場不同，場上人物身份有別而有適當調度，前舉 2－1 由靈霄門、昇天門、上場門各自上場的神靈位階有別，如移換至地獄亦然。8－15 全齣可細分爲三排場：〔註 109〕

〔註 106〕天井使用於以下諸齣：2－8、2－9、2－16、2－24、3－18、4－7、4－16、7－23、7－24、8－3、10－9、10－22。

〔註 107〕地井使用於以下諸齣：1－11、2－24、3－16、3－18、3－19、3－22、5－12、5－18、5－24、6－8、6－23、7－15、8－3、8－6、8－21、9－4、10－7、10－8。

〔註 108〕廖奔《中國劇場史》，頁 138；朱家溍、丁汝芹《清代內廷演劇始末考》（北京：中國書店，2007），頁 32。

〔註 109〕排場理論請參考曾師永義〈說排場〉《詩歌與戲曲》（臺北：聯經出版社，民國 77），頁 351～401。而後以排場理論分析劇作者多，下文所用引場、主場、

引場：十殿閻君敘事迎接東嶽大帝會審積年大案。

主場：東嶽大帝審盧杞、楊國忠、來俊臣、安祿山等重大刑案過程。

收場：閻君送東嶽上靈霄奏事離去。

「引場」的十殿閻君由酆都門上下；「主場」東嶽大帝、眾閻君由上場門上，受審的盧杞等犯與押解眾鬼由酆都門上下；「收場」四宮官由兩場門分下，東嶽大帝由昇天門下，眾閻君由酆都門下場。雖然盧杞等犯身份爲「鬼」，卻非由旁門出入。

佛門、左右旁門、酆都門是宮廷戲台在通常上下場門之外特意加砌的通道。左右旁門就是在平常上下場門邊上再開兩個門。〔註110〕佛門與酆都門以布或木製作而成，同治五年（1866）《恩賞日記檔》李三德於三月十五日奏衣庫未修理等項有「佛門帳一分」，四月十五日應修理切末有「佛門帳幔一分」、「布酆都城一座」和「上下場門、仙樓簾子四架」〔註111〕，再由十月八日李三德奏折爲《昭代簫韶》交代工程處做切末有「用木昇天門一座」、「木酆都門一座」，〔註112〕佛門開在戲台正中後部，懸掛特殊幃幕。酆都門以布或木製作而成，上下場門，以及仙樓則有簾子，以「架」爲單位，當爲裝飾遮蔽之用。昇天門以木製，《封神天榜》首齣：「場上安樓東西側，滿安地平。樓前拉靈霄門幃幕，後面拉彩雲幃幕。東西安城門昇天門，東西側安山子科」〔註113〕，即指昇天門拼搭成城門模樣。

統計以《勸善》以昇天門出入有十七齣，〔註114〕場上設靈霄門有三齣、〔註115〕佛門七齣。〔註116〕靈霄門、佛門使用齣數少，因此宮廷未特製靈霄門，以佛門改換匾額而成，10－2：「佛門上換靈霄門匾」，且全劇未出現同時使用佛門與靈霄門，即爲例證。

收場等詞，見游宗蓉《元雜劇排場研究・元雜劇排場的類型》（臺北：文史哲出版社，民國87年），頁97～107。

〔註110〕廖奔《中國劇場史》，頁142。

〔註111〕王芷章《清昇平署志略》，頁225、229。

〔註112〕王芷章《清昇平署志略》，頁243。

〔註113〕佚名《封神天榜》（臺北：天一出版社《清宮大戲》本）第一本第一齣，頁1。

〔註114〕使用昇天門者十七齣：1－1、1－2、2－1、2－5、2－13、4－8、5－14、5－15、8－1、8－15、9－4、9－5、10－1、10－2、10－9、10－12、10－24。

〔註115〕使用靈霄門三齣：2－1、10－2、10－24。

〔註116〕使用佛門七齣：3－24、7－1、8－7、8－10、9－13、10－6、10－23。

　　使用酆都門計有二十五齣、〔註117〕利用旁門有六十齣，〔註118〕未利用兩場門之一的只有三十齣，看來似乎很多，但未使用時，通常利用了酆都門或旁門。〔註119〕各式地獄名目，在酆都門上改換成地獄匾額即成，8－21酆都門上換碓磨地獄匾，閻君從酆都門上，8－23酆都門上換血湖地獄匾，即成為特定地獄場景。

　　《勸善》有三處出入較為特殊，不在於以上各門規範之列：1－15朱泚至關神君祠卜問靈籤，場上設關聖帝君轉像屏風，雜扮周倉持刀「從屏風內轉出，作刀挑，籤飛筒裂」以示大凶，而後仍然「轉下」；6－13場上預設轉盤門神切末，劉氏回煞欲進門，隨即「轉盤門神切末轉出外末扮兩門神」，而後當然仍從轉盤轉下；7－23羅卜過火焰山，看山小妖由「山洞門」出入。

　　宮廷演員人數眾多，趙翼《簷曝雜記》卷一〈大戲〉載乾隆年間於熱河行宮見演戲狀況：

> 戲臺闊九筵，凡三層。所扮妖魅，有自上而下者，自下突出者，甚至兩廂樓亦作化人居，而跨駝舞馬，則庭中亦滿焉。有時神鬼畢集，面具千百，無一相肖者。神仙將出，先有道童十二、三歲者作隊出場，繼有十五、六歲，十七、八歲者。每隊各數十人，長短一律，無分寸參差。舉此則其他可知也。又按六十甲子扮壽星六十人，後增至一百二十人。又有八仙來慶賀，攜帶道童不計其數。至唐玄奘僧雷音寺取經之日，如來上殿，迦葉、羅漢、辟支、聲聞，高下分九層，列坐幾千人，而臺仍綽有餘地。〔註120〕

〔註117〕使用酆都門二十五齣：2－12、5－1、5－15、7－24、8－12、8－13、8－15、8－21、8－23、8－24、9－3、9－4、9－7、9－8、9－9、9－10、9－11、9－14、9－15、9－16、9－17、9－18、9－19、10－1、10－13。

〔註118〕使用旁門六十齣：1－11、2－12、3－4、3－12、3－16、3－18、3－19、4－8、4－23、4－24、5－15、5－18、5－19、5－23、5－24、6－2、6－5、6－8、6－10、6－11、6－12、6－13、6－18、6－19、6－20、6－22、7－2、7－3、7－4、7－6、7－15、7－19、7－20、7－22、8－4、8－8、8－9、8－11、8－12、8－13、8－21、8－23、8－24、9－2、9－3、9－7、9－8、9－9、9－10、9－11、9－14、9－15、9－16、9－17、9－18、9－19、10－4、10－13、10－15、10－16。

〔註119〕未利用上下場門之一的有三十齣：4－8、6－10、6－18、6－19、6－20、7－2、7－3、7－15、7－19、7－22、8－8、8－9、8－12、8－13、8－21、8－24、9－3、9－7、9－8、9－9、9－11、9－14、9－15、9－17、9－18、9－19、10－1、10－12、10－15、10－16。

〔註120〕趙翼《簷曝雜記》（臺北：新興書局《筆記小說大觀》33編，民國72），頁11。

趙翼文字不無誇大之處，「列坐幾千人」的記錄畢竟超過清音閣戲台的承載量。這段文字所載雖非《勸善》例子，但由劇本提示，以及宮廷演戲規模，相距不會太大。面具千百，以及列隊而出的道童數目、身形，全為精挑細選結果。

宮廷伶人數目眾多，道光即位改元不久，即對南府、景山外學加以裁員，外學係指太監以外伶人，含民籍和旗籍伶人，《恩賞日記檔》逐步裁減，元年正月陸續裁退九十九名外學學生，其中「民籍學生著交蘇州織造便船帶回，旗籍學生著交本旗當差」；以四月祿喜上奏南府、景山內外學移往圓明園的演藝、相關當差人數計有四百六十八名之數；六月初三日，包衣昂邦英和奉諭旨交辦：「大戲有一百二十餘人之戲，可矣（以）減去一百名，上二十名皆可。」六月初九日有「淨革退七十名」諭旨，宮中演藝人員數目可想而見，至道光七年二月初六日下令「將南府民籍學生全數退回，仍回原籍」，這些民籍學生的藝業，在皇帝眼中遠勝於宮中承差的太監。〔註121〕出宮的民伶，大都成了宮廷戲劇回到民間的媒介，《勸善》與三層戲台的規模概念，不免隨之流傳到民間。

二、民間戲臺與目連戲演出

現存安徽黟縣一座萬年臺，建於道光年間，是一座適宜演目連戲，又能演出京劇、徽劇空間的大戲臺。木質二層結構，臺面由近百根一公尺多長的木樁支撐，戲臺樓由數十根長柱構成框架，搭成二層戲臺，臺面約一百平方公尺。一、二層中間臺面為演出主臺，六個出入口，有的如月宮式門戶，有的如花瓶式門戶。二樓主臺一般只有在演出目連戲時才派上用場，臺頂掛有四只大燈籠，據說是做目連掛燈的道具。兩旁為襯臺，右側襯臺為文武場座席，演至〈閻羅接旨〉、〈花園捉魂〉等齣，飾閻羅、鬼卒的演員要由二樓中臺翻筋斗或跳至一樓臺面；演到〈過望鄉臺〉、〈過黑松林〉、〈過升天門〉等情節，演員以爬桿度索特技，從一樓又移到二樓表演。〔註122〕

黟縣戲台建造時間點，與道光七年全數革退民籍藝人事件相參看，或有

〔註121〕本段《恩賞日記檔》內容全部轉引自朱家溍、丁汝芹《清代內廷演劇始末考》一書，頁 121～124、172。道光元年六月《恩賞日記檔》又見於周明泰《清昇平署存檔事例漫鈔》卷三（臺北：文海出版社《近代中國史料叢刊》第 70 輯，民國 60 年），頁 22。

〔註122〕趙蔭湘、項忠根〈黟縣萬年臺〉《安徽目連戲資料集》，頁 70～71。

受啟發之處。由於民間藝人的技藝高超大膽，致使故宮和頤和園開放參觀之後，三層大戲台和天井、地井演出時的運用情形，在觀眾間產生如「演員要從三層台上翻斛斗下到一層」和「扮神仙只能由天井下來，妖魔鬼怪都要由地井上台」的荒謬說法。〔註123〕安徽隆重演出目連戲搭三層戲台，底層用土築的臺基，上面再搭兩層：分別為陰、陽、天堂三個不同空間。演人世事，即在二層陽堂演，演到劉氏下地獄就在陰堂演；演傅相升天就在天堂演。〔註124〕三層戲台以展現鬼、人、神不同空間的觀念，民間與宮廷處理方式相同。民間演目連戲的三層戲臺常是臨時搭設，非神廟固定戲臺建築。

臨時戲臺往往選擇場地空曠處，擇吉日動土搭架，用條木席布等原料臨時捆紮搭架而成。它的好處是可以根據需要以及地形、隨時隨地搭設，材料臨時湊集、借用，用過之後又可以拆卸，省卻工本。貴池、樅陽、桐城時有搭三層戲臺演目連戲。桐城鄉間，每年搭花臺唱目連習俗由來已久：花臺造型宏大壯觀，多依山就地，加土築基，臺面約兩丈見方，臺身分上、中、下三層，可按劇情發展需要而分層或多層演出。高達幾丈，臺的前沿均加色紙糊成，紮為多腳牌坊式。上繪有圖案及《目連救母》有關戲畫，內可點蠟燭，整個臺體宛如三層框架結構。〔註125〕盛大目連戲演出常見三層臺面的臨時戲臺，安徽繁昌赤沙中分村於六十年一次盛大演出時，光是搭三層戲臺即耗費一年時間，〔註126〕可見慎重與各項紙紮工藝相互配合的盛況。

福建莆仙目連戲在廣場臨時搭設「號稱」三層的戲台，實際上是兩層：上層建神樓，供奉玉皇大帝；中層供演出；下層為棚下，是觀眾看戲的地方。〔註127〕真正演出其實只有一層。由三層戲台，到舞台中以高、中、下不同層次位置表演部分情節頗為相像，川目連〈持齋戒殺〉，傅相率領妻兒奴役於家廟立誓，舞台上三層高座扮出傅家三代祖宗遺像，最上層是小生扮高祖，中層正生扮曾祖，下層老生蒼髯扮祖父，傅相卻戴白鬚。人物形象處理方式，暗示傅家累世行善，以致一代比一代高壽。〔註128〕

〔註123〕朱家溍〈清代內廷演戲情況雜談〉，頁23。
〔註124〕王義禮〈目連戲老藝人潘雙貴〉註1，《安徽目連戲資料集》，頁92。
〔註125〕汪耀武〈桐城花臺唱目連〉《安徽目連戲資料集》，頁136。
〔註126〕楊有貢〈繁昌目連戲〉《安徽目連戲資料集》，頁83。
〔註127〕林慶熙〈福建莆仙戲《目連》〉《戲曲研究》37輯，頁82。
〔註128〕黃偉瑜〈四川目連戲初考〉《民俗曲藝》77期，民國81年5月，頁85。

　　臨時戲臺隨搭隨拆，具有相當大的便利性。如每年固定演出，所搭臨時臺自然較爲簡便，郎溪縣胥河南岸梅渚鎮上演目連戲的「神地」，每年都固定在外西門的六畝田裡，演出前兩天搭一草臺，用兩塊門板隔開後臺，除兩邊設進出場門外，並於中間留一門，司樂人員坐於中間門口，面對前臺，以便伴奏與接腔。〔註129〕戲臺搭兩天即成，形製較爲簡單。

　　民間目連戲演出，有在固定神廟戲臺上演，特殊如黟縣二層戲臺，大部分是一層，以安徽一省所記，石臺河田鄉崇德堂古戲臺爲現今還保存的目連戲演出場所，〔註130〕今屬黃山市的休寧縣海陽鎮有五猖廟和五猖堂，各有演出目連戲的場所。五猖廟建於東門嶺右側，依山而建，殿寺巍峨，門上首懸掛著「五猖廟」大字匾額。正殿神龕內供奉五猖神主塑像，手持兵器，神態粗獷，兩側塑著十多個被猖神降服的鬼怪。神龕前大廳既是做神事的場所，也是經常演目連戲的地方。五猖廟對面建有五猖堂一座，規模較小，只供有一座五猖主神臺，但神堂以東不遠處建有一座露天戲臺，常演目連戲。〔註131〕休寧五猖廟祠堂演目連戲，對照祁門縣清溪、環砂、栗木等地目連戲演出，昔日都在祠堂內的緣由，〔註132〕是屬於比較「尊崇」的演出場所，但是以觀眾數量而言，於戲臺演出目連戲，因場地空曠，自然超越祠堂演出的觀賞人次，最後聲勢凌駕祠堂，成爲演戲重要場所。

　　祁門縣新安鄉珠林村餘慶堂戲臺，建於清同治年間，戲臺面積 98.6 平方公尺，居祠堂前進，與正廳相對，坐西朝東。整座戲臺內外額枋、斜撐、雀替、月梁等均雕鏤各種人物、花鳥圖案。戲臺南北兩側，建有對稱的觀戲樓。戲臺牆壁和板壁上，留有各時期戲班藝人的題壁，其中「光緒二十六年栗里復興班又二十二日到此樂也，目連肆彩班□合旺新同興」字樣，見證戲臺演出目連戲。〔註133〕

〔註129〕潘于召、胡耀華〈胥河南岸目連戲〉《安徽目連戲資料集》，頁152。
〔註130〕蘇天輔〈石臺目連戲〉《安徽目連戲資料集》，頁63。
〔註131〕李泰〈休寧縣海陽鎮目連會戲與梓塢班〉《安徽目連戲資料集》，頁127。
〔註132〕祁門全縣只有環砂、清溪、栗木可在祠堂內演目連戲，因爲目連戲有「出在環砂，編在清溪，打在栗木」的說法。魏慕文〈清溪、歷溪目連戲情況〉，《安徽目連戲資料集》，頁62。
〔註133〕雷維新〈餘慶堂戲臺及題詞二則〉，《安徽目連戲資料集》，頁166。

三、民間時而溢出舞臺的演出

　　臨時搭臺或於神廟戲臺演目連戲，爲演出需要，常逾越戲臺本身範圍，表演雜技爬杆，是在戲臺對面空場臨時豎立的一根三至五丈高的樹杆上進行；青海民和麻地溝刀山會的劉氏上的刀山，也是臨時搭建在戲臺對面空地上，使戲劇表演發展到舞台下，延伸到觀眾席中。大量運用觀眾空間，作爲戲劇延伸表演區，甚至擴大至城村各處，即徐珂《清稗類鈔》敘四川演目連戲不僅於舞臺上：

> 嫁之日，一貼扮劉，冠帔與人家新嫁娘等，乘輿鼓吹，遍遊城村。若者爲新郎，若者爲親族，披紅著錦，乘輿跨馬以從。過處任人揭觀，沿途儀仗導前，多人隨後。凡風俗宜忌及禮節威儀，無不與眞者相似。盡歷所宜路線，乃復登臺，交拜同牢，亦事事從俗，其後相夫生子，烹飪鍼黹，全如閨人所爲。再後茹素唪經，亦爲川婦迷信恆態。怠後子死開齋，死而受刑地下，例以一鬼牽挽，遍歷嫁時路逕。諸鬼執鋼叉逐之，前擲後拋，其人以苦束身，任其穿入，以中苦而不傷膚爲度。〔註134〕

劉氏出嫁日遍遊城村後上臺演出，及死後鬼卒牽引劉氏遍歷嫁時路線，爲民間演出目連戲的發展，從而讓觀眾有參與演出感，形成近距離的熱烈澎湃感。川劇演出目連戲時相關的神事活動，幾乎都是在戲臺上、下與周邊舉行，延及村郭區域：〈靈官鎮臺〉、〈祭臺清場〉、〈放五猖〉、〈捉寒林〉、〈立郗氏幡〉、〈回車馬〉、〈叫叉祭叉〉、〈送神歸位〉。這些場次配合劇情而有的神事祭儀，〈回車馬〉即劉氏出嫁時，一說死去的祖宗也要車馬相送，既然來了，就得設祭送回祖宗。原本劉氏出嫁劇情演出已破除了戲臺限制，加上祭儀，讓場面更爲熱烈些。〔註135〕川目連劇中餐頗引人注目，有時被安插在劉氏出嫁時，有時置於劉氏開葷，台上、台下擺妥酒席，共同吃喝熱鬧一頓的扮下台演出；〈耿氏上吊〉有打上台的演法。〔註136〕這兩齣戲於辰河本有詳細記載：耿氏上吊後，

〔註134〕徐珂（清）《清稗類鈔・戲劇類・新戲》（臺北：商務印書館，民國 72），頁20～21。

〔註135〕黃偉瑜〈川劇目連戲神事活動管窺〉《四川戲劇》1992 年 2 期，頁 47～50。

〔註136〕依據以下兩篇文章整理而成：于一〈川目連識〉《中華戲曲》第 17 輯，頁 100～113；杜建華〈四川目連戲劇本的流變及特色〉《戲劇藝術》1992 年 3 期，頁 64～65。杜文稱「扮下台」爲演員和觀眾一起完成某一演出過程；「打上台」是演員扮成觀眾坐在台下，等戲演到某一情節時，便呼應台上演出，從觀眾中打上台去。

> 耿氏娘家眾人從臺下觀眾中上臺。舅舅手執一刀，見方卿，劈頭一
> 刀，方卿逃下。（頁 522）

四川與湖南辰河一帶相同民俗，出嫁的女兒不明白死去，娘家的人必結夥前
往找麻煩，謂之「做舅公」，演出時有趕牛、抬櫃子、抱被窩等抄家行動。

辰河本〈大開五葷〉記載：

> （臺下放鞭炮。金奴白）舅舅、舅娘、張安人、李安人來了。（〔迎
> 風〕劉賈、劉賈妻背龍保，張安人、李安人從臺下上來。劉氏白）
> 擺宴伺候！（李旺、金奴擺酒席介。劉氏白）李旺，傳名帖，請會
> 首、頭人、紳士赴宴。（李旺持名帖到臺前）夫人大開五葷，請會首、
> 頭人、紳士赴宴。（臺下酒席若干桌，會首、頭人、紳士開席。臺上
> 眾客人入席。劉氏白）開席。（臺上、臺下酒席俱開宴。）（頁 487）

臺上、臺下同吃酒席，而臺上同時戲劇尚在進行，席間娛樂節目各雜耍人俱
是從臺下登臺表演。〈雷打十惡〉氣氛頗為熾熱：

> 先去兩人，拿衣帶彩，於臺下茶館坐吃。電母、雷公過下。張焉有、
> 段以仁過下。張焉有、段以仁上，電母、雷公追張焉有、段以仁過
> 下。電母、雷公下臺，追先去兩人，追至戲坪周圍仍追上臺，先兩
> 人上臺，下。（頁 458）

辰河本另外註明打破舞臺界線的齣目尚有：〈丁香求替〉、〈請僧開路〉、〈八
殿尋母〉三齣。〈接按院〉、〈湯餅會〉、〈舅母上香〉等齣的類似演出，各地
目連戲皆有，以祁劇〈羅卜化緣〉至西天，演員下台，逢人下拜，上門求施
舍，各家各戶，紛紛贈於金錢、米糧。也是類似演法。〔註137〕〈王媽罵雞〉
一齣，弋陽腔演法是叉雞婆混在台下看，鬼卒下台捉人時觀眾跟著尋視，鬼
卒從叉雞婆身上搜出一隻雞，才被捉上台受審。〈三曹對案〉王靈官駕火輪
於台下遊走一陣後上台，好似菩薩遊行，使觀眾捲入劇中的表演，既緊張又
有趣。〔註138〕

　　像〈嫁劉氏娘〉、〈雷打十惡〉與〈耿氏上吊〉之後的打吊、趕鬼活動，
由於觀眾熱烈參與，自然容易形成情感奔放的熾熱氣氛。即使在今日戲園有

〔註137〕劉回春〈祁劇目連戲縱橫談〉《目連戲學術座談會論文選》（長沙：湖南省戲
曲研究所，1985 年 3 月），頁 40。

〔註138〕毛禮鎂〈弋陽腔的目連戲〉《目連戲學術座談會論文選》（長沙：湖南省戲曲
研究所，1985 年 3 月），頁 72～73。

著舒適座位，觀眾與舞臺之間的距離，疏離感較重，然而只要劇團與觀眾互動，就算只有片段時間，觀眾情緒與現場氣氛自然較為熱烈。〔註139〕

溢出舞臺範圍的表演，清宮戲裡不太可能產生，以劇本而言，民間打上台、扮下台的齣目，等同於耿氏或海氏懸梁上吊的3－18，陳桂英吊死，兄弟陳皮匠由鄰居那兒知道姊姊吊死，偕同眾鄰去「討人情」，打婆婆沈氏，沈氏交於銀兩，答應棺木、衣服發送即草草結束，最後眾人同扛死屍從下場門下。陳皮匠的上場，當然也是由上場門上，並沒有民間打上台討人情的凶暴熱烈氣氛。3－17自縊鬼、水鬼、藥死鬼、戮死鬼爭討替代，民間發展出「算替代」的情節，宮廷則是自縊鬼打跑眾鬼，取得替代權。3－20劉氏開葷為場上扮飾開筵席，乞丐、雜耍技藝人表演。2－24雷打十惡，宮廷根本不可能有臺下飯館可供惡人用餐，並隨意跳下台追逐的時機，所有惡人、電母、雷公、雨師，都只能由上場門上之後「遶場」完成表演。

宮廷禮樂束縛與威儀，臣屬被賜與看戲，座位安排固定，一切都是「禮」：

> ……至上元日及萬壽節，召諸臣於同樂園聽戲，分翼入座，特賜
> 盤餐肴饌。禮畢，日各賜錦綺、如意及古玩一、二器以示寵眷焉。
>
> 〔註140〕

朝鮮柳得恭《灤陽錄》卷一〈時標〉詩，自註說明王公配戴西洋鐘錶上朝情形：

> 王公以下，皆佩西洋時標。每日未明赴宮門，至朝房中候卯入宴。
> 倦即出憩看標。標將指未，則不敢復出憩。未時至而樂止戲撤，一
> 齊退出，皆疾步，絕無喧譁。出宮門，車如流水馬如龍矣。〔註141〕

「未時」準點而「樂止戲撤」，說明宮廷謹嚴的時間管理與禮儀規範，離去時所有王公大臣無敢喧譁的狀態，威儀自在其中。反倒時觀戲用餐時尚有休息

〔註139〕以筆者所看戲劇，親子劇最常使用與小觀眾互動的手法，而且效果良好。2008年3月14日豆子劇團《太陽別下山》、同年5月11日日本飛行船劇團《小飛俠彼得潘》都有從觀眾席出入場、與現場互動對答的表演。不限於親子劇，2010年3月7日愛爾蘭踢踏舞劇《魔力之舞，風雲再起》有一段邀請現場三位觀眾上臺做學習示範，相當有魅力，雖然三位觀眾肢體語言全是門外漢等級。以上三例俱於台中中山堂演出。

〔註140〕昭槤（清）《嘯亭續錄》卷一〈派喫祭及聽戲王大臣〉（臺北：文海出版社《近代中國史料叢刊》63冊），頁879。

〔註141〕柳得恭《灤陽錄》（臺北：新文豐出版社《叢書集成續編》239冊），頁184。柳為朝鮮大使，曾記錄乾隆五十五年弘曆八十大壽觀看《昇平寶筏》演出。

時間，但需「出憩」，襯托入宴用餐觀戲場合規矩周備，不能逾越尺度。這麼嚴謹儀節限制，要出現上下臺交流演出，從而引發熱烈澎湃情緒是不太可能的。

第四節　舞臺道具、美術與演出效果

服裝行頭與各式各樣的道具切末如頭殼面具，爲演戲所不得缺少；戲內外各式各樣的紙紮道具、粧點佈置於舞臺四周的天神靈官、十殿閻君、鬼差塑像，全是目連戲演出相關造型之一。民間早已運用機關、火彩於目連戲，燈彩的舞臺美術僅限於北京、上海等戲園，種種舞臺效果，無疑爲目連戲演出更添色彩。

一、服裝行頭與道具切末

目連戲服裝行頭、道具的齊備與否，受限於戲班才力是否雄厚。民間又比不上宮廷演出來得考究服裝、切末，前文部分資料所徵引，關聖帝君轉像屏風、轉盤門神、紅蝠、雲車、昇天門、小山、靈宵門、血湖地獄區、自縊切末等等，無不精巧、匪夷所思。

（一）服裝行頭

清代部分地方搬演目連戲，劇中人物的衣裝與當時人所穿無差異，徐珂談及四川演目連與清末時候的「新劇」無別。〔註 142〕以時裝演戲，和觀眾距離接近，但是也不免於簡單、樸實的特點，浙江「目連行頭」一詞指衣冠不整，來自於鄉間演目連戲，所著服裝極簡陋陳舊之故，演員多爲農夫、木工、瓦匠、舟子、轎夫臨時組織成班；〔註 143〕職業戲班如徽班、京班的服裝道具自然較爲考究。啞目連絕大部分演員都赤腳上臺，包括閻羅天子，大都穿紅色半長褲。部分劇中人物服裝打扮、臉譜受時代影響或仿傚其它劇種服飾，浙江閻王殿一旁端坐的「邋遢四相公」頭戴紅纓帽，穿黃袍馬褂，分明是位滿清王爺形象。安徽長標目連戲班所穿服裝與手拿道具如下：〔註 144〕

〔註 142〕徐珂（清）《清稗類鈔・劇類・新戲》，頁 21。

〔註 143〕周作人著，許志英編《周作人早期散文選・談目連戲》（上海：文藝出版社，1984），頁 299。

〔註 144〕高慶樵〈長標目連戲特色臉譜〉《安徽目連戲資料集》，頁 120～121。

雷公：連帽型頭飾，穿紅馬褂，紮紅靠腿，左手執鑽，右手握錘。

電母：觀音臉，紮頭巾，水裙，執銅鏡。

天尊：黑滿，文穿白蟒袍，紫貂執笏；武紮紅靠、紅龍額，執鞭。

靈官：紅靠，紅龍額，紮背旗，執鞭。

錦羅王（觀音化身）：黑龍額黑靠，腦後披黑滿，手執旗幡、雙鋒寶劍。

閻羅王：臉、扮皆如包拯。

地方（白無常）：頭戴二尺多高的白紙紮帽，白布紮，兩鬢披假髮紮紙馬，拖至臀部，頭紮紅布從後腦兩旁拖下與紙馬同長。穿麻布衣。

邋遢相（黑無常）：黑烏紗圓翅朝前，左鬢掛紙錢，紙馬由兩肩垂至兩脇部；黑馬褂，紅靠腿，執蒲扇。

喜神：七孔流血狀，舌長至臍，頭戴彩色紙摺成劍頭形圍成一圈的紙紮帽。兩鬢墜紙錢，全身披紙馬，並以草繩穿紙錢作擔狀執於兩手。穿紅褶子，紅裙。

鍾馗、判官：棗紅臉，紅眉、紅髯，紅官衣，藍紗帽。鍾馗執朝笏，判官執硃筆。

地藏王、彌陀：毘盧帽、紅袈裟（地藏）；濟公帽，黃僧衣（彌陀）。

沙和尚：元寶臉，戴僧帽。紮小龍額，插英雄箭，前著綠靠，後改穿紅褶子，拿月牙鏟，芒鞋。

化粧用色以黑、白、紅、金銀粉為主，黑色用油煙灰，白色用鉛粉，紅色用硃砂，都以香油調敷。

南陵目連戲臉譜除聞太師、王靈官、水神、五馬、兩差等十四個固定之外，其餘皆為演員即興塗抹，〔註 145〕化粧簡樸粗糙，具有寬廣的創造空間。部分服飾穿著如下：頭牌差官身穿黑長褂，腰繫白裙，紅彩褲，紮綁腿，四小差穿紅領褂；五馬中的前四馬穿黃馬褂，紅彩褲，黑綁腿，頭戴瓜皮帽，身上綁竹馬；最後的座馬，畫大花臉，戴紅花相冠，上插翎子，上身盤龍黃馬褂，下為紅彩褲，黑綁腿。〔註 146〕紅色彩褲為戲衣中最常使用，也是最基本的顏色。

宮廷目連戲演出行頭之盛，趙翼《簷曝雜記》稱內府戲班「袍笏甲冑及諸裝具，皆世所未有」，昇平署所用戲具約有四項：衣、靠、盔、雜四箱。衣

〔註 145〕姚遠牧〈南陵目連戲的傳藝、表演及習俗〉，《安徽目連戲資料集》，頁 144。
〔註 146〕姚遠牧〈南陵目連戲的傳藝、表演及習俗〉，頁 146。

箱、靠箱、盔箱所放的，總稱「行頭」，雜箱內各項什件，統稱「切末」。大戲登場人數最多的齣數通常是開場與最後一齣，以《勸善》1－2 登場人數與劇本註明穿戴衣物為：

功曹（四）：戴功曹帽，穿雁翎甲，繫年月日時牌，持鐧。

青龍：戴青龍冠，紮靠，持刀。

白虎：戴白虎冠，紮靠，持鎗。

朱雀：戴朱雀冠，紮靠，持劍。

神武：戴神武冠，紮靠，持斧。

二十八宿：各戴本形像冠，紮靠，持鎗。

星官（四）：戴朝冠，穿蟒，束玉帶，執笏。

宮娥（四）：戴過梁額，穿舞衣，執提爐。

宮官（四）：戴宮官帽，穿蟒，繫絲縧，執符節、龍鳳扇。

三台北斗：戴冕旒，穿蟒，束玉帶，執圭。

採訪使（四）：戴嵌龍幞頭，穿蟒，束玉帶。

城隍（八）：戴紫紅幞頭，穿圓領，束金帶。

土地（四）：戴紫紅紗帽，穿圓領，束金帶。

舞臺上佈置場景道具有昇天門、高臺帳幔、桌椅，使用切末尚有馬鞭。僅以冠、盔、帽、巾四項作統計，《勸善》使用冠的名目有：青龍冠、白虎冠、朱雀冠、神武冠、二十八宿本形冠、朝冠、八角冠、紫紅八角冠、九梁冠、紫金冠、鳳冠、僧冠、冥冠、金剛冠、揭帝冠、道冠、灶君冠、龍王冠、蓮花冠、五佛冠、文昌冠等四十八種。帽的名目有：功曹帽、宮官帽、（紫）紅紗帽、羅帽、紗帽、僧帽（和尚帽）、中軍帽、紅氈帽、禮生帽、判官帽、氈帽、員帽、鷹翎帽、皂隸帽、棕帽、書吏帽、瘟神帽、太監帽、王帽、花神帽、內侍帽、毘盧帽、福星帽、祿星帽、儐相帽、高紙帽、軍牢帽、校尉帽、套翅紗帽、鍾道帽、遊戲神帽、蠻帽、蠻王帽、喇嘛帽等三十四種，尚未包含黑貂、紫紅黑貂、金貂、紫紅金貂、皮弁、草帽圈、草圈等名。所用盔名字有：打仗盔、荷葉盔、周倉盔、盔、卒盔、帥盔、貂盔、牛形盔、陣亡切末盔、天王盔、獅盔、象盔等十二種。特別為陣亡將士鬼魂而製作專屬「盔」，猜測必然帶有血跡或者殘損之類，與一般卒盔、帥盔整齊乾淨有別。至於巾，最簡省的名稱為巾，其它有紫巾、將巾、道巾、馬夫巾、小兒巾、小頁巾、浩然巾、仙姑巾、網巾、冥巾、雲紫巾、八仙巾、尼姑巾、仙童巾、仙巾等等不同。

大戲使用道具、切末眾多，同治五年十月十八日《恩賞日記檔》專爲演出《昭代簫韶》、《行圍得獵》等應用切末開列修理名目，〔註147〕知各大戲有專屬切末道具，以劇本提示亦能得此結論，《勸善》劉氏遊十殿，或有十殿閻君同時出場所隨從鬼卒，身上穿的衣服名稱是「地獄鬼衣」，包含業鏡、油鍋、碓磨、血湖、刀山、阿鼻、割舌、寒冰地、毒蛇、剝皮等地獄鬼衣，舉此可以類推得其它神佛與劇中人物衣服各色不同。特製切末名稱是：陣亡切末衣、伽陵頻迦二鳥切末、金龍切末、自縊切末、水鬼切末、戳死鬼的剪刀切末、八仙切末、豬嘴切末、啞老切末、縊死切末、刎死切末等，四頭八臂切末僅用於哪吒救助羅卜時的打鬥化身，還比三頭六臂切末使用多了一齣戲的使用次數。〔註148〕只爲一齣登場亮相特別製作切末，只有宮廷有此財力，畢竟此切末穿戴者只是眾多神佛人物其中之一，有合唱表演時機，但無明顯個性，爲點綴性質人物。

對照王芷章《清昇平署志略》第四章〈分制〉內學總管所針對該修理、成做衣靠盔雜四式行頭切末，以備承差所開列，奏請批准的項目，可知宮廷演戲行頭切末盛多情況。現以道光二年（1822）三月二十一日如喜、祿喜、陸福壽查點宮內、圓明園倉庫內糟舊無用的行頭切末，繕寫清單，開除物件，計宮內大戲錢糧處開除衣箱「各色道袍八百六十五件」之中的「三百十五件」等一千六百七十八件；靠箱開除七百二十九件，盔箱開除八百七十五件，雜箱開除「盂蘭缽五座」等七百十七件。四式計開除三千九百九十九件；圓明園大戲四式共開除一萬八百九十件。〔註149〕開除件數與式樣，對照原有貯存件數，果然爲世所未有的多樣豐富。

光緒十九年（1893）三月十二日《恩賞日記檔》何慶喜爲慈禧六十大壽做成的盔頭切末陳列上奏，其中有「羅卜濟貧用切末二分」、「大目犍連膃腦二頂」兩項，以《勸善》1－2 出場神佛來看，此檔案尚有相關二十八宿冠二十八頂、宮官帽八頂、功曹帽十二頂、冕旒二十二頂、鬧龍幞頭六頂、功曹牌四對等項，〔註150〕雖然不是純然用於《勸善》，但透過相同神佛出場衣著扮

〔註147〕王芷章《清昇平署志略・分制》，頁 237～242。
〔註148〕哪吒化身四頭八臂，見 8－4 齣，另 10－24 有雜扮三頭六臂、四頭八臂神人出場。全劇僅此一、兩齣使用此等切末，而專門製造，清宮講究演戲排場於此可見盛況。
〔註149〕王芷章《清昇平署志略・分制》，頁 264～289。
〔註150〕王芷章《清昇平署志略・分制》，頁 245～261。

飾，依然可以想像每本宮廷戲劇上演時所用服裝、道具、盔、靠、切末等等為民間罕見情況。

（二）頭殼、面具

目連戲全本演出，先後約四百多人物登場，多爲佛、道神仙、鬼魂，〔註151〕每個班社大約由二十多人至四十人組合而成，〔註152〕要應付扮飾這麼多人物必須有極佳應變改扮方法，因此戲班製作很多頭殼道具，以動物居多，這些頭殼戴上後，配合演員的表演，既逼眞又能傳神。

以最通行的鄭本，明白寫出動物上場的齣目有：〈觀音生日〉淨扮鶴、丑扮虎上臺舞步；〈化強從善〉丑扮馬馱金、說話；〈傅相囑子〉傅相騎鶴升天的鶴；〈遣將擒猿〉的白猿；〈過黑松林〉的虎；〈益利見驢〉中的驢，註明由「小」扮；〈打獵見犬〉、〈犬入庵門〉、〈目連到家〉的犬有上、跪、起叫、走下、上拜佛、扯旦衣、出抱生、咬末衣等動作。這些動物形全是人扮，應該是戴上頭殼、面具即能完成改扮。

江西目連戲〈犬饅齋僧〉監齋使者指出是犬饅時，犬上，一戴頭殼的狗形便在金奴面前一招，〈白馬馱金〉的白馬也是戴頭殼。〈過奈河橋〉銅蛇、鐵犬，〈過孤棲埂〉鬼打、龜咬、蛇纏、鳥啄，全是以頭殼和表演，烘托情節。〔註153〕現以各本〈犬饅齋僧〉情節所述比對說明。超輪本有：「列位，我做個戲法，與你看來，天靈地靈，變成活犬顯出。」文字，胡卜村加上「犬上」舞臺說明，泉腔本多了犬上咬金奴的表演，莆仙本監齋神要眾僧道將肉饅頭摔扒地下，即有「眾扒下變狗，逐金、童走」，〔註154〕如非使用頭殼道具，焉有如此變化神速之理？或者表演只是摸仿狗的動作而已。

地獄眾鬼，牛頭、馬面、各種大鬼小鬼，不是戴頭殼即是戴假面具登場，

〔註151〕爲南陵目連戲狀況，施文楠〈漫談南陵目連戲——兼探目連戲「陽腔」源流〉《民俗曲藝》77 期，民國 81 年 5 月，頁 275。

〔註152〕蘇天輔〈石臺目連戲〉大宇坑目連戲班三十多人，同樂目連戲班二十多人；彭文廉〈貴池目連戲〉；史衡〈南陵目連戲班〉萬福班最盛時成員有五十餘人，《安徽目連戲資料集》，頁 65、67、76、80。林慶熙〈福建莆仙戲《目連》〉指出班接受演出邀約後，必須湊足各行當演員二十四人。《戲曲研究》37 輯，頁 81。

〔註153〕毛禮鎂〈弋陽腔的目連戲〉《目連戲學術座談會論文選》，頁 76。

〔註154〕超輪本，頁 91；胡卜村本，頁 136；泉腔本，頁 57；紹興本，頁 187；調腔本，頁 241；辰河本是「桌下出狗」，頁 495；莆仙本，頁 85。各本詳略與呼喚犬上的言語稍有不同。

江西道士演目連，一般不化裝，只需準備很多紙臉殼，趕場時隨手更換即可。
〔註 155〕可說目連戲使用臉殼已成為常式，長標目連戲班曾有紅藍白黑四金剛
臉殼，以及四小鬼、閻羅、土地公、土地婆、魁星、加官、雷公等十幾個頭
殼。質地以粗布、皮紙裱褙而成，或硬或是較軟。〔註 156〕筆者所見臺灣民間
佛教喪儀內的目連戲，主要演員三名，目連至東、西、南、北、中各地獄尋
覓母親亡魂，把關關主即是戴著牛頭、馬面、白髮蒼顏老態面具。最後一個
老態面具，於「過橋」儀式尚且充當地獄內守橋使者。利用面具當場更換，
有明快確實的效果。〔註 157〕

　　《勸善》使用套頭，有千里眼、順風耳、牛頭、馬面、送聖郎君、鬼王、
魑魅魍魎、大頭鬼、監齋使者、大鵬鳥、壽星頭、夜叉、十八羅漢、十閻君、
三頭六臂、四頭八臂等，面具或書為「臉」，水卒臉、龍王冠臉，有時雖未註
明頭殼或面具，但是可以猜知應該有，如蟬蟟精切末、蚯蚓精切末、蟒螂精
切末、烏龜精切末、白猿切末、虎切末、熊切末、白鶴切末、異獸切末、猿
猴切末等等。宮廷演戲規模，正如趙翼《簷曝雜記》所載清宮演戲：「有時神
鬼畢集，面具千百，無一相肖者」。

（三）紙紮道具及其它

　　上列的頭殼面具，不少是紙紮出來的，湖南目連戲設計不少特有裝置，
如蓮花台、閻王台、受戒台、青獅、白象、牛頭、馬面、劉氏變犬的狗頭、
郗氏變蟒的人頭蛇身、人首龍身的武帝形象，武帝、郗氏歸位的菖蒲和水仙
等等，全是紙紮出來的。〔註 158〕前述火爆葵花也是由紙紮出的。山西梆子班
演出目連戲隨時將特技融合於表演之中如目連跪到酆都城外祭母時，舞臺設
置的布城牆內，有人拋出一把火來，正好落在目連準備為母燒的紙紮上，點
燃紙紮，可稱絕技。

　　〈血盆訴苦〉以紅紙紮半邊大盆形擺在台一邊；各地目連戲插演的〈啞

〔註 155〕毛禮鎂〈江西宗教劇《目連救母》研究〉《民俗曲藝》131 期，民國 90 年 5
　　　　月，頁 82。
〔註 156〕高慶樵〈長標目連戲特色臉譜〉《安徽目連戲資料集》，頁 119。
〔註 157〕2010 年 9 月 24 日於臺中市東區十甲東路與東英十四街口附近，見高齡九十
　　　　八去世的喜喪，亡者為女性，〈破獄門〉、〈挑經〉為精彩片段，飾目連者於挑
　　　　經挑母往西天的身段動作優美，哀思性質的悲曲唱辭腔調頗能觸發局外人的
　　　　內心情感。
〔註 158〕李懷蓀〈辰河戲《目連》初探〉，頁 37。

背瘋〉，又名〈老背少〉、〈老漢馱妻〉以一人扮飾兩人，啞老漢背瘋癱少婦去求周濟，劇中兩個腳色均由旦腳演員一人同時扮演。旦腳演員腹前縛啞漢假人上身，後腰上紮少婦著花褲的假肢。假人頭以木製或硬紙胎塑成，比較輕便，演員可以自由操縱，使頭左右擺動，便於表演眞人與假人的感情交流。紙紮的老漢傀儡，巧手匠人能使眼動嘴張，藝高旦腳能操縱傀儡喘氣、搖頭、翻白眼，甚至會吱吱發聲。

辰河〈請僧開路〉齣，羅卜、益利送劉氏棺柩下臺，之前啞劇演出副、武、丑、生眾鬼押劉氏下臺。而後「劉氏先扮開路神，押棺木送一箭地。劉氏脫衣現本形，副、武、丑、生眾鬼追劉氏上臺。」（頁 566）扮劉氏演員此齣先扮開路神，裡面著穿劉氏衣，外罩馬掛，爲求改扮迅速，開路神是戴假面具或頭殼。

出名的打叉，雖是鋼或鐵製眞叉，但是表演時有出奇不意向臺下擲叉一把，讓觀眾大吃一驚，此爲「紙製」假叉。演出前〈捉寒林〉祭儀，或是先由人扮寒林，繼而以稻草或紙紮寒林被鎖囚在舞臺下；〈目連掛燈〉的燈也是紙紮，有製作成精巧的蓮花形，甚至帶有機關設計，可層層點燃的九蓮燈。

戲外紙紮可能更多，在演出場地周圍紮十八層地獄：刀山、劍樹、鋸解、磨挨，還有配合盂蘭會的佛、道場法事，製作幾千簍篾竹簍，內裝紙錢紙錠；盂蘭會結束的道場，放數以百計的天燈或數以千計的河燈送瘟神、災星，送寒林的紙船，演員化完妝開演正戲之前的「跑五馬」，馬用布或紙紮出，所費不貲。

安徽目連戲演於廟臺、草臺，舞台多爲木質結構，草台搭於廣場，其中紙花台是將舞臺前沿兩柱用竹子紮成長柱形，外用白紙糊罩，內點蠟燭，在紙柱內放入剪製的各色魚蝦，當蠟燭點亮後，熱氣一衝，鼓動紙形的魚蝦在柱內騰躍。台前上沿，有一條連接紙柱的橫額，也是紙糊紮的，上有各種帶歷史故事性的戲文圖案。〔註159〕若演出更爲愼重的「花臺」，所用紙紮就更多了，三層戲臺，一層爲鬼堂、陰堂，二層爲人堂、陽堂，三層爲神堂、天堂，整個戲臺紮搭牌樓。在陰堂裡用紙篾紮各種鬼和十殿閻王，在天堂紮玉皇大帝和各路神仙。〔註160〕紙紮人物有些與眞人一般大小。泉州打城戲於喪葬儀

〔註159〕所搭草臺有三種：紙花台、水花台和獨腳蓮花台，施文楠〈漫談南陵目連戲——兼探目連戲「陽腔」源流〉《民俗曲藝》77 期，民國 81 年 5 月，頁 273。
〔註160〕王義禮〈目連戲老藝人潘雙貴〉註 1，所述三層花臺，與施文楠所述「獨腳蓮花台」相同，只是後者強調台四周下端用布或紙圍住，畫上朵朵蓮花圖案，《安徽目連戲資料集》，頁 92。

式中演出，一座紙城或放於八仙桌上打桌頭城，或放於地上打土腳城，〔註161〕作爲喪儀用品的紙城，與目連戲演出並舉行的道場，眾多紙紮用品，與目連戲無法明確分割。明末張岱筆下：

> 凡天神地祇、牛頭馬面、鬼母喪門、夜叉羅刹、鋸磨鼎鑊、刀山寒冰、劍樹森羅、鐵城血澥，一似吳道子《地獄變相》，爲之費紙札者萬錢。〔註162〕

內容所述包含神鬼的頭殼面具、使用道具，以及各種地獄刑具、城臺，全是紙紮出來的，紙紮工藝製品自明以來，一直大量普遍運用於目連戲。

宮廷使用紙紮用品亦多，大多爲雜箱用品：瓶、罈子、桃、金斗、銅人、飛刀、大小鐘、磚之類，〔註163〕以《勸善》只有無常鬼所戴「高紙帽」可確定爲紙製。較爲特別是清宮演出，部分使用眞馬、眞驢、眞牛等動物。

民間本傳相家遇盜，白馬馱金說人話，是馬爲人所扮，宮廷演出，1—21以急覺神讓馬說話的情節，實際安排是急覺神說話，馬的上、下場如此記錄：「一傀儡應科，從下場門下，牽馬隨上。……急覺神……隨馬暗上。」「急覺神牽馬作不行科」、「八傀儡應，隨卸下金帛，放馬科，急覺神牽馬從上場門下。」此處使用眞馬，如果馬爲人所扮，那麼毋須安排急覺神替牠說話了。

以手持馬鞭代表騎馬於劇中可見描寫：1—24報子、8—14段公子即爲例子。其它有馬夫牽馬，全齣不超過三人乘坐，〔註164〕或許以眞馬登臺。3—17劉賈騎驢和9—20劉賈變驢，由家人或店小二牽驢上、下場；9—16有兩段鍾馗乘牛，爲小鬼向下牽牛隨上，而後鍾馗騎乘，也可能是眞驢、眞牛。

劇作並未註明使用馬、牛、驢等相關切末，與扮白猿、白鶴、虎、熊描寫有別，是值得注意的現象之一。相對於董含《蓴鄉贅筆》載康熙二十二年正月用活虎、活象、眞馬演《目連傳奇》，〔註165〕《勸善》所使用切末道具，較活虎、活象來得安全、保守，也更能掌控表演的順暢度。

〔註161〕吳秀玲〈泉州打城戲初探〉《民俗曲藝》139期，民國92年3月，頁221～249。
〔註162〕《陶庵夢憶·目蓮戲》，頁52～53。
〔註163〕《清昇平署志略》，頁287。
〔註164〕騎馬者最多三人：1—5周曾、李克誠、李希烈；4—4周曾、李克誠；1—；6—23李泌；7—7御史；7—11、8—18、8—22曹獻忠、曹文兆。不明人次只有1—18「眾作上馬科」，亦未明是否以馬鞭代替馬。
〔註165〕董含（清）《蓴鄉贅筆》卷下「大酺」條，（臺北：新興書局據嘉慶四年重鐫本影印清吳震方《說鈴》，民國61），頁19。

宮廷舞臺效果的操作，劇作有不少超乎想像的表演方式：3－24眾神佛聚會，大圓鏡內現出張佑大捉羅卜，為觀音所救，以及劉氏遊地獄諸景。相似情節8－13的業鏡，「鏡中現出劉氏設計燒害僧道景像科」、「鏡中現出張捷設計害陳榮祖景像科」兩種景象，大圓鏡出現的種種景象，應是演員在大圓鏡框之後的短篇「啞劇」演出。舞臺展現、表演手法，置放於現今科技舞臺，效果依然相當良好。〔註166〕

二、上海目連戲齣的燈彩運用

上海向來有歲時節令演戲習俗，春秋兩季，鄉間賽社酬神演戲，以祈福禳災傳統與各地無異。道光年間上海開埠後，都市化的腳步加速，使《目連救母》等應節戲逐漸脫離原有的祭祀性和宗教性，成為娛樂性的劇目，以單齣折子面貌活躍於舞臺。原名紹興亂彈的紹興大班，頗具特色的鬼戲，即是目連戲中的〈男吊〉、〈女吊〉、〈調無常〉為代表。〈思凡下山〉為昆劇劇目，同治年間（1862～1874）揚州徽班在滬以擅演弋腔時劇和武戲獨步一時，昆劇藝人只好與徽戲同演，同時也學到了徽戲包括〈思凡下山〉在內的劇目，各劇種在戲園競相演出，每天日戲、夜戲以散齣為主，因此可以昆、徽、京同演。上海戲園演戲改變最快、最為迅速，名為「燈彩戲」，大量運用於神仙鬼怪劇目的舞臺美術，以燈光布景取勝，再擴展及所有戲劇。

燈彩始於同治初年，由昆班開啟，偶一為之，限於新年演出，圖討吉利，後來為招攬觀眾而設，平時也以此為號召，進而影響京班，爭相使用燈彩，進而形成以機關布景聞名的海派京劇。但是北京始終未正視認同海派發展，雖然某幾齣傳統戲早已運用了布景，但一般都視為個別事例，空臺、明臺始終是傳統戲的特質原理。〔註167〕

北京使用燈彩，的確是昆劇偶一用之，常安置於最後一齣，使用燈彩較多的劇目為〈水漫金山寺〉、〈雄黃陣〉、〈安天會〉、〈盤絲洞〉、〈水濂洞〉、〈鵲橋密誓〉、〈渡銀河〉等齣，且屢次註明「燈戲」、「燈彩」、「彩切」、「燈切」

〔註166〕日本飛行船劇團《綠野仙蹤》魔女手持遙控器，從舞臺正中央大圓鏡中探知主腳等人行蹤的演出，由舞臺看去，為真人在特製圓鏡之後行走情形，配合霧面、音響、燈光，與今日看影片完全相仿。此劇於2010年10月17日，臺中市中山堂演出。以方框代表相框、電視框，而後置身於框之後，以示相片或電視演出，為學生舞臺表演常用手法。

〔註167〕王安祈〈如何評析當代戲曲〉《當代戲曲》（臺北：三民書局，2002），頁114。

等。〔註 168〕可見這幾齣戲劇壇已有了「固定」使用燈彩的認知。後來弋腔戲亦偶而採用燈彩，復出崑弋安慶班，如演崑劇必註明一「崑」字，〈請清兵〉一齣，有「彩切、文武」標誌，是弋腔使用燈彩例子。〔註 169〕上海劇壇獨特發展燈彩，以日新月益的速度推進，其中最適合用燈彩是神鬼眾多的戲齣，目連戲無疑相當合乎這個條件。

上海〈思凡下山〉齣加上燈彩之後成為《大思凡》，或名為《四思凡》、《思凡‧羅漢陣》，上眾多羅漢，據《申報》光緒二年（1876）三月二十四日三雅園廣告：

> 諸佛真像全新繡花湖縐僧衣，當場變彩，莊嚴兼身所穿之衣，當時
> 變化，毫無遮蓋，隨身出彩，大有可觀。〔註 170〕

燈彩戲主要以神仙鬼怪為題材，僅以布景排場為號召，所用燈彩大同小異，游離於劇情之外，加上演出費用浩大，不久便觀者寥寥。但是卻影響及於京班，光緒八、九年時，天仙、金桂、丹桂、大觀、宜春等茶園京班，開始爭相排燈彩戲，在舞臺上追求新奇以滿足觀眾的感觀刺激，屬目連戲的燈彩劇目有《遊十殿》，〔註 171〕爾後許多全本戲、連臺本戲也以燈彩為號召。〔註 172〕

〔註 168〕《五十年來北平戲劇史料》載清末三十年演出戲齣，恭王府春台班〈水漫金山寺〉、〈雄黃陣〉註明「燈戲」，福壽班〈水濂洞〉為「燈彩崑武」，喜連成同劇註明「燈切崑武」，廣德樓雙慶班七月初七夜戲〈雀（鵲）橋密誓〉、〈渡銀河〉為「燈彩崑戲」，福盛班夜戲〈盤絲洞〉為「全本彩切崑戲」，承平班〈金光洞〉、〈大戰石磯〉、〈猴鬧天宮〉為「燈彩」，宣統三年安慶班全本〈九蓮燈〉標識「崑、燈彩」，事例顯現使用燈彩通常是崑劇，且燈彩戲常安排在最後一齣，雖然不受重視，但北京劇壇對燈彩運用並不陌生。以上劇例見頁38、171、205、239、249、259、272。

〔註 169〕《五十年來北平戲劇史料》，頁 264。《請清兵》一劇為弋腔戲，齊如山〈國劇中五種大戲之盛衰〉談弋陽腔為得勝歌：「相傳國（清）初出征，得勝歸來軍士在馬上歌之，以代凱歌，故於《請清兵》劇，尤喜演之。」《齊如山全集》，頁 1492。

〔註 170〕三雅園燈彩廣告刊於三月二十四日，劇目陳列為《四思凡》。此月初十《四思凡》劇目旁註明「外加《羅漢陣》」，上海申報館《申報》（臺北：學生書局）。

〔註 171〕《申報》光緒二年四月初四日金桂軒戲園廣告已有《大香山》、《遊十殿》劇目，為「新添新彩、重加新彩」。丹桂戲園於四月二十日有相同劇目演出。

〔註 172〕《中國戲曲志‧上海卷》（北京：中國 ISBN 中心，1996），頁 100～101、108。筆者曾寫兩文討論上海戲園演戲狀況，亦提及燈彩、燈戲情形，見〈由《申報》廣告看上海華人戲園的演戲文化──以 1872 年至 1883 年為例〉《商業設計學報》第 2 期，民國 87 年 7 月，頁 185～195；〈由《申報》廣告文案看上海戲園的求新爭奇現象──以 1872 年至 1833 年為例〉《商業設計學報》第 5 期，民國 90 年 7 月，頁 151～162。

　　初期燈彩為單純的環境裝飾，特徵為張燈結彩，渲染節日氣氛，它使舞臺燈光除了照明之外，尚有烘托舞臺氣氛的功能。舞臺使用燈火，同治四年（1865）由煤油燈發展到可隨意調節亮度的媒氣燈，光緒八年（1882）引進亮度更高的電燈，各戲園迅速採用，使燈彩景致大為改觀。舞臺燈彩隨照明設備的改進，由最初在正戲開演前的調獅子、放焰火發展為舞臺景物紮彩造型，對民間戲劇舞臺表演功能無疑有增強效果。同治末、光緒初，京、粵、閩、蘇、常、揚、杭、紹的紮彩師大量湧入，上海各劇種舞臺上各式燈彩景飾爭奇鬥豔。光緒十九年之後，傳統燈彩和歐洲戲劇的平面寫實布景共存。光緒中後期盛行昆、京、徽班同台演出，舞臺布景相互影響，開始使用花園圍牆、亭臺樓宇、假山花木及城牆墓碑等硬質景片。再加上場景變換迅速，使用手法多變的機關布景，讓舞臺效果更為離奇。〔註173〕黃式權《淞南夢影錄》記演出盛況：

　　　　紅氍乍展，光分月殿之輝；紫玉橫吹，新試霓裳之曲。每演一戲，

　　　　蠟炬費至千餘條，古稱火樹銀花，當亦無此綺麗。〔註174〕

這些舞臺美術應用於神怪戲的效果特別好，雖然目連戲在上海已成為娛樂性的商業散齣演出，但是演出時的舞臺效果新奇性十足，如《遊十殿》於舞臺上設置油鍋水柱，演出時煙霧迷漫、光怪陸離。〔註175〕上海七月十五應節戲通常由徽班、京班演《目連救母》，《遊十殿》、《滑油山》等劇目，經長期名角競演，藝術上更趨完善，除了節日上演外，也成為各戲園保留的常演劇目，僅以光緒二年正月至四月統計，以《思凡》最常演，次而《思凡下山》、《下山》、《六殿》、《遊十殿》。由於戲曲劇目時有相同齣目，因此於《申報》刊登十二位演員名合演的《馬吐人言》，不知是否為目連戲中的散齣，只能聊作資料陳列於此。〔註176〕

〔註173〕《中國戲曲志·上海卷》頁468～474。

〔註174〕黃協塤，字式權，此段文字見《淞南夢影錄》卷三，《筆記小說大觀》一編（臺北：新興書局，民國67），頁4289。此書光緒九年（1883）序。

〔註175〕《中國戲曲志·上海卷》，關於紹興亂彈於民國九年仿造京劇，使用機關布景，插演《遊十殿》運用燈彩情形，可推知京班、徽班的燈彩使用於清光緒年間已然如此，頁137。

〔註176〕《馬吐人言》見於《申報》正月初九日、二月二十一日廣告欄。

三、檢場工作人員與舞臺演出效果

　　檢場人員於戲情無關，卻在舞臺上搬桌佈椅、換景添物。前文劉氏拋椅丟益利，益利轉拋給羅卜，羅卜拋給檢場人的表演，恍然檢場人也是表演者之一了。實際上他的功用只是將拋過來的椅子接住放下而已，這個工作其實可以交由羅卜的演員來做，毋須檢場現身，辰河本〈過望鄉臺〉劉氏登臨望鄉臺，表現「猛然妖霧風捲來，黑沈沈把樓臺遮蓋」唱詞的前置作業是「內扮鬼上，拿衣作黑霧舞至臺前」，表現手法簡單，僅為示意之用，由鬼扮處理黑霧，毋須透過檢場人員，即能使劇情和表演融合為一。

　　以現今劇場觀念而言，檢場人實在干擾觀劇情緒，但是在傳統戲曲上，隨時有檢場在臺上處理演出細節。新式劇場雖然未見檢場人，是利用燈光切暗或換幕技術隱藏身影，一齣戲包含著眾多未出場的舞臺工作人員「暗中」行事，使戲劇順利推展並取得精彩效果。

　　目連戲演出，明顯標誌需檢場人技術配合是「火彩」技術。鄭本〈花園捉魂〉劉氏對葵花訴衷腸，「內放火出介」，火焰騰騰之中露出犧牲骸骨。〈花園燒香〉金童玉女前來迎接傅相升天，亦是「內放火介」，配合「忽見紅光燭地，照人如晝」臺詞。〈觀音救苦〉、〈過黑松林〉觀音現身，〈八殿尋母〉目連掛燈之後，餓鬼盡行逃走之前，也「放火」處理。火彩應用於目連戲相當普遍，其一用於仙佛神鬼出場時放，其二用於特殊如火爆葵花場合。民間目連戲火彩施放由檢場人員負責，施放時間掌握精準為演出成功重要關鍵之一。宮廷施放火彩雖非檢場人員主要工作之一，但更為繁複眾多的演出效果，於劇本中隨處可見幕後工作人員的身影，推動一齣戲的順利進行。

（一）民間仙佛神鬼出場施放火彩最為普遍

　　目連戲大量神佛鬼怪出場，運用火彩眾多，弋陽腔大吊神、浙江男吊、女吊於放過焰火後出場，各處目連戲神鬼出場的處理手法皆是一樣的放火彩，〔註177〕火彩通常是檢場人員工作，〈遊十殿〉群鬼翻撲時打長火，有時需打火彩處太多，檢場人忙不過來，於是管盔頭箱、二衣箱人員便來協助，形成一人、二人、三人打，桌上、桌下打，上場、下場打等各式不同打法。〔註

〔註177〕《中國戲曲志》《浙江卷》，頁129；《河北卷》，頁557。
〔註178〕《中國戲曲志‧江西卷》，頁550。

178〕可說無妖不放煙，遇神必打彩，煙霧繚繞，火彩滿臺。神鬼出場時分「撒火」、「噴火」兩種處理火彩方式。

「撒火」是由檢場人員手執明火火把，一手把預先碾成粉末的松香撒向火把火頭，火頭驟然爆出火球。松香撒得越多，火球越大，撒出松香多少，可根據劇情需要而定。也可由兩人從舞台兩面同時撒火，這時除檢場人外，便由另一演員兼任撒火工作。〔註179〕「噴火」方法有兩種：一種是演員嘴裡含用棉紙包後剪口的松香粉末，朝同台腳色手執的火把上噴去，在空中燃成火團，製造氣氛；一種是演員事先在嘴裡含一個約一寸長，一端一個大孔，另一端有無數小孔的銅管，將燃著的黑炭末或草紙媒塞於筒中，表演時輕輕吹動，小孔內即冒出點點火星。〔註180〕火彩的施放者必須熟悉劇情，還要訓練有素，才能與表演者配合默契，在具體施放中，運用不同的技巧、技法，計有火蛇、火門、火橋、火墙等名堂，〔註181〕襯托扮飾的神鬼更加神奇。

火彩有時搭配機關布景使用，更形精彩。大約於清初，江西戲曲舞臺上演目連戲已採用機關布景，王靈官奉御旨駕火輪下界查核劉氏開葷一案，手舉金鞭，一副紅臉，腳踏滾滾火輪由台下而上；一架由方桌裝成的神車，兩旁飾巨大的紙紮彩輪，內燃蠟燭，由四神將扛抬，威風凜凜呼嘯而來。〔註182〕以人扮神將扛抬神車，駕火輪的表演，與電力發達的現代劇場相較，依然不會遜色，更何況明清時期的民間廟會演出，更為轟然雷動是當然的。〔註183〕

（二）特殊劇情場面火彩處理

火爆葵花是目連戲運用火彩最著名的齣目片段，戲台上擺一株或一列紙紮葵花，高至演員前胸，葵花盤纏著一串長爆竹和用線拴著的豬骨、狗骨。

〔註179〕 《中國戲曲志·廣西卷》，頁367。
〔註180〕 《中國戲曲志·安徽卷》，頁381。
〔註181〕 《中國戲曲志·山東卷》，頁494～495。
〔註182〕 《中國戲曲志·江西卷》，頁542。
〔註183〕 2007年11月10日於臺北國家戲劇院觀賞國光劇團《快雪時晴》，利用能夠三百六十度旋轉的舞臺鋪陳劇情。2010年3月28日臺中中山堂表演工作坊演出《寶島一村》，劇中四位演員因應劇情需要，在舞臺上共同以手推動眷村屋宇道具，使橫排旋轉變成直列：同年4月9日於臺中中興堂觀賞臺灣戲劇表演家《預言》，為十年大戲特別打造一座雙層的旋轉舞臺，切割安排的空間精打細算，旋轉流暢，演出效果相當不錯，旋轉竅門在於四位相當於「檢場」的工作人員藏身柱子內，完全以「人力」推動旋轉。比對目連戲四位神將扛抬特殊裝置的神車演出，古老目連戲的演出絕不遜色。

劉氏發咒時，點燃引線，爆竹炸開葵花上畫著葵花籽的紙，現出牲畜骸骨。〔註184〕火花聲響振動台上台下，轉移觀眾注意力時，劉氏趁機塗黑油彩，塞紅棉花條於鼻孔內，遭鬼一陣痛打後，將鼻內棉條嗤拉出，棉醮紅水一擠，即是七孔流血模樣。〔註185〕

　　有別於爆竹盤纏葵花上的方式，川劇爆竹隱藏在葵花內，劉氏盟誓撒潑叫屈，一捶鑼下，檢場人員遠遠一把「太公釣魚」焰火引燃葵花裡埋藏的藥線，霎時葵花如風車旋轉，火星四射，黃煙如雲，花心層層爆落，現出殺狗、開葷各情的紙傀儡。時間掌握準確地燒開砌末機關，增強表演效果。〔註186〕有些戲班的機關布景還讓劉氏否認開葷時，葵花就上衝暴長一截，連連否認則節節瘋長，眾目睽睽下，花大如盤，而後才炸開。〔註187〕湖南目連班葵花炸開最後蹦出五個紙紮小鬼，爆向空中然後落地，小鬼落地的同時，後台演員飾的五鬼即空翻而出，提拿劉氏，〔註188〕莆仙本無葵花情節，露出骨殖以「地中烟起」配合益利唱〔南枝〕：「不期然、不期然黑霧沖天，驚得使人戰戰兢兢」唱詞（頁117）；紹興救母本無火彩煙霧的唱詞與舞臺效果提示，在劉氏發咒後，「五方吊劉氏下。葵花彈傅相立椅上」（頁217），機關設置、傅相上場，對照發咒報應驚奇場面，綜合各本，無不機關安排與劇情銜接仔細考量，讓紙紮、特技、火焰、機關效果發揮到最好程度。施放火彩與演員動作編排配合設計，增加許多可觀的戲情。

　　王魁與桂英故事納入目連戲，已知祁劇、川目連有此情節，〔註189〕但以四川演出最為人所熟知。川目連〈活捉〉一場，已為鬼魂的焦桂英，面對王魁無情無義，冤婦長嘆一聲：「我還要死幾回喲！」話音落地，在焰火中就地一滾，起身就換了個厲鬼模樣。也是借助於焰火的渲染完成轉換。〈盂蘭盆會〉後，在煙火中，犬變為回復人身的劉氏，這是江西目連戲的處理手法。目連全會本〈打甲〉有「雷火，閃」打死忤逆不孝趙甲，池州穿會本〈開葷〉雷

〔註184〕李懷蓀〈辰河戲《目連》初探〉《民俗曲藝》62期，民國78年11月，頁37。
〔註185〕毛禮鎂〈弋陽腔的目連戲〉，頁77。
〔註186〕歐陽平〈舊重慶目連戲揭秘〉《紅岩春秋》1997年4期，頁54。
〔註187〕甘犁〈落地生花說目連（四）〉《紅岩春秋》2003年2期，頁43。
〔註188〕文憶萱〈三湘目連文化（十）〉《藝海》2009年3期，頁33～36，應即是辰河本〈花園盟誓〉註明：「放火爆葵花，拋丟骸骨，副、武、丑、生上，副、武抓劉氏頭髮，兩遙看」的舞臺演出實況，頁556。
〔註189〕劉回春〈祁劇目連戲縱橫談〉，王魁桂英戲於祁劇目連戲中保留了〈陽告〉、〈陰告〉、〈活捉〉、〈轉世〉四齣，頁25～26、33。

神上場，怒喊「哇！」立即「放火」，除威嚇劉氏外，由「魄散魂飛，似火焚。
筵席俱不見」曲文，〔註190〕是利用火焰雲霧繚繞之際，將筵席撒下，製造出
神靈顯赫的效果。

　　有別於火焰烘托的氣氛，遊地獄在夜間演出，爲強化陰森恐怖氣氛，山
西翼城目連戲以三碗酒點燃取代燈火，〔註191〕以昏暗舞臺光線表現地獄群魔
亂舞場面，由於神鬼出場的噴火表演，爲求效果，通常要求舞臺燈火轉暗處
理。可以想見，以三碗酒點燃取代燈火，遇神鬼出場的噴火處理相對來得逼
眞容易多了。

　　與神鬼火焰不同是吞火、吐火的表演，川目連劉氏墜入餓鬼道，饑渴難捱，
〈回煞〉有啃眞蠟燭、喝水、吃豆腐的表演。演員要將兩支尺餘長、正在燃燒
的大紅燭當觀眾啃食，並在喝水時暗吐渣於碗中，最後，兩支燭啃得只餘細細
的燃燒著的燭心，演員把燒著的燭心塞進嘴裡，少許拿出，火不熄滅等吞火、
吐火表演。這種帶有雜耍性質的表演被視爲某些演員拿彩賣座的絕技。蠟燭是
特製的，只燭頭著火處是蠟，啃時不吃，餘則爲麵粉，可以下肚。〔註192〕

　　〈六殿期逢〉劉氏被架上鐵樹，各本並無放火焰的提示，《湘劇目蓮記》
目連唱「架見親幃，陷在烟火內」，舞臺上必然施放火彩加以渲染，而由鬼班
頭：「望孝子分上，將劉氏口內之昧火除去了。」〔註193〕超輪本敘寫更爲詳盡：

　　　　（生白）猖官，想我母親，要言不言，要語不語，卻是爲何？（丑
　　　　白）口中有三昧火。（生白）將三昧火取出。（頁249）

必定有「吐火」表演，池州大會本、皖南高腔本亦有類似提示。〔註194〕宮廷
《勸善》9－8說明更爲明晰：「劉氏魂作口內出火焰，立酆都城上」。

　　民間目連戲最需要檢場人員爲施放火彩一項，有時又因爲火彩複雜，需
兩三人同時施放，就由場上演員兼任。若說民間演員常身兼數職，應該不是
誇大語詞。

〔註190〕安徽池州穿會本，頁85。
〔註191〕《中國戲曲志・山西卷》，頁138。
〔註192〕王躍〈記川劇《目連傳》的鑒定演出〉《四川戲劇》1991年2期，頁40；于
　　　　一〈川目連識〉，頁110；歐陽平〈舊重慶目連戲揭秘〉，頁55。
〔註193〕《民俗曲藝》87期，頁193～194。皖南高腔本唱詞同，頁374。
〔註194〕各本六殿相關於吐火的劇情尚有安徽池州大會本：「將劉氏口內三枚火取掉。」
　　　　三枚火疑即三昧火，頁356；皖南高腔本，頁374。

（三）精準繁複的宮廷檢場工作

施放火彩、女吊、拋椅等表現手法，民間演出需要檢場人員加以配合。精準排練的舞臺美術是宮廷演戲的優點之一，內廷子弟最多，擔任舞臺幕後檢場人數必然不少，劇本詳細描述不只是演員服裝道具，同時兼及舞臺工作技術人員（或稱檢場）安排要求可以看出此點：

7－15 鬼魂過金、銀、奈河三橋，場上先設置妥三橋，由段秀實等三人通過金橋，從左旁門下場後，「場上撤金橋，現銀橋科」，繼而僧道尼師過銀橋下場，同樣「場上撤銀橋，現奈河橋科」，可見未演之前，場上雖先行設置三橋，但是只有一橋為觀眾所見，演完某段劇情之後，隨即撤下。此齣審判的主簿、皂隸鬼下場之後，「隨撤公案桌椅科」寥寥數字表達清清楚楚舞臺工作人員所需負責處理的工作，將舞臺讓與即將上奈河橋的劉氏，於是：

> 作上橋復跌下奈河科，地井出銅蛇、鐵犬爭食科。劉氏魂暗從地井
> 下，地井內出衣服、骷髏切末科。

地井內出現的銅蛇、鐵犬、衣服、骷髏等切末，全是幕後工作人員所操作。7－23 原在舞臺上已設火焰山，又設置小山，以示重重陡峭山峰。火彩的運用十分考究，由四次「出火科」的提示，配合曲文說白表明火勢愈大，最後「山上作大出火科」，火焰的運用配合情節該小該大，可說掌控自如。除了放火焰人員之外，行過小山之後，「隨撤小山」的指示，見宮廷舞臺講究觀賞視野上的要求。8－24 設置煙雲帳幔以隱去已安置放在場上的刀山，等閻君一聲令下：「速現刀山者」，隨即：

> 場上出火彩，隨撤煙雲帳幔，現出刀山科。雜扮五差鬼各戴犄角、
> 鬼髮，穿鬼衣、繫虎皮裙，持叉，從火光中躍出，向閻君座前作參
> 見科。

以火彩呈顯刀山刑具的可怕可怖，冤鬼出場亦放火彩，4－24 陳桂英、鄭賡夫冤鬼出場前：「內出火彩科」，各神如下對話：

> （四神白）行到此間，忽有燐火光騰，旋風陡起，未知是何怨鬼？
> （達摩白）青光之中，隱隱黃氣，是箇善信。

與民間運用火彩相近，只是宮廷不像民間那種「無鬼不放煙」次數頻繁。而且施放火彩之後必然有相關的情節對話，顯示舞臺效果運用不是單單為了熱鬧而脫離情節。9－23 觀音幻化，先是「蓮座上作現五彩祥光科」，經過觀音

幻化爲番相、魚籃、化身之後,「蓮座上作漸收五彩祥光科」,再現千手觀音,舞臺光芒能夠「漸收」,足見舞臺操作技術高超。

　　宮廷舞臺技術操作精確,韓人朴趾源(1737~1805)記高宗生日觀看戲劇演出,於行宮東方另立戲臺,高可豎立五丈旗,寬廣可容納數萬人的言詞比起趙翼認爲數千人的容量更爲誇大,每演一戲動用數百演員,服飾精美自然不在話下,兼及更換場次道具等項:

> 其設戲之時,暫施錦步障於戲臺閣上,寂無人聲,只有靴響。少焉,
>
> 掇帳則已閣中山峙海涵,松矯日耇,所謂《九如歌頌》者,即是也。……
>
> 頃刻之間,山移海轉,無一物參差,無一事顚倒……〔註195〕

《九如歌頌》爲祝賀高宗生日演出戲目,精確考究的舞臺調度,使宮廷演戲時間能在規範之中進行。清宮檔案中時戲開演時間、齣目與戲畢時間,僅以道光二年(1822)十二月十五日《恩賞日記檔》爲例說明:

> 十五日　　祥慶傳旨,十六日萬歲爺到重華宮少座(坐),不必迎請。
>
> 皇太后到時,同萬歲爺一并迎請。欽此。
>
> 重華宮承應　　辰正一刻三分開戲,未初二刻戲畢。辰初進門。
>
> 《天官祝福》(祿喜)、《劉氏望鄉》(如喜)、《蜈蚣嶺》(陸福壽)、《懶婦燒鍋》(外學如意、增福)、《射紅燈》(內學,八出)、《問探》(壽官)、《宣傳文德世興隆》(外學)。〔註196〕

爲第二日皇帝行蹤與安排承應戲目、演戲人員、上演時間,全數在掌控之內,這次所列齣目恰有《劉氏望鄉》出自於目連戲。開戲、戲畢時間的記錄於宮中檔案時而見到,或如上列引文爲行前安排,或是當天行蹤的實際時間記錄,道光三年(1823)正月初一日《恩賞日記檔》新年受賀情形與時間安排節錄:

> 正月初一日　　此日寅正三刻進門。
>
> 金昭玉粹早膳承應《喜朝五位》(內學,一分)。
>
> 卯正二刻,前臺吹打細樂迎請。
>
> 卯初三刻十三分,前臺接唱《三元入覲》(外學,一分)、《掃花》
>
> (外學)。

〔註195〕朴趾源《燕巖集》卷十四〈山莊雜記〉之「戲本名目記」(景仁文化社,1974),頁270。

〔註196〕轉引自朱家溍、丁汝芹《清代內廷演劇始末考》,頁135~136。

卯正二刻，駕幸乾清宮受賀，臺上站住戲。

辰正一刻，駕還重華宮，接唱《三醉》（外學）。〔註197〕

宮廷演戲時間嚴格規範，應該鮮少有逾時過多情形發生，對照《勸善》詳細列出「場上設金蓮寶座，轉場陞座」、「場上左右側設平臺虎皮椅，眾閻君各陞座」、「場上設青瓶，天井內作下紅蝠科」、「場上設萬福架，眾判官各設青瓶科」的 7－24 齣提示，顯現為了掌握演出時間，排練有素，除了演員之外，舞臺技術人員的工作效率不能不嚴格講求。

小結

　　目連戲腳色依地區不同而有差異，鄭本十二腳色、宮廷十腳色，顯出文人規律統整的結果，其它民間臺本隨戲班演員與觀眾各有其俗稱、行話，致使紛歧複雜。大致上腳色名目可鑑別在該行中的輕重地位，如生、小生，丑、二丑、小丑、四丑，旦、貼之類；說明所扮飾人物的身分、性行，如武生、花旦、老旦。腳色孳乳演變，因劇種不同，主要腳色亦因之而異，連帶相名名目腳色所涵蓋意義也不同，目連戲亦有相同情形，或許受到各地流傳劇種不同而受影響，因此鄭本「夫」扮劉氏，為主要腳色，其它各本顯現「旦」扮劉氏為主要腳色，泉腔本以「貼」扮，顯見主要腳色因之而異。同一「夫」腳色，安徽池州大會本與鄭本意涵不同，前者可扮兼含男女性別、善惡有差的邊配人物，後者專扮劉氏。

　　戲曲表演藝術無技不能成戲，無論「唱唸做」和「做打」兩項，戲情、人物詮釋無不藉助技來完成。目連戲大段唱詞如劉氏三大苦的七言詞，過滑油山等講究演唱工力，插演的啞背瘋、尼姑思凡等無不唱唸做並重。各項雜技的「做打」安插，吊辮盤彩、爬竿、疊羅漢等講究技藝，圍繞鬼捉劉氏的打叉、挨叉，最是火爆刺激，甚至成為目連戲的代稱，表演熱烈程度在觀眾心目中無不佔重要的地位。演出目連戲，「打手」常另外聘請，可見唱唸做與做打於同一戲班中很難同時兼顧。

　　宮廷目連戲演於普通戲臺，雖無三層大戲臺的盛況，但是舞臺提示利用了天井、地井、昇天門、佛門、靈霄門、酆都門、左右旁門、兩場門，演出氣勢自非民間可比。民間現存安徽黟縣萬年臺是兩層形製舞臺，二樓只有演

〔註197〕轉引自《清代內廷演劇始末考》，頁 139～140。

目連戲時才派上用場，專為目連掛燈時用。其它村鄉演出常臨時搭建戲臺，或一層，或是慎重的三層。如為三層，配合劇情需要，演員常躍下或以爬竿技巧登上較高一層舞臺進行表演，舞臺形製影響及於表演於此可見。民間演目連戲除了舞臺之外，常溢出舞臺規範而打下台或打上台，演員混雜於觀眾之間，從而製造觀眾參與演出的熱烈場面。

服裝行頭隨戲班規模大小而有不同，清末四川演目連戲所穿服裝與時人無異，浙江「目連行頭」四字用以代稱衣裝破陋者，表現民間多數固定每年臨時組班的衣裝，都是目連戲演出服裝簡單的反映。由於扮飾人物眾多，又有諸多馬、狗、驢、鶴等動物需上場，由人扮飾情形下，頭殼面具的使用較為廣泛，只要戴上面具即能改扮人物登場。穿戴衣著常吸收其它劇種服飾，臉譜亦然，但是除了少數如聞太師、王靈官、水神等有固定之外，其餘常是演員即興塗抹，化粧總以簡樸為主。紙紮道具在民間廣泛利用於目連戲內外，戲內使用到的青獅、白象、蓮花台、閻王台、受戒台、牛頭、馬面、人頭蛇身等等，全是紙紮出來的。戲外使用的紙紮更多，包括戲臺柱子上的紙紮藝術，周圍場地的紙紮刀山、劍樹、鋸解、磨挨等十八層地獄、諸多神佛閻羅仙像，民間紙紮工藝於目連戲演出期間得到高度展演。

燈彩運用，北京偶用於崑曲，上海則大量利用神佛故事類型，於戲園舞臺使用，目連戲劇情切合於燈彩的優勢，同樣是各地民間工藝師父聚集紮出的舞臺道具，以炫惑新穎取勝。民間演出，喜好以火焰配合鬼怪出場，劉氏花園盟誓，則處理成爆葵花的特效。急湊熱鬧處，演員、檢場多人同時施放各種形式火焰，為戲理劇情加分。

相對於民間，宮廷的服裝道具行頭，無不達到製作精巧、數量驚人的程度，盔、巾、帽等項隨扮飾人物身份地位與劇中遭遇而有不同穿戴，即使十本中只出現一齣場合的神怪切末，也是專門製作，以富麗堂皇取勝。戲臺之外的紙紮工藝是不存在的，一切演出在於戲臺之上，受戲臺形製的規範，配合劇情的道具切末全部安置在舞臺範圍內，自然無民間打下台、打上台的溢出表演。配合華麗道具，後臺工作人員的檢場能力無不達到精確程度，羅卜過火焰山的火焰能夠由小轉大，撤換道具快速敏捷透過書面文字直接傳達。造就宮廷演戲時間精準掌控，和民間從入夜演至天明的籠統時間感有相當距離。

結　論

　　民俗是民間社會生活傳承的文化事象，內容廣泛、形式多樣，含括生老病死、衣食住行，乃至宗教信仰、巫卜禁忌等項。迎神賽會、演出目連戲為民俗活動之一，文藝遊藝等民俗項目又包含目連戲在內的戲劇演出。戲劇本身即是民俗項目，演出內容又吸納入不同文藝遊藝類型如諺語、民歌、高蹺、弄傀儡等，以不同層次、不同程度、角度反映民俗。因此討論完明清目連戲的流布情形，以及情節內容、關目和思想旨趣，以及文學性、民俗性、祭祀性和藝術性加以討論之後，將研究成果以「民俗中的目連戲」、「目連戲中的民俗」和「宮廷目連戲與民間差異」三項重新籠括和摘錄重點。所以讓宮廷目連成為獨立一項，是因為雖然宮廷依民間本為基礎加以改編、重新整理，有意識或無意之間滲入統治者價值、文學、審美觀，使表演美學都與民間視野、情感已有不同。

一、民俗中的目連戲

　　信仰民俗具信仰觀念和崇拜心理，原始信仰、後來的宗教信仰貫穿在各種民俗活動之中。崇信巫鬼、婚喪禮俗中的命相、擇吉、祭魂、驅煞、禁忌、燒紙、誦經，相信天堂、地獄，都是信仰民俗的表現。藉地獄行勸善懲惡主旨的信仰，固定演出時間與演出動機目的，明清時代目連戲的演出為某些地區熱烈崇奉而行的民俗活動。

　　中元節盂蘭盆會的歲時演出，擴大至某些城鄉迎神賽會，農業生產特定時令習俗如正月農閒、春耕、遇稻瘟，或秋收之後娛樂演目連戲，每年周而復始進行著。雖然各地演出時間有別，但是以一個地區而言，演出時間點是

固定，相鄰地區常是一個目連戲班挨村挨鄉演過去，成為一種民俗時間、空間上的「慣習」活動。

臨時加演目連戲，為對目連戲功能的民俗心理認知：既能去除邪祟鬼魅，超度亡魂，自然保佑一地或一家平安順遂。於是瘟病流行，家人多病，或鄉郡間多死亡即許願、還願加演。民俗是一種不成文的習慣法，對人們思想和行為具有極大的約束力，〔註1〕民間信巫鬼，以致「不事醫而事巫」，行儺除病、驅邪功能和目連戲相重疊，進而使目連戲替代部分巫儺而充滿儺文化氛圍，為民俗社會心理反映結果。

先是挨戶斂錢聚貲，再者搭設戲臺、神棚齋壇，為含括目連戲在內的迎神賽會等民俗活動項目。延聘工藝巧匠紮成神明、閻君、鬼卒，裝飾戲臺臺柱，將民俗工藝做一展演，選擇「固定時間」於開演前長達三或七天的素食齋戒，禁忌葷腥以表達崇敬，再迎請僧、道進行宗教請神、奉祭儀式，戲演至〈劉氏開葷〉全鄉才能開葷。演員、僧道於戲內、外進行演出結束時的送神儀式，整個目連戲演出過程可說完全「儀式化」。儀式過程另加以繁複禁忌，如扮女吊者化粧後、上臺前不得開口，看鬼戲非得到天亮才能回家等禁忌，以保證演出時與演出後空間的潔淨，避免不必要的污染，實現演目連戲除邪、求平安的目的。

戲內進行超度亡魂情節，打吊趕鬼、聞太師驅鬼擴及戲臺外，及於村郭外圍，神棚齋壇於演出期間進行的法事醮儀。在民俗信仰認知上，戲內儀式與戲外法事同樣具超度作用，透過一而再，再而三，內外兼顧的超度、驅邪儀式以達目的。不少學者的田野調查顯現戲內扮演目連者逐一點名以超度亡魂，整個目連戲演出過程中，戲外法師祭儀同樣存在。雖然學者側重宗教儀式作用，戲劇類似儀式的表演性無疑居於陪襯地位，但是對村鄉演目連戲，主陪襯地位相形泯滅許多，或有包臺師、掌陰教師主持神事祭儀，也必須有演員化粧成猖神或雷神、牛頭馬面等隨同巡行村境和迎請神明。舉凡各種神事祭儀，如鎮臺開臺、起猖、祭猖、鎖拿寒林等都離不開演員扮飾參與。戲劇內容中的施食、超度為舞臺化的宗教儀式，與劇情密切相關的「祭叉」儀式一如宗教設祭，或由掌教師陪同演員於路口凶險處舉行。若以家庭為單位許願、還願的小型目連戲演出，演員同時具備法師身份，迎請神明、演出和

〔註1〕張紫晨《中國民俗與民俗學》，頁59。

送神等全部包辦，戲劇演出和法事密切結合，缺一不可，殊難論定其間的主陪襯地位。畢竟民間宗教儀式具有神聖與世俗兩面性，兩者均衡時有變化，有時神聖性濃而沖淡世俗性，有時世俗性掩蓋了神聖性成爲娛樂活動。〔註2〕目連戲演出，既具備宗教性，同時有濃厚娛樂性，目連戲與宗教儀式密切關連，構成民俗信仰活動中重要一部分。

　　尙未受文人青睞，於民間傳唱演出的戲曲爲民俗文藝一部分。目連戲深受百姓喜愛，以曲、白、科等傳統形式演於神廟或臨時搭建戲臺上。搭建戲臺選擇吉日動土，臺的座向有一定方位，安徽南陵目連戲臺一定「座北朝南」或「座東北朝西南」。〔註3〕材料取用當地方便得到的建材，多爲木製，視演出規模或一、二層，有搭至三層的。臺柱數目與綁紮裝飾，出入場門、中間門的設置，文武場的司樂人員或坐於中間門口，或是右側襯臺，開演前的開臺、鎭臺儀式，無不體現建築戲臺許多民俗慣例，繁複儀式存在其間。演出時而打破戲臺規範，創設打上臺、打下臺，形成觀眾熱烈參與、喊聲震天氣氛，實則從巡境迎神開始，就是演員、觀眾共同參與的活動，直至結束。

　　曲牌體爲主，亦演唱整齊長篇七言詞，如劉氏訴三大苦，爲婦女愛聽而背誦傳唱。參看比較各地臺本，時有相同曲詞、韻白相互轉換，將曲作白，將白作曲，或唱或念，實是因爲唱腔近於說話，只是末尾加上「呃歐呃」泛聲拖腔，或是由司樂人員以「哎哎──哦──哎哦哎」、「哎哎哦、哦哦哎、哎哦哎哦哎──」幫腔增加戲劇氣氛。〔註4〕道白全用土語，人人聽得懂。

　　或赤腳演出，服裝有「與時無異」的時裝，有汲取其它劇種服飾的，其間或無力更換而戲裝破舊。腳色行當名目孳乳繁多，既有承襲南戲北劇等腳色名目，又不乏民間戲班、觀眾行話的俗語稱呼。浙江一地臺本記下的腳色名目最多最雜，同一腳色名目於不同地區目連戲指稱有所不同：如湖南「付」扮男性，「夫」爲「夫旦」省稱，扮女性，「副」由扮飾人物看，當爲「副淨」省稱，有時又寫作「付」；安徽的池州大會本「夫」和皖南高腔本「付」卻是男女兼扮。同樣是劉氏，各地扮飾腳色有所不同，鄭本「夫」扮，泉腔「貼」

〔註2〕 李亦園〈民間宗教儀式之檢討〉《文化的圖像（下）──宗教與族群的文化觀察》，頁183。
〔註3〕 姚遠牧〈南陵目連戲的傳藝、表演及習俗〉，《安徽目連戲資料集》，頁143。
〔註4〕 潘于召、胡耀華〈胥河南岸目連戲〉，高慶樵〈目連戲在湖陽〉，《安徽目連戲資料集》，頁152、157。

扮，其它各本「旦」扮。生、旦表演曲、科、白並重；丑、淨多科諢場面，科、白表演多過於曲唱。簡單而概括的表演藝術型態，是民俗對戲曲腳色行當運用的認知。

　　整本戲出場人物多達數百人，以戲班有限二三十人團員應付演出方式為多準備頭殼面具，因有些腳色下場後立即需出演扮不同人物，頭殼面具使用於目連戲為常式。化粧用色為黑、白、紅、金銀粉幾種，劇中除幾張固定臉譜，其它演員隨興彩畫，並無定式。化粧例由丑先開筆，班社有各自不同化粧禁忌，相沿成俗：繁昌扮吊死鬼演員於五猖神祖內化粧，扮溺死鬼的演員於水邊化粧，栗木班先用黑色，繼用白色，最後用紅色，名「點紅硃」，點紅硃之後即不得開口。〔註5〕配合劇情由檢場工作人員施放火彩，營造神佛鬼出場氣氛，都是目連戲演出時為民眾所熟悉的表演方式。

二、目連戲中的民俗

　　目連戲中的民俗表現於情節內容之間，以生活、文藝、技藝三項民俗內容而論。

第一、生活民俗方面

　　戲曲反映人們生活與情感，事事從俗的目連戲演出，婚喪、出生、疾病祈禳、節目民俗有繁簡不一的著墨演出：四川演劉氏出嫁，完全依當地風俗請媒議嫁，乘輿鼓吹，遍遊城村，而後登臺交拜同牢。傅相死亡請僧道度亡，劉氏回煞鋪灰於地，耿氏上吊後，娘家親舅做人主等關於喪葬民俗。羅卜出生的「湯餅會」、「打三朝」，外公、外婆、舅爺前來祝賀，湖南辰河演出為民俗出生禮儀再現。節日活動民俗寫入劇作，如〈曹府元宵〉歡慶賞燈，〈曹氏清明〉、〈公子遊春〉兩齣實寫清明掃墓掛白遊春，〈掛燈〉、〈盂蘭大會〉關於宗教和中元節等為百姓重視的大型節慶活動。

　　乞丐唱曲、弄蛇等行乞方式，僧道化緣與民眾施捨求福報、祈願，〈劉氏憶子〉卜算外出遊子歸鄉時間，〈遣買犧牲〉、湘劇〈雇請腳夫〉買賣議價，因劉氏開葷，庖煮豬羊雞鵝殘忍過程，既追求美味，又顯現葷食不仁的宗教信條，鄭本摹寫最為詳細，這些為普遍性常民生活，已為慣習。隨地域不同而有不同民俗事象：浙江調腔本和紹興救母本〈男賣身〉，欲出售物件則插上

草標，啞目連〈前夜牌頭〉展現紹興多河流水道區域由渡者自拉纜繩渡河的生活方式；〈太白贈鞍〉、〈羅卜拜香〉身背馬鞍，三步一拜求懺悔消罪為湖南辰河特有的民俗。

第二、文藝民俗方面

民間文藝如戲曲、民歌小曲、俗諺常言、歇後語、謎語、對聯、酒令等為民眾喜愛的文學類型，配合情節內容安插於目連戲之中。

各類型戲曲表演體質相對接近目連戲，因此插演更為自然妥當。調弄傀儡的偶戲，鄭本安插於〈劉氏開葷〉，「插科做把戲提傀儡」的提示，調腔本演了《蘇秦逼妻賣釵》、《白兔》、《紅娘請宴》三齣。豫劇〈劉甲逃棚〉學說學唱戲曲片段內容有：《五鳳嶺》龍套和吳鳳英，《燒紀信》紀信，《大登殿》常隨官、薛平貴。除了截取片段演唱之外，目連戲前後貫串情節常無聯繫，變成將一齣齣受民間歡迎的小戲或其它戲齣移置情形更多更普遍，這類型有〈思凡〉、〈下山相調〉、〈思春數羅漢〉、〈匡國卿盡忠〉、〈罵雞〉、〈僧背老翁〉、〈啞背瘋〉、〈打罐別妻〉、〈耿氏上吊〉、〈訓妓〉、〈龐員外埋金〉、〈侯七殺母〉諸齣，僅用簡易因果輪迴或地獄審判，即能將各種不相關戲目納入目連戲範圍而加以演出，命名為「花目連」。有時為應付長達一個月或更久的演出時間，將目連本傳拉至羅卜父祖前世，給與「前目連」名稱，甚至將《金牌》、《梁武帝》、《香山》、《封神》等連臺神怪、史傳演義戲曲也納入目連戲範疇，就顯得太過龐雜多端了。

由目連本傳因應劇情需要學唱扮演某些戲曲情節片段，密切性較高，不致於喧賓奪主搶去主戲風采。稍微擴大表演，〈啞背瘋〉、〈罵雞〉等小戲完整插演，已造成目連戲鬆散、無聯貫性的結構。若是將《金牌》、《梁武帝》等可演數天不等的連臺本戲視為目連戲一部分，僅能視為民間假借目連戲名號而演出的普通劇目。

以數句言語總結經驗事理的俗諺熟語常言，成為人物上下場、敘事說理常引用的語彙，表現對事件發展與行為的定評，由於係民眾所熟悉，常有簡單扼要的概括作用。對聯、歇後語、謎語、酒令等具遊戲性質的語言，安排腳色依情節內容科諢而出，有較高文學素養和口白表演技巧的展演要求。

將流行小曲文詞改易為宗教語言，使內容轉換為宗教宣傳，或將民間所熟悉喪葬悼亡曲移置於相關齣目中，甚至只將俗曲最後加上宣唱佛號即為僧道曲。流行或簡要通俗的佛經偈語，已為民眾所熟悉，透過目連戲演出傳唱

又更為普及。民間俗曲內容多樣化，鬧五更、詠十二月、一至十數字、蓮花落曲，又能與史傳、小說戲曲人物、生活細節、風土民情如「數花」活動隨興結合成正解或顛倒其事的新鮮內容。各種類型的歌唱，經常穿插於目連戲齣，劉氏開葷的飲宴場合，各本常安排各樣技藝表演，其中唱曲為多數，唱十不親的蓮花落，皖南高腔唱排調，辰河本唱三棒鼓。豫劇〈劉甲逃棚〉演唱花鼓、拉魂腔、大鼓京腔、拉洋片等不同歌唱類型。觀眾在整個目連戲演出過程中得到戲劇觀賞上的娛樂，也由其中獲得各種民間文學遊藝上的薰陶，有教育認知的作用。

充分利用民間鄉土庶民語彙，多用雙關、比喻、比興、誇張、協韻等傳統手法，以及章段複沓、襯字、襯詞以拉腔。文詞想像力靈敏奔放，質樸本色，不乏情色淫藝。內容、思想繁雜性在於容受地方小戲眾多，既有善惡分明的是非判斷，反映庶民真實情感的生活瑣碎，也有愚忠愚孝、迷信可哂的種種情狀，思想良莠雜陳。

第三、技藝民俗方面

目連戲呈現利用的技藝民俗以舞蹈、特技、武術、雜耍為多。開臺演出時巡行境內的跑馬，為身上綁紮竹馬、跑出各種陣勢的遊戲；辰河本〈大開五葷〉篩鑼耍把戲、玩猴打筋斗、打花棍數項，都是民間技藝。捉劉氏的叉手，舞叉、拋叉、打叉表演，為特技中高難度的。無常勾命踩高蹺走於戲臺下，湖南祁劇〈羅漢演武〉「倒大樹」像一幅壁畫倒下來的疊羅漢眾多招式之一，安徽三日夜目連戲依日安插武場戲：第一天盤桌、盤凳，第二天鑽布眼，又名結網，第三天爬杆子，全部是驚險的表演，而這只是大略。如詳細記下，精密區別為舞獅、舞象、舞金剛、舞蛇、舞龍、舞火、舞棒、跳白鶴、打拳、硬結網、軟結網種種。隨演員習得技藝不同，與各種不同演出要求，有時還得鑽跳過刀門、火門，或是上刀山。

這些百戲、雜技為獨立性的表演，卻為目連戲所吸收容納，「技」與劇情相關性或多或少，少者居多，技與劇情無法完全吻合，戲劇藝術性因此相對減弱許多，招致不少專家學者批評：前後並沒有必然聯繫的情節。〔註6〕和專家學者的看法不同，百姓認為各種武術、雜技演出都與劇情密切相關，如「舞白鶴」為傅相行善，乘鶴仙去；結網是因劉氏開葷破齋，三官堂日久不掃，

〔註6〕 戴不凡〈目連戲和道士〉，《浙江省目連戲資料匯編》，頁322。

蜘蛛在其間結網，演員須化蜘蛛臉進行表演；打堆羅漢是因眾羅漢無人問津，閒來無事而互相打堆玩耍。〔註7〕

　　和專家學者相對應，知識水準較低的百姓依慣習、傳統認知行事，目連戲演出的內容無需懷疑，有長期傳統作保證。即使民俗有生成、發展和僵化的過程，僵化之後可能頑固存在，也可能被取代，有其變更性，民俗的價值所以是相對的，是因為衡量民俗價值的標準就在特定民俗之中，民俗本身就是標準。〔註8〕官、民不同立場，專家學者和百姓觀眾群相對於目連戲的看法，以民俗本身作為標準，站在民俗立場，觀眾百姓對各項雜技穿插的見解正是民俗慣習的反映。明清盛演的目連戲，存在至今喪葬儀俗僧道插演目連戲片段，雖然有所改變卻未銷聲匿跡，民俗的傳承性之強於此可見。

三、宮廷目連戲與民間差異

　　演於宮廷的目連戲，時間上不如民間來得有規律，迭經變動，而後逐漸固定於歲末，直到道光六年才有變動，全本《勸善》已難完全上演。演出時間變化由康熙時的正月演出，轉為歲暮，道光六年歲末有將《勸善》移置來年八月萬壽節日演出的詔令，隨皇帝旨令可隨意更換演出時日，於萬壽演出也無妨礙，知皇清心目中的目連戲只是一般娛樂性質的戲曲，與民間驅疫逐鬼的認知有別，雖然長時間演於歲末，而附與驅儺意涵的解釋。隨道光七年裁退外學，全本已難演出，只剩部分散齣上演。大體而言，歲末宮廷演目連戲為常態。

　　歲末皇帝由圓明園回到重華宮，《勸善》即演於重華宮漱芳齋大戲台，是普通戲台，因此劇本未見提及福、祿、壽三層戲台的使用。上下場門眾多，有最普通平常的上下場門，專供仙佛菩薩使用的昇天門、靈霄門、佛門，閻王、鬼魂行走的酆都門、左右旁門，另有天井、地井亦供特殊場合上下場之用。

　　由於嚴謹的演出規範，時間控管精確，折子戲齣開演至結束都有嚴謹時間限制；受邀看戲的王公貴族配戴鐘錶，以免耽擱「未時」撤戲時間。種種禮儀規範，讓戲僅能演於戲臺，自然無民間溢出舞臺，臺上、臺下互相交流，

〔註7〕　高慶樵〈韶坑目連戲演出習俗〉《安徽目連戲資料集》，頁 115～116。
〔註8〕　高丙中〈注重生活和整體：薩姆納關于民俗的理論〉，《民俗文化與民俗生活》（北京：中國社會科學出版社，1994），頁 98～99。

造成熱烈情緒的演法。卻也因此讓演出時道具佈景安置、撤換，火焰施放與各項舞臺美術技巧達到精準的程度。服裝道具切末製作精美，專為全本二百四十齣只出現一次的人物製作專屬切末如三頭六臂、四頭八臂例子，都能映襯出宮廷華麗、精巧與數量眾多的富貴景象。

　　腳色名目的配置同樣是嚴謹規範的結果，共十一行：生、小生、末、外、淨、丑、副、旦、小旦、老旦、雜。與民間俗稱、口語摻雜而來的腳色名目，可謂整飭無比。十一行腳色中，「雜」運用最多、最廣、最雜，在同一齣裡扮飾多人，以群體依序出場，同唱某些曲子以營造聲勢。眾多仙佛、鬼卒、將士，甚至十殿閻君同時出場，除了第五殿閻君以「淨」扮之外，其它一律以「雜」飾演。相對於民間而言，鄭本腳色經過整理而有規範，其它各地有不明腳色行當，或者以戲班俗稱漫應而雜，都比不上宮廷的嚴謹有度。

　　情節線與關目安插，宮廷亦極盡巧思，使前後情節能夠聯貫呼應，結構最是嚴密，計有羅卜、劉氏的主情節線；曹賽英、張佑大兩條次情節線；劉賈、李希烈、朱泚的兩條反面情節線。情節線最為複雜眾多，使內容超越民間本顯得更為豐富多彩。曹賽英次情節線接續於反面情節線眾叛將伏法死亡結束之後，屬另起波瀾。其間人物關係一一聯繫，市井惡棍害人致死者，投入造反陣營，最後必遭殺身之報，絲毫不爽。配合宮廷所增加情節線和劇作旨趣，關目上比民間本多了敘志、探獄、試場、起兵、演陣、交戰等項，與民間本同樣容納被視為目連戲一環的僧尼下山、啞背瘋、女吊、逆子打父、匠人爭席和啞劇關目。

　　乾隆時期編纂的宮廷大戲以崑弋兩腔為主，兩種聲腔比率為七比三。就宮廷目連單一關目來看，與明傳奇類同的關目將近七成，特有目連關目略多於三成，合乎崑弋聲腔比率。弋陽腔的形成和演目連戲有密切關係，許多地區的目連戲演唱聲腔，通常以弋陽腔或其流派聲腔演唱，流傳於北京的京腔亦是弋陽流派之一，《勸善》所用具滾白的弋陽腔當為京腔。以弋腔表演的齣目，較之崑腔演唱來得活潑，適宜於武打、情緒激昂等熱鬧場面。

　　因果報應、戒殺生與肯定持齋、樂善布施三項為目連戲最基本思想旨趣。民間最重視的「孝」，進入宮廷之後，頌聖、啓後兩大功能目的之下，以皇帝立場提揭出「忠孝」二字，由情節關目，一再加強勸忠首善。於懲惡齣目中，懲處影響面大的調唆鎮壓、陷人酷吏、賄賂貪官，都是民間本所無事項。無辜致死者的子孫以及來生給與補償，補償方式為納入科舉功名的價值體系，

依然歸屬於報效君王，為國所用領域。民間目連幾乎與朝廷、官府無關，除非所演為《梁傳》、《金牌》等史傳演義，以目連本傳來說，只有鄭本一位秀才受冥判，幾無讀書人置身其間，刻劃農工醫卜商乞等市井小民生活上錙銖細節的真實面貌：偷雞、賣酒摻水、牧童放任牛踩踏農田得到「來生下世」應有懲罰；行善行孝者成仙成佛與必然獲得的來生富貴，為民間篤信不移的傳統信仰。

明代流傳的時尚小令，「略具抑揚」的音樂旋律，〔打棗乾〕、〔桂枝兒〕二曲的腔調「約略相似」，〔註9〕對照民間演唱目連戲，字多腔少，唱腔近乎說話的評論，可見民間目連戲音樂節奏簡略、少變化。和民間演唱不同，宮廷本由精通音律專家學者逐一考訂，演出之際應是音樂較為嚴謹、合乎樂理，〔註10〕繁複多變以達動聽效果。如傳奇運用南北合套，則註明「合曲」，〔註11〕以北曲成套註明「套曲」，〔註12〕具滾白的弋腔，亦如崑腔有隻曲、集曲之別。〔註13〕詳加註明宮調曲牌以及集曲所集諸曲名稱和句數，無不說明宮廷目連精心於音樂，和民間目連內容不足應付長時間演出時，用「耘田歌」補湊現象成對比，對比出宮廷、民間不同流的品味。

改編自民間目連戲，保留庶民常用熟語、諺語，刪除不雅或不合宮廷立場的部分；曲文有所修潤，四平調、吹腔等聲腔曲子存留濃郁民間風味。配合曲牌格律，或使文氣字句有變化，將百姓運用上一成不變的慣用語略微更動，添加一二文字，或者顛倒次序，都能體驗文人修潤痕跡，以追求更高文

〔註9〕　沈德符《顧曲雜言》（北京：中國戲劇出版社《中國古典戲曲論著集成》四，1959），頁213。

〔註10〕　1－13〈傅相施恩濟貧窘〉所用宮調曲牌依序為：仙呂宮引〔探春令〕、仙呂正曲〔風入松〕、〔風入松〕、仙呂正曲〔急三鎗〕、〔風入松〕、〔急三鎗〕、〔風入松〕七曲，為傳奇屢見的子母調聯套，曾師永義《中國古典戲劇選注・長生殿》（臺北：國家出版社，民國74），頁598～600。

〔註11〕　3－21〈為勸修持尼受辱〉用仙呂入雙角「合曲」，係傳奇南北合套，用曲如下：〔北新水令〕〔南步步嬌〕〔北折桂令〕〔南江兒水〕〔北雁兒落帶得勝令〕〔南僥僥令〕〔北收江南〕〔南園林好〕〔北沽美酒帶太平令〕〔南慶餘〕。

〔註12〕　3－9〈李嘉聞害命謀財〉末扮黃彥貴一人獨唱黃鐘調套曲，曲牌依序為〔醉花陰〕〔喜遷鶯〕〔出隊子〕〔刮地風〕〔四門子〕〔水仙子〕〔寨兒令〕七曲。

〔註13〕　僅以6－20過滑油山為例，劉氏大段唱詞，註明為商調集曲〔十二紅〕，所集十二曲依序分別是〔山坡羊〕首至四，〔五更轉〕六至末，〔園林好〕首至二，〔江兒水〕六至末，〔玉嬌枝〕首至四，〔五供養〕五至末，〔好姐姐〕首至合，〔五供養〕七至末，〔鮑老催〕首至六，〔桃紅菊〕三至四，〔川撥棹〕二至六，〔僥僥令〕二至末。

學性。至於特有新編以合乎宮廷立場的齣目，或依原有劇情架構重新創作對
白、曲文，由具較高文學素養的詞臣進行人工修飾，偏向於典雅華貴，與民
間俗文學已有明顯不同。

參考書目

（一）目連救母劇本、專書

1. 鄭之珍（明），《目連救母勸善戲文》（臺北：天一出版社據明高石山房原刊本印）。

2. 張照（清），《勸善金科》（臺北：天一出版社《清宮大戲》本據清乾隆內府刊五色套印本景印）。

3. 《民俗曲藝》87 期「目連戲劇本專輯」（民國 83 年 1 月）。

4. 王兆乾校訂，《安徽池州東至蘇村高腔目連戲文穿會本》（臺北：施合鄭民俗文化基金會《民俗曲藝叢書》，1998 年 12 月）。

5. 王兆乾校訂，《安徽池州青陽腔目連戲文大會本》（臺北：施合鄭民俗文化基金會《民俗曲藝叢書》，1999 年 2 月）。

6. 王馗，《鬼節超度與勸善目連》（臺北：國家出版社，2010）。

7. 朱建明校訂，《皖南高腔目連卷》，（臺北：施合鄭民俗文化基金會《民俗曲藝叢書》，1998 年 12 月）。

8. 朱恒夫，《目連戲研究》（南京：南京大學出版社，1993）。

9. 李平、李昂校訂，《目連全會》（臺北：施合鄭民俗文化基金會《民俗藝叢書》，1995 年 10 月）。

10. 杜建華，《巴蜀目連戲劇文化概論》（北京：文化藝術出版社，1993）。

11. 施文楠，《安徽目連戲唱腔編選》（臺北：施合鄭民俗文化基金會《民俗曲藝叢書》，1999 年 5 月）。

12. 泉州地方戲曲研究社編，《泉州傳統戲曲叢書》第十卷《傀儡戲·目連全簿》（北京：中國戲劇出版社，1999）。

13. 茆耕茹，《目連資料編目概略》，（臺北：施合鄭民俗文化基金會《民俗曲藝叢書》，1993 年 12 月）

14. 茆耕茹校訂，《江蘇高淳目連戲兩頭紅臺本》（臺北：施合鄭民俗文化基金會《民俗曲藝叢書》，1997 年 9 月）。

15. 茆耕茹編，《安徽目連戲資料集》（臺北：施合鄭文教基金會《民俗曲藝叢書》，1997 年 10 月）。

16. 凌翼雲，《目連戲與佛教》（廣州：廣東教育出版社，1998）。

17. 徐宏圖、王秋桂編著，《浙江省目連戲資料匯編》（臺北：施合鄭民俗文化基金會《民俗曲藝叢書》，1994 年 11 月）。

18. 徐宏圖、張愛萍校訂，《浙江省新昌縣胡卜村目連救母記》（臺北：施合鄭民俗文化基金會《民俗曲藝叢書》，1998 年 12 月）。

19. 徐宏圖校訂，《紹興救母記》（臺北：施合鄭民俗文化基金會《民俗曲藝叢書》，1994 年 11 月）。

20. 徐宏圖校訂，《紹興舊抄救母記》（臺北：施合鄭民俗文化基金會《民俗曲藝叢書》，1997 年 9 月）。

21. 徐宏圖著，《浙江省東陽市馬宅鎮孔村漢人的目連戲》（臺北：施合鄭民俗文化基金會《民俗曲藝叢書》，1995 年 3 月）。

22. 郝譽翔，《民間目連戲中庶民文化之探討——以宗教、道德與小戲爲核心》（臺北：文史哲出版社，民國 87）。

23. 張子偉、向榮、陳盛昌等，《湖南省瀘溪縣辰河高腔目連全傳》，（臺北：施合鄭民俗文化基金會《民俗曲藝叢書》，1999 年 12 月）。

24. 陳芳英，《目連救母故事之演進及其有關文學之研究》（臺北：臺灣大學文史叢刊，民國 72）。

25. 黃文虎校訂，《超輪本目連》（臺北：施合鄭民俗文化基金會《民俗曲藝叢書》，1994 年 5 月）。

26. 肇明校訂，《調腔目連戲咸豐庚申年抄本》（臺北：施合鄭民俗文化基金會《民俗曲藝叢書》，1997 年 10 月）。

27. 劉禎，《中國民間目連文化》（成都：巴蜀書社，1997）。

28. 劉禎校訂，《莆仙戲目連救母》（臺北：施合鄭民俗文化基金會《民俗曲藝叢書》，1994 年 5 月）。

29. 龍彼得、施炳華校訂，《泉腔目連救母》（臺北：施合鄭民俗文化基金會《民俗曲藝叢書》，2001 年 11 月）。

30. 戴云，《目連戲曲珍本輯選》（臺北：施合鄭民俗文化基金會《民俗曲藝叢書》，2000 年 6 月）。

（二）戲劇專書

1. 吉州景居士（明），《玉谷新簧》（臺北：學生書局《善本戲曲叢刊》據萬曆三十八年書林劉次泉刻本，民國 73 年）。

2. 沈寵綏（明），《度曲須知》（北京：中國戲劇出版社《中國古典戲曲論著集成》第五冊，1959 年 7 月）。

3. 祁彪佳（明）《遠山堂曲品》《中國古典戲劇論著集成》第六冊（北京：中國戲劇出版社，1959）。

4. 胡文煥（明），《群音類選》（臺北：學生書局《善本戲曲叢刊》據萬曆間文會堂輯刻格致叢書本，民國 76 年）。

5. 凌濛初（明），《譚曲雜箚》（北京：中國戲劇出版社《中國古典戲曲論著集成》第四冊，1959）。

6. 徐文昭（明），《風月錦囊》（臺北：學生書局《善本戲曲叢刊》據明嘉靖癸丑（1553）書林詹氏進賢堂重刊本，民國 76）。

7. 徐渭（明），《南詞敘錄》（北京：中國戲劇出版社《中國古典戲曲論著集成》第三冊，1959）。

8. 黃文華（明），《八能奏錦》（臺北：學生書局《善本戲曲叢刊》萬曆元年書林愛日堂蔡正河刻本，民國 73 年）。

9. 黃文華（明），《詞林一枝》（臺北：學生書局《善本戲曲叢刊》萬曆元年福建書林葉志元刻本，民國 73 年）。

10. 王正祥（清），《新定十二律京腔譜》（臺北：學生書局《善本戲曲叢刊》，民國 73）。

11. 佚名（清），《昇平署月令承應戲》，（北京：學苑出版社《民國京崑史料叢書》第四輯據國立北平故宮博物院 1936 年版影印，2009）。

12. 佚名（清），《封神天榜》（臺北：天一出版社《清宮大戲》本）。

13. 吳長元（清），《燕蘭小譜》，（北京：中國戲劇出版社《清代燕都梨園史料》上冊，1988）。

14. 李漁（清），《閒情偶寄》（北京：中國戲劇出版社《中國古典戲曲論著集成》第七冊，1959）。

15. 李調元（清），《雨村劇話》（臺北：中華書局《新曲苑》第二冊，民國 59）。

16. 姚燮（清），《今樂考證》（北京：中國戲劇出版社《中國古典戲曲論著集成》第十冊，1959）。

17. 中國戲曲志編輯委員會，《中國戲曲志·上海卷》（北京：中國 ISBN 中心，1996）。

18. 中國戲曲志編輯委員會，《中國戲曲志·山西卷》（北京：文化藝術出版社，1990）。

19. 中國戲曲志編輯委員會，《中國戲曲志·天津卷》（北京：文化藝術出版社，1990）。

20. 中國戲曲志編輯委員會，《中國戲曲志・四川卷》（北京：中國 ISBN 中心，1995）。

21. 中國戲曲志編輯委員會，《中國戲曲志・吉林卷》（北京：中國 ISBN 中心，1993）。

22. 中國戲曲志編輯委員會，《中國戲曲志・安徽卷》（北京：中國 ISBN 中心，1993）。

23. 中國戲曲志編輯委員會，《中國戲曲志・江西卷》（北京：中國 ISBN 中心，1998）。

24. 中國戲曲志編輯委員會，《中國戲曲志・江蘇卷》（北京：中國 ISBN 中心，1992）。

25. 中國戲曲志編輯委員會，《中國戲曲志・河北卷》（北京：中國 ISBN 中心，1993）。

26. 中國戲曲志編輯委員會，《中國戲曲志・河南卷》（北京：文化藝術出版社，1992）。

27. 中國戲曲志編輯委員會，《中國戲曲志・青海卷》（北京：中國 ISBN 中心，1998）。

28. 中國戲曲志編輯委員會，《中國戲曲志・海南卷》（北京：中國 ISBN 中心，1998）。

29. 中國戲曲志編輯委員會，《中國戲曲志・浙江卷》（北京：中國 ISBN 中心，1997）。

30. 中國戲曲志編輯委員會，《中國戲曲志・陝西卷》（北京：中國 ISBN 中心，1995）。

31. 中國戲曲志編輯委員會，《中國戲曲志・湖北卷》（北京：文化藝術出版社，1993）。

32. 中國戲曲志編輯委員會，《中國戲曲志・湖南卷》（北京：文化藝術出版社，1990）。

33. 中國戲曲志編輯委員會，《中國戲曲志・福建卷》（北京：文化藝術出版社，1993）。

34. 中國戲曲志編輯委員會，《中國戲曲志・廣西卷》（北京：中國 ISBN 中心，1995）。

35. 中國戲曲志編輯委員會，《中國戲曲志・廣東卷》（北京：中國 ISBN 中心，1993）。

36. 中國戲曲志編輯委員會，《中國戲曲志・遼寧卷》（北京：中國 ISBN 中心，1994）。

37. 中國戲曲劇種大辭典編輯委員會，《中國戲曲劇種大辭典》（上海：上海辭書出版社，1995）。

38. 王安祈,《明代戲曲五論》(臺北:大安出版社,1990)。

39. 王安祈,《當代戲曲》(臺北:三民書局,2002)。

40. 王利器輯錄,《元明清三代禁燬小說戲曲史料》(上海:上海古籍出版社,1981)。

41. 王芷章,《清昇平署志略》(北京:商務印書館,2006)。

42. 田仲一成(日)著,任余白譯,《中國的宗族與戲劇》(上海:上海古籍出版社,1992)。

43. 田仲一成著,布和譯,《中國祭祀戲劇研究》(北京:北京大學出版社,2008)。

44. 朱家溍、丁汝芹,《清代內廷演劇始末考》(北京:中國書店,2007)。

45. 何爲,《戲曲音樂散論》(北京:人民音樂出版社,1986)。

46. 呂訴上,《臺灣電影戲劇史》(臺北:銀華出版社,民國80)。

47. 周明泰,《五十年來北平戲劇史料》(臺北:廣文書局,民國66)。

48. 周貽白,《中國戲劇史長編》(上海:上海世紀出版,2007)。

49. 周貽白,《中國戲劇史講座》(臺北:木鐸出版社,民國75)。

50. 林河,《儺史:中國儺文化概論》(臺北:東大出版社,民國83)。

51. 林鶴宜,《晚明戲曲劇種及聲腔研究》(臺北:學海書局,民國83)。

52. 流沙,《宜黃諸腔源流探——清代戲曲聲腔研究》(北京:人民音樂出版社,1993)。

53. 流沙,《明代南戲聲腔源流考辨》(臺北:施合鄭民俗文化基金會,1999)。

54. 范麗敏,《清代北京戲曲演出研究》(北京:人民文學出版社,2007)

55. 容世誠,《戲曲人類學初探——儀式、劇場與社群》(臺北:麥田出版社,1997)。

56. 許子漢,《明傳奇排場三要素發展歷程之研究》(臺北:臺大出版委員會,民國88)。

57. 張次溪編纂,《清代燕都梨園史料》(北京:中國戲劇出版社,1988)。

58. 莊長江,《泉南戲史鉤沉》(臺北:國家出版社,2008)。

59. 陳芳,《花部與雅部》(臺北:國家出版社,2007)。

60. 曾師永義,《中國古典戲劇選注》(臺北:國家出版社,民國74)。

61. 曾師永義,《腔調說到崑劇》(臺北:國家出版社,2002)。

62. 曾師永義,《詩歌與戲曲》(臺北:聯經出版社,民國77)。

63. 曾師永義,《說俗文學》(臺北:聯經出版社,民國69)。

64. 曾師永義,《戲曲之雅俗、折子、流派》(臺北:國家出版社,2009)。

65. 曾師永義,《戲曲本質與腔調新探》(臺北:國家出版社,2007)。

66. 湖南省戲曲研究所編，《目連戲學術座談會論文選》（長沙，湖南省戲曲研究所，1985 年 3 月）。

67. 湖南省懷化地區藝術館編，《目連戲論文集》（懷化：湖南省懷化地區藝術館，1989 年 10 月）。

68. 葉德均，《戲曲小說叢考》（臺北：文史哲出版社，民國 78）。

69. 廖奔，《中國劇場史》（鄭州：中州古籍出版社，1997）。

70. 綿陽市文化局，《川劇目連戲綿陽資料集》（綿陽：綿陽市文化局，1993，6）。

71. 劉禎，《民間戲劇與戲曲史學論》（臺北：國家出版社，2005）。

72. 蔡毅，《中國古典戲曲序跋彙編》（濟南：齊魯書社，1989）。

73. 蔡豐明，《江南民間社戲》（臺北：學生書局，2008）。

74. 羅萍，《紹劇發展史》（北京：中國戲劇出版社，1996）。

（三）其它各類專書

1. 鳩摩羅什譯（東晉），《大智度論》（臺北：佛慈淨寺，1979）。

2. 僧伽提婆譯（東晉），《中阿含經》（臺北：全佛文化，1997）。

3. 淨影寺慧遠（隋），《大乘義章》（北京：中國書店《佛學工具書集成》二十五）。

4. 釋玄應（唐），《一切經音義》（臺北：商務印書館《叢書集成簡編》據海山仙館叢書本影印，民國 55）。

5. 孟元老（宋），《東京夢華錄》（臺北：大立出版社，民國 69）。

6. 梁克家（宋），《三山志》（臺北：大化書局《宋元地方志叢書》十二，民國 69）。

7. 陳淳（宋），《北溪字義》（臺北：世界書局據光緒九年七月學海堂重刊）。

8. 陶宗儀（元），《輟耕錄》（臺北：商務印書館，民國 55 年）。

9. 劉壎（元），《水雲村稿》（臺北：商務印書館《四庫全書珍本》）。

10. 王崇（明），《池州府志》，（臺北：新文豐《天一閣藏明代方志選刊》八據明嘉靖刻本印，民國 74）。

11. 王穉登（明），《吳社編》（上海：上海古籍出版社續修四庫全書 1191 冊《說郛續》據清順治三年宛委山堂刻本影印）。

12. 何孟倫（明），《建寧縣志》（上海書店《天一閣藏明代方志選刊續編》三十八據明嘉靖刻本印，1990）。

13. 余承勛（明）《馬湖府志》，（臺北：新文豐《天一閣藏明代方志選刊》二十據明嘉靖刻本影印，民國 74）。

14. 吳福原修，姚鳴鸞重修（明），《淳安縣志》（臺北：新文豐《天一閣藏明代方志選刊》六據明嘉靖刻本印，民國 74）。

15. 吳潛修、傅汝舟（明），《夔州府志》（臺北：新文豐《天一閣藏明代方志選刊》二十據明正德刻本影印，民國 74）。

16. 李士元修，沈梅撰（明），《銅陵縣志》（臺北：新文豐《天一閣藏明代方志選刊》八據明嘉靖刻本印，民國 74）。

17. 汪尚寧（明）《徽州府志》（臺北：學生書局《明代方志選》據明嘉靖四十五年刊刻本影印，民國 54）。

18. 祁彪佳（明），《祁忠敏公日記》（北京：書目文獻出版社《祁彪佳文稿》，1991）。

19. 唐冑（明），《瓊臺志》（臺北：新文豐《天一閣藏明代方志選刊》十八據明正德殘本景印，民國 74 年）。

20. 夏良勝（明），《建昌府志》（臺北：新文豐出版社《天一閣藏明代方志選刊》十一，民國 74 年）。

21. 徐弘祖（明）撰，褚紹唐、吳應壽整理，《徐霞客遊記》（上海：上海古籍出版社，1980）。

22. 徐栻、喬因阜（明），《杭州府志》（臺北：學生書局《明代方志選》據明萬曆七年刊刻，民國 54）。

23. 徐渭（明），《南詞敘錄》（北京：中國戲劇出版社《中國古典戲曲論著集成》第三冊，1959）。

24. 張岱（明），《陶庵夢憶》（臺北：漢京出版社，民國 73）。

25. 湯顯祖（明），《湯顯祖集》（臺北：洪氏出版社，民國 58）。

26. 程有守、詹世用（明）等纂修，《弋陽縣志》（臺北：成文出版社《中國方志叢書》749 號據明萬曆九年刊本影印）。

27. 楊珮（明），《衡州府志》（臺北：新文豐出版社《天一閣藏明代方志選刊》十八，民國 74 年）。

28. 劉儲（明），《瑞昌縣志》（臺北：新文豐《天一閣藏明代方志選刊》十二據明隆慶刻本影印，民國 74 年）。

29. 盧濬等（明），《黃州府志》（臺北：新文豐《天一閣藏明代方志選刊》十六據明弘治刻本印，民國 74）。

30. 王建中等修，劉繹（清）等纂，《永豐縣志》（臺北：成文出版社《中國方志叢書》760 號據同治十三年刻本影印）。

31. 王端履（清），《重論文齋筆錄》，《小說筆記大觀》續編（臺北：新興書局，民國 62）。

32. 朴趾源（清），《燕巖集》（景仁文化社，1974）。

33. 江恂（清）等，《清泉縣志》（民國二十三年補刊乾隆二十八年本）。

34. 何福海、林廣國（清），《新寧縣志》（臺北：學生書局據清光緒十九年刊本景印，民國 57）。

35. 佚名（清），《安平縣雜記》（臺北：成文出版社《中國方志叢書》據清光緒二十三年輯抄本影印，民國 72）。

36. 李斗（清），《揚州畫舫錄》（臺北：世界書局，民國 68）。

37. 李亨特總裁，平恕（清）等修，《紹興府志》（臺北：成文出版社《中國方志叢書》221 號據乾隆五十七年刊本影印）。

38. 杜文瀾（清），《古謠諺》（臺北：世界書局《俗文學叢刊》第一集，民國 49）。

39. 沈茂蔭（清）《苗栗縣志》（臺北：成文出版社《中國方志叢書》據光緒十九年輯傳抄殘本一卷影印，民國 73）。

40. 沈翼機（清）等，《浙江通志》（臺北：華文書局據清乾隆元年重修本影印）。

41. 周溶修、汪韻珊（清）纂，《祁門縣志》（臺北：成文出版社《中國方志叢書》據同治十二年刊本影印）。

42. 林百川、林學源（清），《樹杞林志》（臺北：成文出版社《中國方志叢書》據光緒二十四年輯抄本影印，民國 72）。

43. 金弟、杜紹斌（清）等纂修，《萬載縣志》（臺北：成文出版社《中國方志叢書》871 號據清同治十一年刊本影印）。

44. 施鴻保（清），《閩雜記》（清咸同間著者手稿本）。

45. 昭槤（清），《嘯亭續錄》（臺北：文海出版社《近代中國史料叢刊》63 冊）。

46. 徐午等修，萬廷蘭（清）等纂，《南昌縣志》（臺北：成文出版社《中國方志叢書》814 號據乾隆五十九年刊本影印）。

47. 徐珂（清），《清稗類鈔》（臺北：商務印書館，民國 72）。

48. 常維楨（清）纂修，《萬載縣志》（北京：中國書店《稀見中國地方志匯刊》據康熙二十二年刻本影印，1992）。

49. 陳宏謀（清），《培遠堂偶存稿》（清道光十七年蔣方正等刊本）。

50. 陳紀麟等修，劉于潯（清）等纂，《南昌縣志》（臺北：成文出版社《中國方志叢書》816 號據同治九年刊本影印）。

51. 陳淑均、李祺生（清），《噶瑪蘭廳志》（臺北：成文出版社《中國方志叢書》據清咸豐二年刊本影印，民國 73）。

52. 陳壽祺（清）等，《福建通志》（臺北：華文書局據清同治十年刊本影印）。

53. 陸湄（清）等修纂，《永豐縣志》（臺北：成文出版社《中國方志叢書》759 號據康熙二十三年刻本影印）。

54. 章楹（清），《諤崖脞說》（上海：上海古籍出版社《續四庫全書》1137 冊據乾隆三十六年浣雪堂刻本影印）。

55. 黃協塤（清），《淞南夢影錄》（臺北：新興書局《筆記小說大觀》一編，民國 67）。

56. 黃叔璥（清），《臺海使槎錄》（臺北：成文出版社《中國方志叢書》據乾隆元年序刊本影印，民國 72）。

57. 楊芳燦（清），《四川通志》（臺北：華文書局據清嘉慶二十一年重修本影印）。

58. 楊靜亭（清），《都門紀略》（揚州：廣陵書社據清同治三年刊本影印，2003）。

59. 董含（清），《蒪鄉贅筆》（臺北：新興書局據嘉慶四年重鐫本影印清吳震方《說鈴》，民國 61）。

60. 董維祺修，馮懋柱纂（清），《涪州志》（中國書店《稀見中國地方志匯刊》五十，1992）。

61. 鄒勷、聶世棠（清）等纂修，《蕭山縣志》（臺北：成文出版社《中國方志叢書》597 號據康熙十一年刊本影印）。

62. 臺南廳編（日本），《南部臺灣誌》（臺北：成文出版社《中國方志叢書》據日本明治三十五年編殘抄本影印，民國 74）。

63. 趙翼（清），《詹曝雜記》（臺北：新興書局《筆記小說大觀》33 編，民國 72）。

64. 劉開兆（清），《芸菴詩集》（臺北：新文豐《叢書集成續編》本）。

65. 劉獻廷（清），《廣陽雜記》（臺北：世界書局，民國 56）。

66. 蔣深（清），《餘慶縣志》（中國書店《稀見中國地方志匯刊》五十據清康熙五十六年刻本，1992）。

67. 鄭鵬雲、曾逢辰（清）纂輯，《新竹縣志初稿》（臺北：成文出版社《中國方志叢書》據民國 57 年王世慶校訂排印本影印，民國 73）。

68. 關天申（清），《永順縣志》（海口：海南出版社《故宮珍本叢刊》163 冊，2001）。

69. 于一、王康、陳文漢，《四川省梓潼縣馬鳴鄉紅寨村一帶的梓潼陽戲》（臺北：施合鄭民俗文化基金會，1994）。

70. 毛禮鎂，《江西省萬載縣潭阜鄉池溪村漢族丁姓的「跳魁」》（臺北：施合鄭民俗文化基金會，1993）。

71. 王秋桂、沈福馨，《貴州安順地戲調查報告集》（臺北：施合鄭民俗文化基金會，1994）。

72. 王秋桂、庹修明,《貴州省德江縣穩坪鄉黃土村土家族衝壽儺調查報告》（臺北：施合鄭民俗文化基金會,1994）。

73. 曲彥斌,《中國乞丐史》（上海：上海文藝出版社,1990）。

74. 余誼密修,徐乃昌（民國）等纂《南陵縣志》（臺北：成文出版社《中國方志叢書》本）。

75. 余誼密等修,鮑實（民國）等纂,《蕪湖縣志》（臺北：成文出版社《中國方志叢書》據民國八年石印本影印）。

76. 吳同瑞、王文寶、段寶林編,《中國俗文學概論》（北京：北京大學出版社,1997）。

77. 李亦園,《文化的圖像》（臺北：允晨文化,民國 93 五刷）。

78. 李仲丞（民國）總修,《寧國縣誌》（臺北：成文出版社《中國方志叢書》243 號據民國 25 年鉛印本影印）。

79. 周作人,《周作人早期散文選》（上海：上海文藝出版社,1984）。

80. 林紓,《畏廬瑣記》（上海：商務印書館,民國 23）。

81. 林惠祥,《民俗學》（臺北：商務印書館,民國 75）。

82. 胡天成,《四川省重慶市巴縣接龍區漢族的接龍陽戲　接龍端公戲之一》（臺北：施合鄭民俗文化基金會,1994）。

83. 胡樸安,《中華全國風俗志》（臺北：東方文化書局複刊北京大學、中國民俗學會婁子匡編校《民俗叢書》第八輯本,1933 年著）。

84. 烏丙安,《中國民俗學》（新版）（瀋陽：遼寧大學出版社,1999）。

85. 馬學良主編,《中國諺語集成——河北卷》（秦皇島：中國社會科學出版社,1992）。

86. 高丙中,《民俗文化與民俗生活》（北京：中國社會科學出版社,1994）。

87. 高國藩,《敦煌民間文學》（臺北：聯經出版社,民國 83）。

88. 國史館,《清史稿校註》（臺北：國史館,民國 75）。

89. 連橫,《臺灣通史》（臺北：黎明文化,民國 74）。

90. 婁子匡、朱介凡,《五十年來的中國俗文學》（臺北：正中書局,民國 52）。

91. 張仲炘、楊承禧,《湖北通志》（臺北：華文書局據民國 10 年重刊本印行）。

92. 張紫晨,《中國民俗與民俗學》（臺北：南天書局,1995）。

93. 清華大學,《中國地方戲曲叢談》（新竹：清華大學人文社會學院思想文化研究室,1995）。

94. 鹿憶鹿,《中國民間文學》（臺北：里仁書局,民國 88）。

95. 曾師永義,《俗文學概論》（臺北：三民書局,2003）。

96. 曾錦坤,《佛教與宗教學》（臺北：新文豐出版社,2000）。

97. 黃竹三、王福才，《山西省曲沃縣任莊村《扇鼓神譜》調查報告》（臺北：施合鄭民俗文化基金會，1994）。

98. 楊蔭深，《中國俗文學概論》（世界書局，民國 35）。

99. 路工，《訪書見聞錄》（上海：上海古籍出版社，1985）。

100. 臧汀生，《臺灣閩南語歌謠研究》（臺北：商務印書館，民國 73）。

101. 蒙國榮，《廣西省環江縣毛南族的「還願」儀式》（臺北：施合鄭民俗文化基金會，1994）。

102. 齊如山，《齊如山全集》（臺北：聯經出版社，民國 68）。

103. 劉枝萬，《中國民間信仰論集》（臺北：中央研究院民族學研究所，民國 90 年三刷）。

104. 劉道超，《中國善惡報應習俗》（臺北：文津出版社，民國 81）。

105. 德江縣民族事務委員會，《儺戲論文選》（貴州：貴州民族出版社，1987）。

106. 鄭振鐸，《中國俗文學史》（臺北：商務印書館，民國 56）。

107. 錢茀，《儺俗史》（南寧：廣西民族出版社，2000）。

108. 戴不凡，《百花集三編》（杭州：浙江文藝出版社，1983）。

（四）期刊論文

1. 刁均寧，〈從皖南目連戲聲腔說起〉《民俗曲藝》93 期，民國 84 年 1 月，頁 101～130。

2. 于一，〈「目連故里」考〉《民俗曲藝》77 期，民國 81 年 5 月，頁 221～240。

3. 于一，〈川目連識〉，《中華戲曲》第 17 輯，1994 年 10 月，頁 100～113。

4. 子榮編輯，〈目連戲研究論文索引（1990～1996・8）〉，《民族藝術》1996 年 4 期，頁 207～219。

5. 文憶萱，〈三湘目連文化（九）〉，《藝海》2009 年 2 期，頁 32～36。

6. 文憶萱，〈三湘目連文化（十）〉《藝海》2009 年 3 期，頁 33～36。

7. 文憶萱，〈三湘目連文化（四）〉，《藝海》2008 年 1 期，頁 47～54。

8. 方吟，〈論近代四川目連戲劇文化大潮〉，《四川戲劇》1993 年 5 期，頁 36～40。

9. 毛禮鎂，〈弋陽腔的目連戲〉，《目連戲學術座談會論文選》（長沙：湖南省戲曲研究所，1985 年 3 月），頁 65～79。

10. 毛禮鎂，〈江西宗教劇《目連救母》研究〉《民俗曲藝》131 期，民國 90 年 5 月，頁 57～86。

11. 王天麟，〈桃園縣楊梅鎮顯瑞壇拔度齋儀中的目連戲「打血盆」〉《民俗曲藝》86 期，民國 82 年 11 月，頁 51～70。

12. 王永寬，〈清代戲曲的雅俗並存與互補〉，《東南大學學報·哲學社會科學版》10卷3期，2008年5月，頁86～92。

13. 王安祈，〈川劇王魁戲與目連戲的關係〉，《民俗曲藝》77期，民國81年5月，頁149～168。

14. 王芷章，〈論清代戲曲的兩個主要腔調——徽調與皮黃〉，《戲曲藝術》1983年1期，頁88～94。

15. 王敏，〈豫劇《目連救母》唱腔及其音樂特色初探〉《河南大學學報》（社會科學版）37卷5期，1997年9月，頁107～108。

16. 王馗，〈20世紀目連戲研究簡評〉，《戲曲研究》64輯，頁211～233。

17. 王馗，〈粵東梅州「香花佛事」中的目連救母〉，《戲曲研究》68輯，頁169～183。

18. 王勝華，〈目連戲：儀式戲劇的特殊品種〉，《雲南藝術學院學報》2002年2期，頁82～86。

19. 王夔，〈韶坑目連戲演出中的宋金戲劇遺存〉《中國戲曲學院學報》27卷3期，2006年8月，頁47～50。

20. 王躍，〈記川劇《目連傳》的鑒定演出〉《四川戲劇》1991年2期，頁37～40。

21. 史在東，〈中、韓目連故事之流變關係〉，《漢學研究》6卷1期，民國77年6月，頁213～241。

22. 甘犁，〈落地生花說目連（四）〉《紅岩春秋》2003年2期，頁42～47。

23. 田仲一成，〈對戲劇作田野考察的一個辦法：以新加坡莆仙同鄉會逢甲普度目連戲為例〉《臺灣民俗藝術彙刊》2008年，4期，頁1～30。

24. 任光偉，〈目連戲三題〉《民俗曲藝》78期，民國81年7月，頁255～263。

25. 曲六乙，〈目連戲的衍變與儺文化的滲透〉，《文藝研究》1992年1期，頁109～117。

26. 朱俐，〈法事戲目連救母的精神內涵與演出形式〉，《藝術學報》65期，民國88年12月，頁99～120。

27. 朱建明，〈元刊《佛說目連救母經》考論〉《民俗曲藝》77期，民國81年5月，頁24～47。

28. 朱建明，〈郎溪定埠的跳五猖及五猖考〉《民俗曲藝》82期，民國82年3月，頁197～214。

29. 朱家溍，〈清代內廷演戲情況雜談〉《故宮博物院院刊》1979年2期，頁19～25。

30. 朱家溍，〈清代宮中亂彈演出史料〉上，《戲曲研究》第13輯（北京：文化藝術出版社，1984），頁224～258。

31. 朱萬曙，〈鄭之珍與目連戲劇文化〉，《藝術百家》2000 年 3 期，頁 47～55。

32. 何爲，〈論南曲的合唱〉《戲曲研究》第 1 輯（吉林：吉林人民出版社，1980），頁 262～293。

33. 何根海，〈安徽貴池目連戲的文化考察〉，《安徽教育學院學報》16 卷 1 期，1999 年 1 月，頁 43～46。

34. 吳秀玲，〈「九三年四川目連戲國際學術研討會」簡介〉《民俗曲藝》86 期，民國 82 年 11 月，頁 1～20。

35. 吳秀玲，〈泉州打城戲初探〉《民俗曲藝》139 期，民國 92 年 3 月，頁 221～249。

36. 呂珍珍，〈世俗化、娛樂化與農民化──簡論目連戲在中原民間的變異〉《信陽師範學院學報──哲學社會科學版》27 卷 4 期，2007 年 8 月，頁 87～89。

37. 李玫，〈從目連戲看民間劇作與宮廷劇作藝術上的差異〉《武漢大學學報》（社會科學版）1992 年 3 期，頁 12～18。

38. 李祥林，〈從地域和民俗的雙重變奏中看文化心理的戲劇呈現〉，《民族藝術研究》2000 年第 4 期，頁 3～9。

39. 李豐楙，〈台灣儀式戲劇中的諧謔性──以道教、法教爲主的考察〉《民俗曲藝》71 期，民國 80 年 5 月，頁 174～210。

40. 李豐楙，〈複合與變革：臺灣道教拔度儀中的目連戲〉《民俗曲藝》94、95 期，民國 84 年 5 月，頁 83～116。

41. 李懷蓀，〈辰河目連戲神事活動闡述〉，《民俗曲藝》78 期，民國 81 年 7 月，頁 103～163。

42. 李懷蓀，〈辰河目連戲劇本發掘整理紀實〉《藝海》2005 年 4 期，頁 28～30。

43. 李懷蓀，〈辰河戲《目連》初探〉《民俗曲藝》62 期，民國 78 年 11 月，頁 17～41。

44. 李懷蓀，〈耐人尋味的喜劇穿插──辰河高腔目連戲探索之二〉《目連戲論文集》（懷化：湖南省懷化地區藝術館，1989 年 10 月），頁 37～49。

45. 李懷蓀整理，〈石玉松與目連戲〉，《目連戲論文集》，頁 194～203。

46. 杜建華，〈四川目連戲劇本的流變及特色〉《戲劇藝術》1992 年 3 期，頁 57～68。

47. 杜建華，〈波詭雲譎，蔚爲大觀：從一次盛大的川劇目連戲演出活動談起〉《戲曲研究》37 輯（北京：文化藝術出版社，1991 年 6 月），頁 68～80。

48. 杜建華，〈論川劇目連戲演出的規制和習俗〉《文藝研究》1993 年 4 期，頁 107～116。

49. 汪同元，〈安慶地區高腔中的目連戲〉《民俗曲藝》93 期，民國 84 年 1 月，頁 131～145。

50. 周顯寶，〈皖南儺戲、目連戲及其青陽腔與儀式的原生形態〉《音樂研究》2 期，2004 年 6 月，頁 65～76。

51. 林慶熙，〈福建莆仙戲《目連》〉《戲曲研究》37 輯，（北京：文化藝術出版社，1991 年 6 月），頁 81～85。

52. 林慶熙，〈福建莆仙戲《目連》考〉《民俗曲藝》78 期，民國 81 年 7 月，頁 25～37。

53. 勁草、胡文平，〈遠去的記憶：麻地溝刀山會口述史調查〉《青海社會科學》2006 年 5 月第 3 期，頁 108～115。

54. 施文楠，〈漫談南陵目連戲——兼探目連戲「陽腔」源流〉《民俗曲藝》77 期，民國 81 年 5 月，頁 267～287。

55. 流沙，〈高腔與弋陽腔考〉《明代南戲聲腔源流考辨》（臺北：施合鄭民俗文化基金會，1999 年 5 月），頁 69～80。

56. 流沙，〈從南戲到弋陽腔〉《明代南戲聲腔源流考辨》（臺北：施合鄭民俗文化基金會，1999 年 5 月），頁 1～51。

57. 流沙、毛禮鎂，〈高淳陽腔目連戲辨〉《民俗曲藝》78 期，民國 81 年 7 月，頁 239～254。

58. 胡天成，〈豐都「鬼文化」及其對目連戲的影響〉《民俗曲藝》77 期，民國 81 年 5 月，頁 169～219。

59. 倪國華，〈鄭之珍籍貫及生卒年考〉《民俗曲藝》77 期，民國 81 年 5 月，頁 241～248。

60. 徐宏圖，〈浙江的地方戲與宗教儀式〉《民俗曲藝》131 期，民國 90 年 5 月，頁 87～112。

61. 徐朔方，〈目連戲三題〉《民俗曲藝》99 期，民國 85 年 1 月，頁 193～200。

62. 徐斯年，〈漫談紹興目連戲〉《目連戲學術座談會論文選》（長沙：湖南省戲曲研究所，1985），頁 80～99。

63. 班友書，〈明代青陽腔劇目芻議〉《戲曲研究》第 27 輯（北京：文化藝術出版社，1988），頁 223～245。

64. 郝碩（清），〈查辦戲劇違礙字句案〉《史料旬刊》二十二集，（臺北：國風出版社，民國 52 年），頁「天 793」。

65. 張勁松，〈湖南藍山縣桐村瑤民的還盤王願〉，《民俗曲藝》94、95 期，民國 84 年 5 月，頁 273～308。

66. 張國基，〈高淳陽腔與南陵陽腔廣調〉《民俗曲藝》93 期，民國 84 年 1 月，頁 147～176。

67. 陳琪，〈祁門縣環砂村最後一次目連戲演出過程概述〉《民俗曲藝》132 期，民國 90 年 7 月，頁 75～88。

68. 陳翹，〈《東京夢華錄》「中元節」條兩種版本一字之差的思考──兼議北宋目連戲之形態特徵〉，《中國戲曲學院學報》28 卷 4 期，2007 年 11 月，頁 3～12。

69. 陳翹，〈援儒入佛，善惡別裁──從《目連救母勸善記》劉青提的罪與罰說起〉《藝術百家》2002 年第 2 期，頁 37～43。

70. 陸小秋，〈目連戲四題〉《文藝研究》1990 年 5 期，頁 95～102。

71. 陸小秋、王錦琦，〈梆子、梆子腔和吹腔〉，《戲曲藝術》1983 年 4 期，頁 80～84。

72. 寒聲、栗守田、原雙喜、常之坦，〈《迎神賽社禮節傳簿四十曲宮調》注釋〉，《中華戲曲》第三輯（太原：山西人民出版社，1987），頁 51～117。

73. 寒聲、栗守田、原雙喜、常之坦，〈《迎神賽社禮節傳簿四十曲宮調》初探〉《中華戲曲》第三輯，頁 118～136。

74. 黃文虎，〈高淳陽腔目連戲初探〉《民俗曲藝》78 期，民國 81 年 7 月，頁 217～238。

75. 黃偉瑜，〈川劇目連戲神事活動管窺〉《四川戲劇》1992 年 2 期，頁 46～51。

76. 黃偉瑜，〈四川目連戲初考〉《民俗曲藝》77 期，民國 81 年 5 月，頁 73～87。

77. 黃彬，〈試論《勸善記》道德蘊涵的神性品格〉《戲劇文學》2008 年第 2 期，頁 36～39。

78. 新昌高腔劇團調腔研究小組呂濟琛執筆，〈調腔初探〉《戲曲研究》7 輯（北京：文化藝術出版，1982 年 12 月），頁 139～168。

79. 楊蘭，〈貴州晴隆縣白勝村水壩山苗族慶壇述要〉，《民俗曲藝》94、95 期，民國 84 年 5 月，頁 241～271。

80. 董秀團，〈目連救母故事與白族的信仰文化〉《民族藝術研究》2002 年 1 期，頁 25～30。

81. 廖奔，〈目連始末〉《民俗曲藝》93 期，民國 84 年 1 月，頁 3～30。

82. 廖奔，〈目連戲文系統及雙下山故事源流考〉《民俗曲藝》93 期，民國 84 年 1 月，頁 31～56。

83. 廖藤葉，〈由《申報》廣告文案看上海戲園的求新爭奇現象～以 1872 年至 1833 年爲例〉《商業設計學報》第 5 期，民國 90 年 7 月，頁 151～162。

84. 廖藤葉，〈由《申報》廣告看上海華人戲園的演戲文化──以 1872 年至 1883 年爲例〉《商業設計學報》第 2 期，民國 87 年 7 月，頁 185～195。

85. 劉回春，〈祁劇目連戲縱橫談〉《目連戲學術座談會論文選》（長沙：湖南省戲曲研究所，1985 年 3 月），頁 19～41。

86. 劉回春〈祁劇目連戲流變考〉《民俗曲藝》77 期，民國 81 年 5 月，頁 289～309。

87. 劉志偉，《川目連演出之研究》（臺北：中國文化大學藝術研究所碩士論文，民國 90）。

88. 劉禎，〈湘劇《目蓮記》概述〉《民俗曲藝》87 期，民國 83 年 1 月，頁 109～112。

89. 劉禎，〈京劇《目連救母》〉《民族藝術》，1996 年 3 期，頁 60～67。

90. 樊昀，〈使用與功能——皖南目連戲的變與不變——以祁門兩個村落為例〉《合肥學院學報》（社會科學版）25 卷 1 期，2008 年 1 月，頁 66～69。

91. 歐陽友徽，〈大打飛叉——祁劇《目連傳》的表演特色〉《戲曲研究》37 輯（北京：文化藝術出版社），1991 年 6 月，頁 119～131。

92. 歐陽平，〈舊重慶目連戲揭秘〉《紅岩春秋》1997 年 4 期，頁 51～55。

93. 潘仲甫，〈清乾嘉時期京師『秦腔』初探〉《戲曲研究》第十輯（北京：文化藝術出版社，1983），頁 13～31。

94. 鄧同德，〈目連戲在河南〉《中華戲曲》第十七輯，1994 年 10 月，頁 129～142。

95. 蕭賽，〈新編《目連戲》的藝術猜想〉《川劇目連戲綿陽資料集》，頁 111～117。

96. 霍福，〈青海目連手抄本述略〉《青海社會科學》2006 年 5 月第 3 期，頁 115～119。

97. 龍彼得著，王秋桂、蘇友貞譯，〈中國戲劇源於宗教儀典考〉，《中國文學論著譯叢》（臺北：學生書局，民國 74 年 3 月），頁 523～547。

98. 龍彼得著，傅希瞻譯，〈關於漳泉目連戲〉《民俗曲藝》78 期，民國 81 年 7 月，頁 53～60。

99. 戴云，〈目連戲劇本簡目〉，《民族藝術》1996 年 4 期，頁 189～206。

100. 戴云，〈康熙舊本《勸善金科》管窺〉《湖南社會科學》2004 年 5 月，頁 139～145。

101. 戴云，〈試論康熙舊本《勸善金科》〉，《戲曲研究》64 輯，頁 389～401。

102. 魏慕文，〈鄭之珍《新編目連救母勸善戲文》的產生及流傳〉，《東南文化》1994 年 4 期，頁 89～97。

103. 嚴樹培，〈故園六十二年前：宜賓搬目連盛況〉《四川戲劇》1992 年 5 期，頁 38～44。

104. 葉漢明，〈地方傳統的復歸與再造：均安的關帝崇拜〉，收錄於劉述先、梁元生編《文化傳統的延續與轉化》（香港：中文大學，1999），頁 127～154。